普里什文

Адам и Ева

亚当与
夏娃

[俄罗斯] 普里什文 著
石国雄 译

北京大学出版社
PEKING UNIVERSITY PRESS

愿你感受到大自然的野性和呼吸

　　人类自进入农耕社会至今，社会经济的发展已跟过去有了极大的不同，全球人口的快速增长、经济全球化、科学技术的飞速发展、全球气候变化，都对人类和大自然产生了很大的影响。而就科学技术的发展及其对社会的影响、人口和粮食安全、环境和可持续发展等话题，每年都会引发全世界范围内的会议讨论。大家更乐于接受这样的观点，科学技术的发展对我们社会的影响是正面的，但同时我们往往忽略了其负面的影响；人类的活动对我们赖以生存的地球产生了极大的影响，如全球气候变暖、生物种类急剧减少等等。其实，伟人恩格斯早就警告过人类："……我们不要过分陶醉于我们对自然界的胜利。对于每一次这样的胜利，自然界都报复了我们。"

　　我自己是学习植物学的，在我所在的学科领域，分子生物学和生物技术已经可以实现对特定基因的剪辑和编写，但是这并不就意味着，大自然已被人类部分地征服。未来人类有可能利用基因和合成生物学技术创造出全新的物种，但依然改变不了物质世界的基本规律。出于专业原因，很多时候我会从科学的角度对自然和生命进行探索和审视。但同时我也意识到，随着社会的发展和科技的进步，我们也需要从人文和社会的角度来思考今后的人类文明。随着科学技术的发展，面对人类无休止的欲望，要求我们重新审视人类世界和自然的关系：人类是自然的主人还是自然的一分子？当然也可以进而思考，人类是自己的主人还是欲望和野心的附庸？

燕园的清晨,有着和墙外截然不同的宁静。当你漫步在校园,仰首皆绿树,听着潺潺流水声,阳光自自然然地洒落,在水面上绿叶间明灭,晨光辉映。在这样的环境中,心会变得柔软而丰盈。或许这时,你可以静下心来,去思考一下上面提出的种种问题。我本人由于担任联合国教科文组织人与生物圈中国国家委员会主席,使我每年有机会到我国一些已加入世界保护区网络的自然保护区参加考察或评估,实地了解当地生态环境和生物多样性保护的状况、人类活动的影响,并深入当地居民家中听取他们的意见和建议。这些实地得到的资料,对于思考人与自然的和谐的相关问题非常有用。而对于一时还没有机会到那更大更深的自然中去、飞去那原始的丛林或者无垠的天际而向往大自然的朋友,在人称"世界生态文学和大自然文学的先驱"的俄罗斯作家普里什文的美妙的文字中即可找到那精巧而变幻无穷的世界。

米哈伊尔·米哈伊洛维奇·普里什文(1873—1954)被誉为"伟大的牧神""完整的大艺术家""俄罗斯语言百草"。他出生于一个破败的商人、地主家庭,童年时代在接近自然世界的乡村度过,大学毕业之后从事农艺,随后弃农从文,专事写作。普里什文一生都在旅行,对大自然一往情深,并具备丰富的生物学知识,善于将对人、对自然、对万物的爱与善化为诗意,并结合哲理写成有机统一的散文。他提出一些超前环保理念的著作,比公认的现代生态文学经典《寂静的春天》早了10年。

普里什文似乎是个多面手:有时像一个探险家,背起行囊就敢只身闯入那最纵深的丛林和最广阔的大海;有时又像一个摄影家,拿起挂在脖子上的相机记录罕见的珍禽或是划过天际的飞虹;有时像一个民俗学家,悉心观察着少数民族的原始风貌和偏远部落的风土人情;当然他并没有忘记自己是一个文学家,虽然路途颠簸墨水洒了一半,依然记得将所见所闻记录在纸端。

从北京大学出版社出版的这套普里什文作品选,我们可以看到作者探索大自然中所显现的勇敢和冒险精神、极其仔细的观察态度和认真的记录习惯,见到在《大自然的日历》《飞鸟不惊的地方》《林中水滴》《有阳光的夜晚》《亚当与夏娃》这些书里所展现的奇妙世界。在作者的笔下,静谧的丛林和精灵般的小动物,汹涌的大海和巨怪般的大海兽,群星闪烁的夜空和漫无边际的原野,灵巧的飞鸟和咸腥的海风,奔涌的瀑布和沉静的圆月,淳朴可爱、不谙世事的边远部落和谨慎小心、保持距离的文明族群,甚至还有作者在中国边民居住地驯养梅花鹿和种植人参的故事,等等。这是一个现代都市人完全陌生的世界,在那里人与自然是零距离的。你可以感受到自然的每一丝呼吸,自然也可以看到你的每一个毛孔。如作者在《大自然的日历》中所写:"只要是我见到的各种小事,我都记录下来。今天这是小事,到了明天将它与其他新的小事作对比,就会得到地球运动的写照。"他用出众的文笔,展现大自然的种种细节和自己的联想:"昨天蚂蚁窝的生活热气腾腾,今天蚂蚁就潜藏到自己王国的深处,我们就在林中蚂蚁堆上休息,犹如坐在美国式的安乐椅里。昨天夜里我们坐着雪橇沿湖边行驶,听到了从未结冰的一边传来的天鹅间的絮语。在严寒空荒的寂静中,我们觉得天鹅仿佛是某种理性的动物,它们似乎在开某种非常严肃的会议。今天天鹅飞走了,我们猜到了它们开会的内容——议论飞离的事。我们转动着的地球围绕着太阳漫游,我记下了随之产生的成千上万件动人的细节:结满冰针的黑乎乎的湖水拍击结了冰的湖岸发出的声音;晴天浮动的冰块闪闪发亮;年轻的海鸥上了当,把小冰块当做鱼捉;有一天夜里万籁俱寂,湖水发出的喧哗也完全停止了,只有在死一般沉寂的平原上空电话线发出嗡嗡声,而昨天在那里却沸腾着复杂的生活。"童话般的神奇,令人向往!

当然,我们在普里什文笔下看到的也并不是完全和谐无忧的自然,自然看到的人类也不是完美无缺的物种。我们看到的是一个真实而残缺的自然,里面住着小小的一群人类:这里有弱肉强食,这里有自然灾害,这里也有不幸人祸。也正因为这样的一种真实和完整,让我们可以对照百余年前的人与自然,反思当下的人与自然。

这样小小的五本书也许并不足以让我们看透整个人类与自然。但至少,我们能够从中发现一个未曾经历甚至或许已经不复存在的远方,兴许还能像他那样停下脚步,与自然互相感受对方最细微的呼吸:

也许,包围着我的整个大自然——是个梦?……它无处不在:在林中、在河里、在田间,在群星中,在朝霞和晚霞里,所有这一切——只是某个人睡觉时所梦。在这个梦里,我似乎总是一个人出门上路。但这个巨大的存在在睡眠时所梦的,并非坟墓的那种冰冷的梦,她像我的母亲那样睡眠。她睡着,并听着我的动静。

良好的生态环境是社会经济可持续发展的重要条件,也是人类生存和发展的重要基础。我希望更多的人,尤其是青年人,走进自然、贴近自然,去倾听自然的呼唤,培养热爱自然的真正感情,尊重自然、应顺自然、保护自然!

写于燕园

2017 年 5 月 25 日

目　录

隐城墙边　1

第一章　幽暗的花园　3
第二章　瓦尔纳瓦的忌辰　16
第三章　森林中的十字架　29
第四章　看得见的教堂　47
第五章　看不见的教堂　61
第六章　德米特里·伊万诺维奇的教派　98

亚当与夏娃　137

永恒的一对　139
擅自占地的人　151
阿尔卡　162

人　参　171

隐城墙边

（光明湖）

第一章　幽暗的花园

春天。在完全腐烂的落叶和粪肥上又开始了新的生命。还要什么更多的呢？还有什么更昭然明了的呢？

非常好的烂泥，黑土。土地在雪下面解冻。每一个融雪的地方都袅袅冒着水汽。土地在呼吸。顿河开始奔流。

我想着自己一无所知的伏尔加河中下游东岸地区，夏天我要到那里去。这是已经决定了的事，我要去那儿。纵然那里一切都已经被研究过了，纵然一切都已为人所知，但是我几乎什么也不知道。世界上几乎没有人知道我。我要设法撷取浩瀚神秘的世界的一小块天地，对别人讲讲我自己的感受。

我要去分裂派教徒和教派信徒的地区，决定性原因是我在彼得堡宗教哲学会议上所听到的辩论。在那里我遇见了几个诚挚而激动的人，他们的争论也引起我的某种反响，我也很想用自己的观点来回顾一下双方的意见。我们林中的贤哲老人会对这一切说什么呢？有些永恒的问题并不太取决于人所受的教育和他们的外部差别。如果在与林中的贤哲老人谈话中我来检验所听到的意见，那么将会留下什么呢？我爱森林，爱北方的大自然,让它用新的声音对我说话吧。六月对农民来说是比较闲暇的月份,我决定安排去旅行,而春天我要回家乡过,在奥尔洛夫省的小庄园里过。

春天。离六月还远着呢。但是我刚踏上故土,前往隐城的旅行就开始了。我也就从这儿开始我的叙述。

我去的庄园的女主人,我们给她起了外号"侯爵夫人"①,因为她有一头银白色的头发和一副高傲的神态。她住的庄园是屠格涅夫老爷的。菩提树、樱桃园全都保留着,还有少许农地。因为这个缘故,也因为"侯爵夫人"善良,所以在大破坏期间农民们饶过了庄园,没有烧毁它。

故乡的土地……我真想亲吻它……但是在我们贫穷的平原上通常是不流露这样的感情的,因为路的两边长的是苦艾和大翅蓟,瘦小的灌木。纵横远眺,环顾四周,那是令人高兴的。这是另一回事。

在春天的雾气中,远处"侯爵夫人"庄园的菩提树颤动着,有的分开,有的连在一起,高耸上天。平原无边无际。雁群在上空飞翔。

近处是树木。白色的围墙像过去一样,石柱像过去一样,大院子,围栏的水井,灰色的木屋,绿色的屋顶,烟囱上的寒鸦,菩提树弯曲的树枝——这一切都依然如旧。

凉台被封死了。透过两层玻璃窗扇可以看到一个银白色的

---

① 这里说的是普里什文的母亲玛里亚·伊凡诺夫娜(娘家姓伊格纳托娃)。在普里什文的自传材料里讲到她是别廖夫人,原是古老信徒派人,后为正教徒。——原注

头,可以想到从眼镜上方看人的熟悉的眼睛。她在等候。

"一切依旧?"

"一切,一切依旧。"

但是房间里似乎暗了些,菩提树似乎离老屋的窗户更近了。

"有点暗……"

"我老了,花园里长满了草木。"

在客厅里,餐厅里——到处都是花园造成的夜一般的黑暗。菩提树靠得很近。

最初一些日子过去了。

春天姗姗来迟了。百灵鸟冻坏了。夜莺在光秃秃的花园里啼鸣起来。多年居住在这里的人是不会留心这一点的。"侯爵夫人"唠叨抱怨着。通常她是不喜欢谈大自然的,再说也没有时间,因为她总是劳碌着,没完没了地操劳。但是,要是花园里出现短暂的沉寂,她就马上会觉得浑身不自在。要夜莺在光秃秃的花园里啼鸣,听说过这样的事吗?但是这是没什么人可怪罪的,不用生气,不用责骂,应该排解自己的心绪,因此"侯爵夫人"就唠叨抱怨。

而夜莺在啼鸣。树木黑乎乎的,像死树似的。在地毯般的绿草地上和光秃弯曲的树枝上远远地就能看见一些灰色的小鸟,比麻雀还难看,发出咕咕的叫声。当树木披上绿装,有一只夜莺在树上啼啭时,花园绿色的心脏就会怦怦跳动,各个时段啼啭的夜莺都会齐声应和,因为所有的花园,所有的夜莺都是一样的。在绿色的花园里大家都会帮助夜莺的。但是这里,在光秃秃的树枝上,只有它一只夜莺,它自管自啼鸣着。你走近它,几乎就走到它跟前，它也没有听到。

怎么会有这种情况？在"侯爵夫人"的花园中，我觉得，夜莺啼唱的是，所有的人都很优秀，都纯洁无瑕，但是有人独自代替大家犯下了严重的罪行。

光阴如箭，花园穿上了盛装。紫罗兰、稠李、空中绿色的尘埃，从一棵树到另一棵树的悬挂的小桥。但是我无法忘记光秃秃的花园中的夜莺，老是觉得，在"侯爵夫人"的花园里隐藏着一颗不平常的不是绿色的心。

我无法摆脱一个念头：夜莺啼唱的是堕落。真寂寞烦闷。真憋得慌。

春天不等人，匆匆而过。为了自己哪怕留下什么也好呀。

我没有堂吉诃德那样的马。"侯爵夫人"所有的马，尽管长得瘦弱，毛也是一撮一撮的，但全用来重耕马铃薯地了。我步行着，田野多么辽阔呀。前面远处闪现着十字架。老鹰在上空滑翔。

真是宽广无垠。只不过无须看自己脚下，因为不然的话一切就都完了。这里无论走到哪里，都是把一种生活与另一种生活分开的干枯的苦艾筑起的草墙。整块土地被分割成许多小条。这里为一俄丈土地都要进行争斗。这里看不到人，因为他们都聚居在大村子里。这里比"侯爵夫人"那里更为拥挤。但是我不看自己脚下。

快点看到人！

在绿色草地上出现了一些留着大胡子的人，躺在羊皮上，放牧着马群。草地还没有被太阳晒热，缀满五颜六色的野花。

人们躺在那里，仿佛荷马笔下的众神。

可爱而慵懒的众神！我怀着一颗敞开的心灵向他们走去。草地也好，老荏地也好，没有梳理的大胡子也好，几十双盯着我的眼睛也好，惊觉起来的马群也好——这一切我从童年起就熟悉了。比所有人都好的是捕鹌鹑的猎人①。许多个晚霞和朝霞我都是与他一起在田野边上的网旁边悄悄等候鸟的啼鸣中度过的。在家里他是神，他的周围是许多野鸟，他把它们——鹌鹑、山鹑、夜莺——驯养成习惯于他；在田野上他也是神，一视同仁地注意着一切：草啊，鸟啊，天气啊。到处他都有各种各样的闲话说，到处他都有关于林妖的形形色色的故事讲——到处他都是神。

戴着尖顶帽的白发苍苍的老爷爷是村里的贤哲，农民的代表。他拄着弯曲的大木棍，在众人前面站在"侯爵夫人"的凉台前。他仍然这副模样。阿尔希普，谢苗，伊利亚，伊万——对于大家来说是一样的，可对于我来说是很不一样的人：怎么不是呢，一个是阿尔希普，而另一个不是阿尔希普，而是谢苗，他留着不宽的大胡子，不是铲形的，而是楔形的，第三个根本不是这样的，他是伊利亚；对于大家来说是一样的庄稼汉，对于我来说，有的是快活的，有的是忧郁的，有的是严肃的，有的是轻率的，他们是迥然不同，各式各样的。

他们为我铺了羊皮。童年的伙伴们认出是我，便回忆起怎么一起在"侯爵夫人"的花园里偷苹果，一起在脱粒场上赶马，

---

① 外号叫杰多克的农民，是普里什文的朋友。——原注

一起钓鱼。

窗户穿过年代久远、苍老斑驳的墙壁,朝向神赐的福地。绿色的光明的众神在那里奔跑,旋转。

但是那里也曾经有过黑色的众神。在围墙外面,在墓地上,有一个教堂,那里面就有许多神。有一次我们想钻到那里去,敲警钟。我们开始走楼梯登钟楼。楼梯上有一道沉重的铁门。门后面有什么呢?我们打开了门……那里一片黑暗……有一些法衣、圣像。我们拿了一个圣像就对着光看起来。那不过是一块黑色的木板。我们擦去上面的灰尘。突然露出了眼睛……而且是一副什么样的眼睛呀……

在围墙外的坟墓间走着,快点,快点去花园吧……本来是要停下来的,而这时大概是刺猬在苹果树下发出呼哧声。我们便又跑起来,而我们后面是黑色的圣像,有眼睛,而面貌不清。

春天的一团团光旋转着,变成点点火星撒向大地。绿色的球沿着斜坡向下滚,滚向水流。犹如它们留下的踪迹,大朵的鲜花像太阳那样撒满草地。而在地平线边上,在去年的老茬地后面,面貌不清但有眼睛的黑色圣像正望着这里。

"喂,现在你们生活得怎样?"

"不好……"

抱怨,诉苦,怨声载道……

"那么过去呢,还记得吗?"

"怎么不记得。"

"过去过得像神一般。"白发苍苍的老爷爷,农民的代表替大家说。

"那为什么现在不好了呢？是谁的过错呢？是谁作了孽呢？"

"是老爷欺负的。"

"是政府。"

"日本人打的。"

"胡扯，"白发爷爷说，"胡扯，是我们忘了上帝。"

突然捕鹌鹑的猎人蹦了起来，开始很快地说起来。以前，除了讲鸟的事，他从不谈论别的事，而现在，他说再也不能忍受了：

"瞧这里！"他指着脖子给人看，"不能忍受，因为大伙儿都不能忍受了。"

"要忍耐！"老爷爷说。

"不能，伙伴们！"

我觉得，仿佛不会说话的善良的野兽突然像人一样嚎叫出两三个词来，大概，所有的人都这样觉得。大家都沉默着。

"会有流血！"有人低语着说。

"这样的流血，这样的流血，世上都没见过。"

这时几个肮里肮脏、满头乱发的孩子跑到我们这儿来……

"难道我们过去也是这样的？"我头脑里冒出这样的想法。"不可能。"我想。我们过去是美好的，自由的，不是这样的。现在不是像过去那样。

"那么到底是谁把人逐出天堂的呢？"

"是蛇。"肮脏的孩子回答说。

"不是蛇，而是以蛇的形象出现的魔鬼。"白发苍苍的老爷爷纠正他们说。

地已翻耕好,又黑又肥。要种土豆!

"侯爵夫人"穿上毡靴,羊皮短袄,裹着有洞的编织围巾,走下地下室。那里村妇们把土豆切成一半作栽种用。"侯爵夫人"亲自监工,与这些村妇一起整天整天切削土豆。她与这些婆娘有许多共同的地方,从早到晚够有话说的。

我有时候喜欢下到地下室的这间客厅里,谛听她们的谈话,那时我就觉得,这是一群母鸡聚集在一堆堆土豆旁。"侯爵夫人"也是只大母鸡。她们咯咯、咯咯叫着。

有一次我去,这就听到她们叽里呱啦在说着:

"马特廖娜被踢伤了!"

"怎么踢伤的?"

"别人的一匹马发脾气,养成了跑到'街上'去'吓人'的恶习。伊利亚对铁匠说:'马在奔跑吗?没人能对付吗?''要对付它,很简单。'铁匠说。晚上他捉了马,给它钉了马掌。很快马特廖娜就来到了医院,她请求医生替她把腿上的木刺取出来。医生取出来了,但不是木刺,而是马钉。这下大家就知道了,是谁像马一样奔到街上。"

她们谈论马特廖娜谈了两天,后来便聊到"神父":咯咯,咯咯,像母鸡似的说个不停。神父!新的神父在村子里,他们不敬重圣像,不朝圣尸鞠躬,也不去教堂。

"噢,我的上帝,我的上帝!"

"在某个地方基督教徒流浪着,失去了信仰。他们开始读书,是他鼓动他们的。"

"是谁?"

"开玩笑的人,是他鼓动!"

现在人们不上教堂,不要见神父,也不接受圣母。

"他们住在哪里?他们是些什么人?我要到他们那里去。"

"别去,别去,"大家哇里哇啦叫起来,"他们会叫你接受他们的信仰的。"

但是我还是向阿列克谢耶夫卡走去。我想见到教派信徒。这里,在我故乡的土地上,从来也未曾有过教派信徒。据说,他们是这儿的人,出去挣钱,回来时就成了教派信徒。他们是些什么样的人呢?

在阿列克谢耶夫卡教派信徒的屋子前聚集着一群农妇,她们在一扇打开的窗户前听着唱歌,一边闲扯着:

"在他们的屋子旁不知怎么的觉得有点可怕。"

"他们把自己变成了一些可怕的人。"

"不知为什么在他们的屋子里头就会晕。"

"他们唱着什么……"

他们唱的是童年起就熟悉的无情的歌:"噢,你呀,在无边无际的空间。"这是指上帝。是杰尔查文[①]的上帝!"我是沙皇,我是奴隶,我是卑微的人。"我们的庄稼汉怀着宗教的虔诚唱着杰尔查文写的颂歌。这意味着什么?我走了进去。

这不是我认识的那些农民。这也不是有着泥地草顶、养鸡

---

① 杰尔查文(1743-1816),俄国诗人,俄国古典主义文学代表。——译注

养小牛养小猪的平常的屋子。这里又干净又明亮，挂着窗帘，墙壁雪白，还有许多这样不同于农民屋子的地方。但是有一样主要的东西没有。这是什么东西？对了，是圣像。这是最主要的。因为没有圣像，一切也就不是那么回事了。木圣像中蕴藏着某种神效的力量能影响死亡的世界。教派信徒本来是我们的农民，但现在他们身上仿佛安上了铁条。他们的眼睛中不断地闪过加工上帝的话的风车的翼片。就在这里旁边坐着一个如山羊腿那样的细长个儿农民，他在想：兄弟，别受影响，他会鼓动的。

"你们原来是这么生活的！"

"我们照上帝说的话，像基督教导的那样，像圣徒那样生活。"

角落里桌子上放着一本圣经，取代了圣像，还有一本翻开的《古斯里琴》书，教派信徒们就是根据那书唱杰尔查文写的颂歌的。

"请坐。"

一个长着歪斜的红鼻子的小铺伙计走了进来。

"我来是出于好奇想问问。你们失去了上帝，使人们困惑不解，可是无论谁都不能给他们一个真正的回答。"

"我们信上帝，我们是基督徒。"

"你们的信仰算什么，不给孩子做洗礼，不敬重圣像，不承认神威。而我们的信仰是最正确的，因为我们的信仰，神圣的上帝的侍者才得救了。哎，你们……"

"除了上帝，谁都无法知道，谁是圣人，谁是罪人，"有一个教派信徒说。

"不能从自己的角度来说，"另一个信徒纠正说，"读读圣经里写的吧。"

我们的桌子就像是讲台。布道者穿着绣花衬衫,读着一篇又一篇经文。

"对,对……还有……"

"你就是从自己出发,"小铺伙计生气地说。

"您来给他们讲,为什么不能从自己的角度出发?"

于是又念经文。黑乎乎的旧圣像从桌上消失了,变成了圣经,念了又念。教派信徒的眼睛里不断闪过风车急速转动的翼片。上帝的话便滔滔不绝地洒落下来……

"算啦!够了!"小铺伙计嚷道,"你们可是没有受洗……"

"基督在三十岁时受的洗礼……"

"在我们之前人们怎么受洗?我们是从神甫那里,神甫是从高级僧侣那里,而最上面是受过涂油仪式的君主。"

"该是谁的事,就让谁去办。"

"受过涂油仪式的君主。你看!——他成了胜利者。"

大家沉默起来。

一个平凡普通的庄稼汉问教派信徒:

"不是上帝发明了人吗?"

"是上帝。"有人回答他。

"上帝,"那庄稼汉又说,"可是似乎有点奇怪:我们都会死去。"

"你们的快乐是在尘世,然后像畜生一样死去。"

"是像——畜——生一样!"庄稼汉表示同意。

又是沉默。

"叶戈尔·伊万诺维奇，"小铺伙计又问，"大概，那边什么也没有吧？……"

"上帝说：我只召唤拣选出来的人，而那些人都要送入火焰地狱。"

"这可不是基督，"我想，"基督是仁慈的，不用书本也是明白的……"我对教派信徒们讲起了很久很久前，还是童年时坐在椅子上听到的那个基督的事。点着长明灯，一个穿黑衣服的妇女开始讲：这一夜一个崇高的男孩降生了，一颗星星燃亮了，把人们引到他那里去。我用自己的话把我所知道的告诉他们。

"多么大胆！"教派信徒的妻子们说。

"基督不惩罚人，而是拯救人。"

"你瞧！"女人们很惊异，"同一本书，理解得多么不同呀。"

"这是怎么一回事？"从教派信徒的屋子里走出来时，我想，"普通的庄稼汉在自己的土地上无法生活，给他们的太少，他们就要反抗。而这些人却很满足，在同样一块地上生活得很好。那些人有尘世的生活，有孩子。这些人有不死的信念，为尘世向上天借贷，因此十分恭顺。"我的理智在他们这一边。我的心灵与像山羊腿①的细长个儿农民在一起。我回想起躺在绿草地上长着大胡子的这些人。我也回想起有圣经的教派信徒，在记忆里重复着女人们说的话：圣经是本可怕的书，谁要是读它，就会诅咒上天和土地。

---

① 山羊腿指的是古希腊罗马讽刺者的形象。作者表达的是对富有生气的"多神教"的自然状态的好感，与空发议论的教派信徒相反。——原注

我回到"侯爵夫人"的花园里。光彩夺目的白桦树迎接着我。这不是普通的白桦树……我似乎在别的国家什么地方见过它们。远处夜莺歌唱着。一切都是熟悉的，又都遗忘了……黑色的鸟从树穴中飞出来。我被大树的根绊了一下。刹那间——我想起来了，叫出了什么。

天色入暮。老菩提树，长着一些深色的花。从一层半腐烂的落叶下面露出了一个黑色的背。

夜莺在歌唱，唱的是人是无罪的。

第二章　瓦尔纳瓦的忌辰

"自己走,自己走!……"于是一大包一大包货物就动了起来,人们移动着细细的腿走向驳船。他们回过来,又背上货物,又响起了《船夫曲》……一排排木排,一条条拖船……可以看到青翠的树林。伏尔加——我的第二故乡。

我坐在高高的河岸上等待轮船。我回忆着几乎已被遗忘的关于伏尔加左岸森林的小说①。我记得,一位商人,叫波塔普·马克西梅奇,就像是古代俄罗斯的大公,管辖着林区的人们。逢年过节时,他给他们摆开餐桌,喝得有点醉意时,他甚至与奴仆们一起跳舞。这是个没有开发的地区。人们做着木汤匙,卖了它们,喝啊,唱啊,跳啊,古老的罗斯!而林中住着一个戴尖顶帽的女巫马涅法。她的隐修院里有漂亮的预备修女,她们想嫁给伊万王子。但是女巫给她们念珠,强迫她们做祈祷。她对她们说,伊万王子有罪孽。姑娘们便"偷偷地逃到"伊万

---

① П·И·梅利尼科夫－佩切尔斯基(1818-1883)的长篇小说《森林中》(1871)。——原注

王子那里去……可是这时却发生了莫名其妙和奇怪的事：伊万王子是一场骗局。预备修女又回到女巫那里，而且自己也成了女巫。就这样隐修院不断发展着。

离隐修院不远有个光明湖。在遥远的古代预备修女和伊万王子就在湖岸上膜拜太阳神和焚毁恶女巫，欢度春天。但是马涅法女巫建造了一座看不见的城池，让一些穿黑衣的守教规者住在那里。

看不见的城市是有名称的，但是叫什么——我想不起来，但我必须得回忆起来。可是我越是努力回忆，这看不见的城市的名称就越是躲得远。

为了使自己摆脱纠缠不休的念头，我开始喂海鸥。

海鸥早已学会了这样喂食。它们从下面飞上来，移近我。它们小小的，像糖一般雪白，头上是褐色的，轻轻拍动翅膀发出簌簌声响。它们丝毫也不改变飞的状态，吃着面包屑。因此觉得，广阔的水面如水晶一般。真想永远留在那里。

我沉浸于此种情景而有些忘怀了……但是伏尔加河边这座小咖啡店的主人为了讨好我，放起了留声机。在华尔兹舞曲的伴奏下有两只老鹰在高空盘旋。

"这里有个地方，"我问咖啡店老板，"是看不见的城市吗？"

"在光明湖那里。"

"它叫什么名字？"

"它有个叫法的……马上……"

老板沉思起来。像糖一般雪白的海鸥与玻璃般的宽阔水面融合在一起了。老鹰停在青翠的森林上空。大家都在回忆：看不见的城市究竟叫什么？

一路上我常常发生这样的情况。但是我仍然从不随身带上一本参考书，因为这样的旅行的全部意义就是独特的视角，没有书，没有一定的计划出行，哪怕是一个月献给召唤你去的声音……去哪里——是他们的事……

我随身带的唯一一本书是有启示录的福音书。即使是这本书也是在伏尔加河的轮船上向小贩买的。即将面临与古老信徒派教徒说话，而我又缺少这方面的准备，使我感到惶恐。我们是坐轮船向伏尔加河下游驶去，我开始读福音书。

一切都令人费解。我试着读一点停一停，以便使自己弄清楚含义……

七颗星星的秘密……通过太阳来体现的妻子，虚弱无力的马和骑着它的骑士，他的名字叫死亡……①还有许多这样令人捉摸不透又使人激动的内容。瞧，还有二重天……

我读完了。一个人孤零零地留在轮船上……这是斯捷潘·拉辛的河流，这是条家庭的轮船。天气炎热。船舱里十分炙热。真想请船长把轮船在水里泡一泡。乘客们也都走来走去，徘徊不定。只有一位肥胖的大娘不倦地在织什么。船头人们在看茨冈人表演，掷给他们零钱，孩子们为争抢这些钱而打架。民间歌手唱着说神父不好的歌。人们也掷给他零钱。

大家都感到炎热和无聊。只是将近黄昏时才开始凉快起来。穿着绿裙子、红袜子的小姐对军官说：

---

① 启示录中的象征形象。——原注

"没有比伏尔加更好的了!"

"大海更好!"他回答她说,并要了鲟鱼汤。这是个象征。披着长披肩的女歌手要了虾颈做的汤。老将军低声讲着有关盲肠的事。暮色越来越浓。伏尔加河上点起了星星般闪烁的万家灯火。吃过晚餐后,女歌手终于弹起了琴键,唱了起来,而天空中也亮起了第一颗真正的新星。金灿灿的光网撒下来,在蔚蓝和紫色的涟漪上晃动。大大的月亮出来了。

夜降临了。空气变清新了……人们各自回到船舱去了。只是在月亮照耀的地方将军坐在那里,黑乎乎的,像个草垛。茨冈人早就已经入睡了:男人、女人、孩子全都露天睡在水边。舵旁河水为他们而潺潺作声,闪闪发光。月亮为他们而又大又红。

我在船舷和船舱之间绕着驾驶室踱来踱去。一扇扇窗户都还亮着灯。漂浮在水上的房间的一切都历历在目。我觉得,这不是伏尔加,也不是船舱,而是大城市里一排像过节似的装扮起来的住宅。我则是独自乘坐马车,怀着嫉妒心在上面窥视每一个家里面的情景。

岸上的树木变得像是一顶顶黑帽子。出现了一个个神秘的岛。月光笼罩了一切:睡着的茨冈人,将军的背脊,划桨人在水上的倒影。灯火熄灭了,窗帘挂上了。只有一个窗帘受到鸢尾花的妨碍而没有拉严。我觉得,这束花对于我来说是在这个夜里与尘世的最后联系。再过一会儿,一切就都结束了。我感到有点惋惜和可怕。

心里有这么一条界线,像关上的窗户那样黑乎乎的。在它后面则是暗淡的光和特别的欢乐和幸福。

有这么一条界线。

如果做一下努力，那么活人是可以逾越它的。

但是那里没有鸢尾花。喜欢它们的人是不会逾越界线的。并非是因为他不能，而是因为他喜爱。

而在那里并不是那样。那里是新的天，新的地，因为过去的一切都已经过去了。那里没有哭泣，因为往事已经流逝。那里也没有太阳，没有时间。这是否就是我今天读到的二重天，人和上帝的一致？而这里，大概，闪耀着碧玉、蓝宝石、玉髓、紫晶光彩的耶路撒冷城将会消失……

天色微微发亮。河面上升起了雾。就这样，自然而然地，没有做任何努力而想起了，隐藏在光明湖畔的看不见的城市叫基杰什。它沉降到人们的尘世之外……

我没有立即从伏尔加河到韦特卢加河，但愿立即就去。以后我再讲在伏尔加河上的事。

韦特卢加这条河是条古老的河，岸上长满了枞树和松树。下着雨。现在我觉得这些树是黑黢黢的。河流虽然狭窄，但是在树林这一段不知怎么地流得畅快了，仿佛变宽阔了似的。真想坐上一条木筏，从河流的最上游漂到伏尔加，熬稀饭，钓鱼，在篝火旁放开喉咙，拉长声，唱起歌，让熊咆哮，让狼嚎叫，古老的河啊！

林区的人们很好，许多是白发苍苍的老人。他们问我，我去哪里。我回答：去基杰什，去看不见的城。谁也不感到惊讶，在这里这是可以理解的事……

伊万诺夫之夜①前夕,有人告诉我,应该到那里去。而现在要去韦特卢加河那边的乌连斯基森林,去旧教徒那里。他们还建议我去瓦尔纳瓦城。似乎是全世界,全宇宙的人都走拢来去那里,围着教堂慢慢移动。

"一个跟一个彼此站成轮圈,整整一夜,"他们告诉我。

古老的河。黑森森的枞树。灰色的天空……人们慢慢移动着……我去哪里?这是什么?……我一定要看到这一切,想和这些人一起感受他们的恐惧和罪孽。人们慢慢地移动着。我仿佛梦见十分久远的童年时代怀有的害怕和恐惧,忘却的世界在我脑海里活动起来。我想看见……

女巫,我漫游的灵魂,同意了。韦特卢加的小轮船恰好在无情的圣者的周年忌日把我送到瓦尔纳瓦城。一个皱纹累累的老奶奶带我到瓦尔纳瓦的教堂去,到有十字架的黑乎乎的锥形木教堂去。

"难道,"我问,"在这雨天泥泞的情况下人们还来吗?"

"来,亲爱的,来还愿的人,无论如何也会来。"

教堂旁边是可怕的陡岸。韦特卢加河与另一条河汇合起来,在蓝盈盈雾蒙蒙的森林和沼泽处各自分流。陡岸只有两步之遥。两三阿尔申,两三个春天,瓦尔纳瓦教堂就会沉到韦特卢加河中去。

"没关系,"老奶奶说,"瓦尔纳瓦②会制止的,他是好样的。"

---

① 旧俄历六月二十三日到二十四日之夜,是古代农事的节日。——原注
② 这里是指当地圣者瓦尔纳瓦。——原注

"但愿能坚固。"我想……

"要是倒塌，"老奶奶安慰说，"那也是该的。听说神父离世了。他一离世，也就要倒塌。"

真的，如果那里没有圣者，又何必去加固陡岸呢？如果他在那里，那么他会坚持住的。整个俄罗斯都是这样生活和信仰的，所以也不加固陡岸。而圣者离世的话，冲沟就会增多。加固它们是没有意思的，没有什么必要。瓦尔纳瓦离世了……过去我就从许多虔诚的人们那里听说了这件事。他离世是由于人们的罪孽。因为他们用大、中、食指捏成一撮做祈祷，忘了古老的真正的信仰。整个韦特卢加地区都在窃窃私语："瓦尔纳瓦离世了。"

"他是个好样的，"老奶奶说，"伊万沙皇攻打喀山时，就把他召到自己身边。圣者就教导沙皇：'你要这样做，这样做。'伊万雷帝大发雷霆，圣者居然对他指手画脚，就把他赶走了。而圣者把法衣抛到水里，就游到韦特卢加的森林里来了。沙皇吓坏了，就说：'回来吧，回来吧，瓦尔纳沙。我全都照你吩咐的去做。'他一丝不苟地照圣人所说的做了，攻下了喀山。瞧圣者多么了不起。"

最后一批北方的木教堂倒塌了。而在石头盖的教堂里上帝的侍者是不住的……

"大概离世了吧？……"

"上帝知道。圣徒藏入了密室。有一个神父想要看一看，结果失明了。另一个神父看了也失明了。神父们都失明了。"

木教堂里非常昏暗。透过有栅栏的窗户我还能看到亮光，甚至还看到一段彩虹。但是教堂里面很幽暗……

瓦尔纳瓦的灵柩上方灯火颤动着，时暗时明。香客们一个换一个不断地向灵柩鞠躬行礼，红色的火光照着他们的脸。教堂里挤满了人。人们带着背囊坐在地板上，等候诵读圣徒的生平。他们从很远的地方聚集到这儿，又累又湿，天亮前整夜都与瞌睡做着斗争。天色完全黑下来了，什么也看不见了，只能辨认藏着瘦骨嶙峋、毛发蓬乱的幽灵的黑暗的角落。有人拿着蜡烛走遍所有的角落，细细观察，停在那里，专注谛听：有没有人打鼾，有没有人被魔鬼控制了。

有人打起鼾来。火光经过背囊和腿移向发出鼾声的地方。老人对违犯教规者毫不客气：一脚朝这有罪的身体踢去。

"我的爹呀！我的妈呀！"

"上帝呀，可别大发雷霆来揭露我，下面就用点怒气来惩罚我吧。"旁边有人嘀咕着。

火光从一个角落移到另一个角落，检视了门外的台阶，就停在离灵柩不远的读经台旁边。有人穿着黑色长衣，拿着一本大书，走近灯火，诵读起生平来。

在这本大书里写着圣徒的所有奇迹和生平：他怎么住到森林里，怎么用熊运树木，怎么治好了盲人、聋子、哑巴。诵读要一整夜。很久很久以前，整个古罗斯所有的教堂里就是这样诵读圣者的生平的。一些人创作，一些人就虔诚地聆听和学习。古罗斯就是这样受教育的。

教堂里一片漆黑。在幽暗的角落里，一个有胡子的老妇人举着拿皮念珠的瘦骨伶仃的手在作布道。人们从各个角落挪到她这里来。圣徒灵柩上方的火光飘忽着。在幽暗的角落里秘密的宗教仪式开始了。

"弟兄们，最后时刻来到了。判官已经在门口。你们站在转动的沙子上。在黑暗中摇晃吧！"老妇人叫着。

"苦上有苦，不幸之上有不幸。"有胡子的老妇人旁边的人影低语着说。

"一切标志，一切征兆，都在这里：地震和叛乱，塌陷和海浪。"

"魔鬼，魔鬼始终在耍阴谋诡计！"人群中重复说。

"天和地，弟兄们，会消逝而过，而我的话不会消逝。最近会降临大灾难。母亲会烤自己的孩子来吃。"

"死罪呀！"人群低语说。

"山里将覆盖上积雪，会出来四只鸟和四头兽，一头是牝熊。"

"怎么是牝熊？"

"另一头是牝狮。"

"怎——么——是牝狮？"

"而第三头是老虎。"

"怎——么——是老虎？"

"而第四头是犀牛，长的是四个头，十个角，一个角长得非常快，但是它是主要的。当它们从海里出来后，就会向罗马走去。"

"地狱般的不幸!"

"这样的不幸,连撒旦本人也会后悔的。"

"一个不幸刚过去,第二个不幸便接踵而至。"

"他将成为土耳其战争中的将军。"有人打断长胡子的老妇人说。

"他是犹太姑娘所生,"另一个人低声说。

"他是纳塔莉娅的第七个姑娘所生,生在法国,"长胡子的老妇人平静而有把握地纠正说,"表面上看他是只狐狸,里面却是只凶狠的狼。有一双铁手,还戴着嵌宝石的戒指。他会是仁慈的,两个虚伪的预言者戈格和马戈格①接受圣者并将使死者复生,他们爱寡妇和孤儿,不是贪污受贿者,上帝爱什么,他们也爱什么。不抽烟,不喝酒,万事皆知:从东方到西方的精神和想法都知道。近日将把沙皇叫来,拥抱他,他们将去圣门……这时他就死了……"

"谁,是谁死了?"我周围的人低声问。

"谁?"我问老妇人。

"沙皇。他用长鼻子打死了他。"

"对不起,是用尾巴。"有人恭敬地向我解释。

"那时所有的信仰都是联系起来的。那时要关在教堂里三天三夜,然后将会听到天上传来的声音:'心爱的人们,去君士坦丁堡,去索菲亚教堂,那里我的第一个沙皇米哈伊尔将会

---

① 戈格和马戈格是犹太教、基督教和伊斯兰教中的两个野人,他们出现前应经过可怕的审判。——原注

复活。'"

信徒们来到君士坦丁堡,把米哈伊尔带上王朝。他将在彼得堡统治三个月,然后会走到田野上,把手举向天,说:"我不能跟胡作非为的人一起统治国家。"于是人们就向阿瓦东①宣誓,他将统治一千两百六十天。他将来到彼得堡,坐上王位,会给一个有六百六十六这个数字的印章。

"现在看一下秤就好了,那里究竟有什么数字。"

"但愿能看懂。"

"天使们将会挽着阿瓦东,把他带上王位,带到地球边缘,这里他将吐出各种胡言乱语,咒骂所有用三个指头祈祷的人和尼康派教徒。"

这时上天的力量将动起来。雷神的儿子惊恐起来。

"这雷神的儿子是谁?"我问。

但是人们无法向我解释。雷神的儿子——没什么好说的……他惊恐了。

无法解释。这不是思想,而是历经久远的世世代代投下来的影子。这个古老的教堂现在挤满了人影。我周围,就像在维伊那里一样,只有影子和幽灵。真可怕,蜡烛的火苗由于俯向灵柩的又老又丑的脸而永远颤动、摇晃着。

"开始慢慢移动了,开始慢慢移动了!"

人浪把我带到教堂门前的台阶上。那里人们在黑暗中,在

---

① 阿瓦东在犹太教和基督教中是个接近死亡天使的人物。——原注

雨下作着祈祷，仿佛是集合了要去作远行。

"马上他们就要开始走了，马上就要走了。"

他们慢慢移动了。

一些凝聚起来的黑乎乎的影子倒到地上，叩着头，然后就在雨下移动着。

"靠边上走，别分散！"突然一个警察的喊声划破了黑暗。

人们慢行着。

可以听到脚下的泥泞发出吧唧吧唧的响声，雨滴掉到水洼里的滴滴答答声，稀泥淹没足迹的汩汩声。下面有什么东西白乎乎的。我仔细一看：一个孩子绑在慢慢行走的妇女身上。她比所有的人都走得吃力。路上有一根圆木，她把孩子解下来，放到圆木后面的泥泞中，自己爬过圆木，重又把孩子绑上。在陡岸那里人们两个两个行走着，小心翼翼地。

他们终于走过去了，又对着教堂祈祷，然后又聚集起来。

"朝一个方向！"

他们消失在黑暗中，孩子哭叫着。

"老奶奶，难道这是基督吗？"

"是基督，亲爱的，耶稣基督。万军之主是不会宽恕的。基督为我们接受了死。你找不到比他更好的。你将与他一起进天国。受苦受难的瓦尔瓦拉有四十个丈夫，她伏倒在真人面前，他就宽恕了。而万军之主是不会宽恕的：没有基督不行。"

秘密的宗教仪式结束得很糟。在穿着中世纪服装的人群的背景下我穿的是现代的服装,就显得像是个令人可疑的警察。身份证留在旅店的行李里了,于是他们把我带到派出所。几个脏得像没有洗过的靴子似的小警察懒洋洋地抽着烟,又懒洋洋地吐出来,懒洋洋地看着我。

"带来!"

在我的文件中他们找到了省长指示要保护我的命令。

折磨的时间不长,但现在还需要许多折磨吗?

秘密的宗教仪式也就这样结束了。我就开始寻找看不见的城市了。

第三章　森林中的十字架

被雷电烧着的一棵松树冒着烟。烟雾像十角兽的尾巴一样,在森林上空卷了起来,很是浓重,后来就消散了。朝圣者参加了瓦尔纳瓦的忌辰后,现在回乌连森林去。木筏默默地漂过韦特卢加河。斜扎的黑头巾,尖鼻子,年老的下巴,林区人不信任的眼睛——全都警觉着。在水上说话是不好的。

木筏要靠岸了。树林上有什么动物沉甸甸的,在睡觉,现在醒过来了,在松树梢上迎面爬过来,黑乎乎的,直立起来,不高兴地张望着。

朝圣者站成纵行在小教堂面前画着十字,然后一个接着一个消失在松树间。到处长着蕨类植物,林中草地长满铃兰,松鼠窜来窜去。

这是乌连边区的森林,住着彼得一世时被流放到这儿的射击军的后代。在瓦尔纳维诺有人对我讲了许多这个地区的事,于是我又背离了计划,无拘无束,没有私心地动身去那里,全然服从陪我旅行的看不见的秘密的助手。我面前有上帝的书,读吧,一页一页翻吧。

这些树林里的人尊奉为神的人是个严峻的、矮壮的人，皱着眉头看人，不信任人，他不接受用三个指头做的祈祷，而只认同两指祈祷。这里的人们也很冷淡。衣服、面容、性格全都不像我们平原地区的人。难道这是因为用两指画十字的缘故吗？

为了与他们接触交往，我把用三指画十字置之脑后，不再吸烟，吃得也很简朴，喝茶。但终究还是有点害怕。要接近的第一个条件是真诚。但是所有这一切崇拜的对象——古老的圣像，七个圣饼，顺着太阳的方向从东到西走，两指画十字——对我来说不过是具有民族学价值而已，又到哪里去找到真诚呢？

我敲着一家的小窗户，同时有点害怕。

一个黝黑结实的老人，犹如搁置在沼泽里一百年的老橡树，开了门。

"从哪里来的？有什么事？"

"我寻求正确的信仰。"

"进来吧。"

屋角有圣像。一本翻开的大书印的是斯拉夫字母。书上放着一副系着深色带子的眼镜。透过闪着虹霓的玻璃窗可以见到森林。

老人探究地打量着我：我是不是来要钱的，是不是政府派来的？

"上帝保佑，我不是来要钱的。我是报社派来的。我写一行字就能拿到钱。"

"一行什么字？"

"就这样的！"我指着书。

他戴上眼镜,望着圣经《旧约》中的诗篇。

"你说,是一行什么字?"

"就算这一行吧:

"'诸神述说上帝的荣耀,苍穹传扬他的手段。'"①

"为这样一行字,人家付钱给您?"老人问并从眼镜上面望着我。

我很窘困,心里想,老人问我不无用意。但是我错了:他只是像孩子似的感到惊讶。

"这就像付给我们犁地的钱一样,"他笑着说,"我有个儿子,也是个读者。米沙!来了位你这方面的人。"

聪明的年轻人一下子就明白了。在他的书架上有许多黄色皮封面有锁扣的旧教的圣书。其中一本圣书的字体不是斯拉夫的,小小的,熟识的。这是米亚科京②写的《大司祭阿瓦库姆的一生》,是帕夫连科夫出版的,但是有非常珍贵的封皮,放在高贵的书架上。

"瞧它们,我们写的字行!"我高兴地说。

"这么说,您就像米亚科京?"

"当然,当然,我就像米亚科京。"

透过闪着虹霓的窗户,我看到,树林中变明亮了。乌连的神原来充满了不信任,很严峻,现在他的脸变开朗了。大概,部分由我建造起来的桥梁现在向我通过来了。

---

① 圣经《旧约全书·诗篇》第十九篇。——译注
② 米亚科京(1867-1937),俄国历史学家,政论家。《大司祭阿瓦库姆》的作者。——原注

为了"科学",米哈伊尔·埃罗斯托维奇,即主人的儿子,准备付出一切。

"我们向您公开一切,"他们对我说,"我们给您看一切信仰。有圣地,圣人,读过许多经卷的人。要带您到哪里去?"

"去马克西姆·谢尔盖耶维奇那里吗?"儿子问。

"他要到随便哪个神父那里去!"父亲赞成说。

"或者到亚历山大·费奥多罗维奇那里?"

"那是个精通神学的人!"

"或者去德米特里·伊万诺维奇那里?"

"是个灵巧能干的人!"

"不然就去彼得鲁什卡那里?"

"带他去彼得鲁什卡那里吧,从他那儿开始。"

第二天一早就有人把我带到圣徒那里去。那是一个非常荒僻的地方。他在林中的一个坑内已经待了二十七年,以祈祷来拯救自己的灵魂,企求超生。而今天他却招待我们。"徒弟"喝茶甚至也不算罪孽,也可以对着窗口吸烟,吃点简朴的食物。

这真是偶然……这在旧教徒的日常生活中真是例外。就这样形成了规则。非常好的规则,全是由例外构成的规则。这就是旅行。

圣徒住在别廖佐夫卡村附近的一个地方。林间的道路要经过许多树墩和倒下的树。乡间小道很长很长,好像这是林妖握着拳从那里向我们这里,向没有树林的地方望着,沉思着。也许,他看见没有尾巴、脱光了毛的林妖从红色的泥峡谷里爬到黑色的田野上来晒太阳。

林妖很忧郁……而我的旅伴米哈伊尔·埃罗斯托维奇却认为，那边，在乡间小道后面，是一个神奇的世界……

为了"科学"他抛下了一切事务，一边行路一边想，我和他为了一个未知的大世界——在森林后面那里，正在做一件大事。

他告诉我，离开圣徒那儿不太远，在乌斯季有一座非常好的著名的克拉斯诺亚尔修道院。本来它可以永久存在下去，但是魔鬼诱惑了尼古拉一世沙皇。他派了信徒从彼得堡来，要使神圣的修道院"破产"。他们毁了修道小室。大家都很惊惧，并想，人重又退化了。修道院被摧毁了。渎神的是自己人阿廖沙·托斯卡。他推倒了小教堂的十字架。修道院消失了。信使往回赶路。而那个时候皇上变得忧思重重，生起病来，他醒悟了，说：我派人去"摧毁"虔诚的修道院是不应该的。于是又派了另一个信使去制止。两个信使都在赶路：一个从克拉斯诺尔赶往彼得堡，一个从彼得堡赶往克拉斯诺尔……这样，等他们相遇时，修道院已经毁了……

当两个信使相遇时，非人的可怕的死亡就降临到尼古拉一世身上。为了形容他，米哈伊尔·埃罗斯托维奇量了长舌头，一直拖到膝盖。

现在修道院留下来的只有两座坟墓和被推倒的十字架。一年两次有许多人汇集到这块荒凉的地方凭吊神圣的坟墓。

"要颁布一部良心自由的法律[①]，"听着这个故事，我想，

[①] 指1905年10月17日诏书和1908年4月17日的法令，承认分裂派教徒完全有信仰的自由。——原注

"要是在民间收集有关修道院的回忆，列个计划，作个记述，把这一切向逃亡教堂派教徒的保护者、下诺夫戈罗德的商人布格罗夫作个介绍，会怎么样呢？也许，他会给钱。政府会允许，那么修道院重又能复活了。人们会高兴的。"

"大家会一辈子为您而向上帝祈祷，"我的向导对我说。

"好。我们来试试。"

在村子里人们包围了我们，开始他们对我们抱着不信任的态度。

但是米哈伊尔·埃罗斯托维奇跟他们轻声说着什么，一边不时地朝我看看。

大概，在树林里留下了许多有关我的传说。只要深入活生生的环境，马上就能得到答案。

我的旅伴跟老头老太们嘀咕着，我能猜到传说着什么：新时代来临了，从那很远的地方，皇上悄悄地派了自己的人到森林里来，是要恢复一切旧的习俗。

新的时代。一个老妇人提议看看《旧约》里的诗篇，了解一下现在是几千年，是第八还是第九，又意味着什么。大家对我的到来都感到高兴。大家都想帮助神圣的事情。我感觉到，我触及了他们生活中最敏感的神经，因而感到与他们有着最知心的亲近。有一个人给我送来了一块砖，那是克拉斯诺亚尔修道院神圣的遗物，另一个人则送来了铜十字架的残片。而最重要的是，他们想给我看从那时保留下来的两个圣像。老人是人们选出来的小教堂的守护者，他的目光深邃而温和。他带我去小教堂、墓地、枞树和松树绿荫下。

小教堂很幽暗。十字架上长着苔藓和青草。但是教堂里面却精心收拾得很好。就像远古时那样，麻布帘把小教堂分成了两部分，把男人和女人分开，把干草和火分开。

小教堂里人们虔诚地用两个指头画十字。弥漫着一股朽木的味道。黑幽幽的脸俯向旧教的大书上，轻轻地低声诵读着。

"那是很好的修道院，"温和的祭司对我讲着在摧毁克拉斯诺亚尔修道院时抢救出来的每一个圣像的故事时，说，"很好的修道院。"他重复说，"还有书，还有上帝。"

"上帝是好的。"我跟着他重复说。

"尼古拉·亚夫连内，"祭司高兴地给我看一个黑乎乎的旧圣像，说，"是在小溪里显现的。"

"黑乎乎的……"我说，"一点也不清楚。"

"染上血了。"老人回答说，并用袖子擦着圣像的脸。

"是啊，这是众神，"我想，"真正的神。"有人对我解释过，有人教过我，说这不是众神，而是像照片那样的画像。但是现在我深深明白了，这种解释多么虚伪。心灵告诉我，这是众神。孩提时代时我就知道他们，尊敬他们，害怕他们，对他们顶礼膜拜，他们是可怕的，但毕竟是可爱的孩子们的众神。

"神是好的。"我下意识地重复说。

"神是好的，所有供神的场所是好的。"温和的祭司高兴地跟在我后面重复着。

我仿佛看见了我童年时代遥远的星火，非常遥远，神秘莫测。许多寒冷的无穷尽的平行线汇集成一根很细很细的线。而我那有着黑色灯罩的圣灯就挂在那里。能朝黑色灯罩那里看一眼吗？

不可能。寒冷的线是无穷尽的，无法知道，它们在什么地方汇集成一根线。

"神是很好的。"走出小教堂时我说。

"神是很好的。所有供神的场所也是好的。"所有的敬神者跟在我后面高兴地重复说。他们围着我，请求着：

"你把尼古拉神父打发走吧。他玷污了神……"

"怎么回事？"

"亲爱的，在'毁坏'克拉斯诺亚尔修道院之后，最好的圣像就挂到尼康教派的教堂里了。世纪初它们就挂在修道院的。而尼古拉玷污了它们。"

"把圣像上的金属衣饰也扯下来了。"

"他还用三个指头画十字。"

"他变年轻了。"

"现在他们快活得很，像是喝醉了酒似的。"

"告诉沙皇，尼古拉神父玷污了神。"

"我会告诉的……"

"你要告诉，要告诉，亲爱的，你会告诉吗？"

"我会的。"

"你是个多好的人，祝你一路平安。"

"等一下，亲爱的，"有人请求着，"请告诉沙皇，他用三个指头祈祷不好。你会告诉他吗？"

"我会的。"

"瞧，"老妇人用手指着我，转向人解释说，"瞧，原来是扫罗①,现在成了保罗。最好看一下圣经旧约的诗篇,现在是第几个千。"

从一个村到另一个村,到处都是一样:修道院神圣的遗物和不断请求帮助旧教的事。在树林里有时可以看到,在板车上方挂着八角的大十字架。我老是觉得这像是叙述古代的一本书。生气勃勃的太阳,生机盎然的树木望着黄澄澄的树叶,望着斯拉夫的字母。许多真正的鲜花,特别是铃兰花装饰着书页。但是没有最主要的东西:书是死的。上帝离开了它。他觉得寂寞无聊,他就离开了,而人们却苦心研究着这些发黄的书页。

松树高高的树冠高耸于树林之上。可以猜到,这是被废弃的老墓地:树林被砍伐了,剩下的只是坟墓上的这些松树。

我想看一下古老的遗迹,便钻进森林里,站到松树的树冠下。

总共就留下两个坟墓。一个穿着黑色上衣,手上拿着蛇一般的黑色皮念珠的老人在祈祷。

我很想对他说:老爷爷,不用祈祷了,这里没有上帝,他离开这里了,在这里他感到寂寞无聊。现在上帝不住在荒凉的地方。

但是怎么说这话呢?我很怜惜老人,再说他也不会相信。不,让他仍然像现在这样生活下去吧。

从一个村庄到另一个村庄,全都是这样。

我的向导说,在别廖佐夫卡附近有一个真正的圣徒。他作

---

① 据使徒行传,扫罗曾经是最狂热地迫害基督门徒的人之一,但后来皈依基督教,并成为使徒。——原注

起祈祷来使白桦林都会鞠躬。几乎是三十年前,他还是个孩子的时候就从伏尔加逃出来,到这个树林里来寻找上帝。善人巴维尔·伊万诺维奇把他隐藏起来,为他挖了坑,挂上圣像,点起长明灯,给了书籍。坑上面用木板盖起来,遮上苔藓。"读书吧,"他对男孩说,"读书吧,彼得鲁什科,救救我罪孽的灵魂吧。"

长明灯在林中的坑里点了二十七年。每到夜间善人就带了水和面包偷偷来到这里。他低语着说:"还活着吗?上帝保佑。读吧,祈祷吧,彼得鲁什科。"整整二十七年彼得鲁什科在黑暗的坑里借着长明灯的灯光读书,祈祷,为巴维尔·伊万诺维奇罪孽的灵魂,为所有的基督教徒祈祷。

关于良心自由的消息也传到了乌连森林。彼得鲁什科爬出了坑,在地面上给自己盖了一间修道小屋。后来盖了一座又一座。虔诚的老头老太都聚集到林中的修道小屋里来。这样便产生了新的修道院。

这是米哈伊尔·埃罗斯托维奇告诉我的。"不,"我想,"我弄错了。上帝没有离开,他在这里。"而树林又高又暗。蕨一直长到了路上。

也许,这一切都是不对的;也许,世界根本不是踏着上帝的足迹前进的;也许,它是围绕着一个点旋转的,围绕着林间坑里的这星火光旋转的。

这是东方。这就是说,可以期待一切。

还有一个林中的圆顶,还有一个倒下的十字架,一条乡间土道。

森林向各个方向延伸。一条条绿色的,蓝色的,黄色的田野。林中昏暗的村子别廖佐夫卡到了。

善人巴维尔·伊万诺维奇不信任地迎接了我们。我的向导米哈伊尔·埃罗斯托维奇虽然是他的熟人,但是他年轻,有关宗教方面的事知之甚少,因此不太信任他。巴维尔·伊万诺维奇脸色暗黄,犹如旧教经书的封面。老妇人虚假地显出亲切的样子。女儿阿努什卡非常白皙,眼睛大大的。

我们谈到了克拉斯诺亚尔,给他看神圣的遗物。羊皮书抚平了,送来面包和克瓦斯给我们吃。

本来要带我们去见彼得鲁什科,但是鸡蛋碍了事。普普通通的鸡蛋从我手提包里滚了出来,在地上滚了起来。那是彼得罗夫斋戒期。蛋在新克拉斯诺亚尔修道院奠基人手中闪了一下:就像是反基督者的角或是官吏的帽徽那样。

但是在主人的脸上丝毫也觉察不出什么。女主人带着亲切的微笑送我们到台阶,像什么事也没有似的告诉我们该怎么走:有一条小路到乌斯塔,河边有一条独木舟,渡过河是警戒线;从那里往右横卧着一棵发黑的橡树,从挪亚大洪水起就横在那里了;顺着橡树过小溪,到了沼泽,沿着沼泽走两俄里路就到树林,林中有一个长丘,那里就住着彼得鲁什科。

从老妇人的脸上什么也觉察不出来。俄罗斯人有时把内心生活藏得深深的。但是有一种恶的预感伴随着我们走向荒僻的地方,每一步都会遇到不良的预兆。我们坐独木舟差点溺水而死。在挪亚橡树上滑了一下。在沼泽地上,在圆木搭的桥上,我们脚下的圆木坍了。而在新的修道院所在的林中长丘前面,迎接我们的是一个无法通行的泥塘。

"彼得鲁什科!"我们朝那个方向叫喊。

没有人应声,只有乌鸦在啼鸣。

小路在哪里——不知道。没有办法,我们脱了鞋,走过泥塘,用蕨擦干净脚。林中长丘上有高耸的枞树和松树、野蔷薇、铃兰花。这里非常安静,连松树都变活了:我们向前走,它们朝后退。

松树下的第一座小屋子,我觉得像是大的蚂蚁冢。接着是第二座,第三座,周围共有六座,像古代村庄里那样,全都朝向一个点。圆圈的中央是一个棚,棚下面有一些板凳,点着篝火驱蚊。这是接待人的地方。

首先向烟雾走去。我们让烟熏熏,可免得凶恶的蚊子和马蝇的叮咬。

修道小屋里没有人走出来。一片沉寂。一只白猫窜到灌木丛中,几乎把我们吓了一跳。

为什么没有人走出来呢?

这时我们想起了罪孽深重的鸡蛋。是不是有人派了信使赶在我们前面到了?也许,全都跑开了?

"上帝耶稣基督,"我们瞧着窗。瞧了一处又一处,走遍了六座修道小屋,但是一片沉默。

篝火的烟平稳而浓重,袅袅向上落停在松树树梢上,守卫着荒凉的地方。从上面看着:我们要做什么?

而我们把身子弯得低低的,几乎是爬进了一间修道小屋。这里蚊子成群!一片嗡嗡声。在墙上我们发现有一束自制的用硫磺做的长火柴。我们点了一根又一根。整个修道小屋烟雾弥漫。

地上有一块门板，用布帘围着。那里是不是有人在睡觉？没有。

在炉子旁边的架子上，像罗宾逊那样，放着自制的木头家什。细长的木柴上方架着一只黑黑的锅子。在另一些架子上放着许多大本的书。

我的同伴不太讲规矩。从一个架子上抽出一本夹着书签的书，读了起来："荒凉！啊，美丽的母亲。请接受我到你那沉寂的宁静中，到林中自由的殿堂里去。"

我们坐到板凳上，瞥了一眼小窗户。乌鸦又呱呱叫起来。蚊子嗡嗡响。白桦树梢也微微发出簌簌声。

"瞧这种生活！"我的向导说。

"沉默的生活。"我回答他。

在另一间修道小屋也是这样。到处都是一个样。

我们走到墓地上。这里有两个新砍出来的坟墓。坟墓之间类似斜面阅书台的支架上放着一本翻开的圣书。这就是说，刚刚有人读过它。

当然，他们是躲起来了。鸡蛋吓坏了那些施主。他们派了信使走干燥的路来通报消息，而指给我们的却是沼泽地——就是这么回事。

"我们会抓住他们的，"米哈伊尔·埃罗斯托维奇低语着，"他们就站在松树后面某个地方。"

我的同伴为了科学准备付出一切：甚至要抓自己的同信仰者。而我却清晰地回忆起童年时读过的一本书的绿色封面，书名叫《猎颅骨》①。西伯利亚森林有个地方，有些人拿着猎枪寻找另一些没有武器的人，把他们打死，然后用颅骨换钱。

"不用。"我请求说。

但是我的向导可不拿科学开玩笑。为了科学他抛弃了自己的事。无论发生什么，他都不会离开。

"这样，"他稍稍往森林里走了些路，低声说，"我们就在这里等，他们马上会走出来的。他们就站在松树后面。"

我们躺到草地上，就像真正的猎颅骨的猎人一样。这里有许多野蔷薇、野马林果的灌木丛，还有许多铃兰花，黄澄澄的，还散发着香味。我悄悄地采集了一束铃兰花，轻轻地对同伴说，这样一束花在彼得堡值二十戈比。这话使他非常吃惊！他也开始采集起来。再来二十戈比，再来一卢布，再来两卢布。简直无法阻止他。他爬着，采摘着。花束非常大，香味非常浓。有一瞬间使人觉得，我们躺在南方某地，在沐浴着阳光、遍布香杜鹃花的高山上。

在北方的树林里常常会发现有这种南方的感觉。这是因为松树、枞树、寻石南、苔藓的忧郁的心灵深处永远憧憬着南方。它们的生活就是梦想和憧憬看不到的事物。

篝火冒着烟，烟雾盘旋上升成一条巨大的尾巴。一个穿着自织蓝布衣服、桦树皮鞋的苦行修士离开一棵松树走出来。他走得不稳，仿佛刚刚学习在地面上走路似的。他悄悄走近篝火，

---

① 显然，作者指的是英国作家里德（1818-1883）的作品《猎颅骨》。——原注

环顾着四周。他坐到板凳上，把头伸进烟雾，人也隐没其中。

"彼得鲁什科！"

有着红褐色头发、身材魁梧的人打着颤。他的眼睛很小，惊恐地望着人的脸。

"彼得鲁什科！"

"我不是彼得鲁什科。"

"彼得鲁什科，我们不会咬人。我们来与你诚心诚意谈谈。现在自由了，谁也不敢来碰你一下。你可以到地面上与世界一起生活。"

又说了些亲切抚慰的话，给了点香火钱。

那双小眼睛在某个地方找到了支点。

"在地上很好。非常好。上帝赐予雨水，蘑菇长起来了。还有许多浆果……会有马林果和各种各样浆果。干草也会很好。在地上非常好。"

"那么在那里，在地下呢？"

"在地下也很好。施主挖了几个宽敞的坑。起先我害怕：人家来找，找得很厉害。可以听到怎么在树林里走来走去。也顺着坑走，走得木板都咚咚响。冬天堆满了积雪，呼吸都很艰难。长明灯暗淡起来，无法看书。这时必须生起篝火来，维持着，长明灯也点亮了，又可以看书了。人们找得很厉害。乡村里的人没能耐，妄想从施主身上弄到钱。他们监视着，夜里他把面包送到什么地方去。他们说，他是想拯救自己的灵魂。好吧，不然我会告发。巴维尔·伊万诺维奇花了许多钱，却不算花了多少，他是会破产的，还有林务员帮了忙。他是个好人。施主请求他:'阁下,请允许在林中挖个坑,我有个人要住。''他会冻死的,会被水淹没的。''只要您允许,他不会冻死,也不会被水淹。我想拯救灵魂。''挖吧。'林务员允许了。而施主在林中挖了七个坑,稍有什么动静,马上就到林子里来,把我转移到另一个坑里去。"

篝火冒着烟。苦修者讲着,眼睛也不抬。仿佛在这里,地上,他看见的是自己的长明灯的火光,自己的庇护所。

"人们寻找,找得很厉害。"

"谁用得着你呢?为什么要找你?"

"他们觉得不好。他们的生活是宽广的,而我的生活是狭隘的。他们却觉得不好。要不要拿书来?我们来读点书?"

一个毛发很浓的大孩子在一本黑乎乎的书上方画着十字。锁扣咔嚓响。又画了一次十字。松树都听着上帝的话。鲜花也都听着。老头老太像是从地里冒出来似的,坐到了篝火旁。

反基督者主宰着。到末日要三年半时间。而末日早就该到了,却始终没有降临。究竟什么时候来到?这三年半意味着什么?

"这三年半被上帝的手掌掩盖了。怎么还能一年算一年呢?"

"那要算多少年?"

"或长或短。"

"只不过要有标记。"

有许多标记。天哪,有多少末日来临的标记呀。没法数过来……第一,第二,第三……苦修者读着关于信仰的书。他读得丝毫不错,当时就是这样。一个老妇人在一块红砖上磨着生锈的刀……光秃秃的冻僵的树枝要伸进窗户……蛐蛐在炉子后面欢唱。有一个声音低语着:"现在是第八还是第九个千?"

"你们是能活到那时候的。第九个千年来到时,你们将走到尽头,真正将走到尽头。真正的祈祷者到真正的基督那里去,这很好。一旦没有祈祷者,就会有不好的人。

"就像你顺着上帝的梯子走那样,现在时间也在走。你们会活到那时候的,你们要带着雨伞走,下雨时就张开它。你们会活到那时候的。"

"奶奶,我要逃开。"

"我可爱的孩子,你别逃开,你要跪下来。大家都要跪下来,世上不会有被掩盖的东西。"

"我会跪下来,我忏悔。"

"我可爱的孩子,真正的基督会说:你没有听我写的手书。哪怕是一点滴没有忘记也好。走到黑暗里去吧,掉进火河里去吧。

"人们将会吼叫起来,但不是时候。假如要把整个沙土,整块地一粒沙一粒沙地逐粒翻看,那么就会末日降临。假如知道翻看过了,而且末日降临了,那么就会高兴的。"

"奶奶,他真善良。"

"可是他不高兴。他不自由。把他钉上了十字架,圣母也哭泣。"

"别哭,我亲爱的母亲,别哭,到第三天我就会复活。"

他复活了……把罪孽的人从地狱中带领出来。

撒旦呻吟起来。

"别呻吟,撒旦,"真正的基督对他说,"别抱怨地狱变空了。

过些时候又会塞满的，不是婴儿，不是遵守教规者，而是商人、神父和富农。别抱怨……"

现在是第几个千年？第八还是第九？

有一个声音轻声说："第九个……活到了……"

松树间有个地方保存着克拉斯诺亚尔修道院小教堂的十字架。我们寻找它，但没有能找到。寻觅过程中我们走近了《烂湖》的茂密的灌木丛。无处可以继续走了。

"这里还隐居着一个人，"我的一个同伴说。

"他干吗不走出来？"我问，"难道关于颁布了法令的消息没有传到他那里？"

"传到了，但他仍然害怕，不相信，说：'法令会变的。'"

"法令会变，这道理很简单。"另一个同伴说。

我们去迟了。天色变得很黑了。我们在树林里没有找到十字架。

第四章　看得见的教堂

　　看得见的有钟的石砌教堂，圣像——神，他们直接意义上的仪式——这是通向人民心灵最便捷的道路。我想，对我们来说这是不可能的。任何尝试也是不可能做到的。但是不是这样……在伏尔加大家都知道一个大夫，他像普通百姓一样信教。有人蔑视地嘲笑他：应该给病人治病，而不是要病人向上帝祈祷。而信教的人则相反，他们对于一个人既做医生又当神甫感到十分满意。

　　我认识了这位医生。我们进行了交谈。我为人的理智辩护，我说，在他对上帝的理智的服从中往往隐藏着对肉体死亡的恐惧，通常人都有这种恐惧，但并不是所有的人都一定会有这种恐惧。

　　"您怎么能相信呢？"最后我说。

　　"这是个奇迹。"医生回答说。

　　我们沉默了一会儿。

　　"我像亚伯拉罕那样曾经相信过奇迹，等待过善良的天使到我的茅舍里来。结果没有等到……对于我来说，没有奇迹，世界就变得空荡荡的。有各种各样的欺骗，有形形色色的名堂……现在说到'奇迹'一词，我就想象出约拿在鲸的肚子里三天受胃液的折磨。"

"难道您也相信这一点吗？"我问医生。

"我信。"

"那么胃液呢？"

"是奇迹。对于上帝来说一切都是可能的。"

我当然就不再表示反对。我明白，大夫的话有两重意义：医学的意义和符合这种感情的另一种意义，而我大概就根本没有这种感情。

大夫开始激动地告诉我，为了维护真正的东正教教堂，他不顾知识分子的嘲笑，跟宗教界斗争了九年。现在他抛弃了一切。他确信只有旧教保留了他要追求的东西。古老信徒派的奥地利派①特别接近他的理想。只有"天惠"的问题妨碍医生转到这一信仰上去。这一派久远的历史上有一个人似乎擅自在奥地利的白克里尼察举行了圣礼仪式。有过这一类事……奥地利派与全世界教会的良好关系就此中断了。

大夫竭力向我这个旁观者推荐认识奥地利派的主教，给了我一封写给主教的信。

由于这次与大夫交谈，便有了关于看得见的教堂的旅行观感。

---

① 奥地利派为古老信徒派牧师派中的一支，它承认教会等级，但认为官方教会是异教教会，因此有独立的古老信徒派的等级。教派名得自主教阿姆夫罗西最初到的地方白克里尼察的村名。——原注

我带着大夫的信去找主教，但是地址有点错误。我在街上徘徊了很久，最后问一个穿着黑色长上衣的老人，当然，是个旧教徒。老人对我非常恭敬，亲自带我去见主教。

"颁布了良心自由法令后，"我问他，"你们这里情况怎么样？"

"谢天谢地，"老人回答说，"钟声当当，到处都是当当声，响彻整个伏尔加河的中下游地区，到处在建新教堂，修建老教堂，到处是钟声。"

老人容光焕发。我和他一起回忆了那个严峻的年代。那时古老信徒派教徒连铁板都害怕用劲敲。现在这种年代过去了。

"谢天谢地，"老人用两个指头画着十字，说，"谢天谢地，皇上赐予的是我们的所爱。现在所有的教堂都当当敲响了钟声。"

我们就这样闲扯着，走到了主教的屋子。

"主教就住在这里，"老人指给我看。

我走进了院子，登上木台阶，突然看见面前有许多大大小小的钟，而在这些钟之间有一个与送我来的老人完全一样的老人，他手里拿着一根绳子要把所有的钟串起来。

"当当，当当，"我设想着所有这些钟在这里，在木台阶上，在木屋里一齐敲响起来，不由惊愕地喃喃出声。

我把这老人当成了主教。这丝毫也不奇怪。古老信徒派没有一般的学校，也没有神学校，神学院。甚至有人告诉我，现在的主教过去是个普通的士兵。所以，主教对赐予的自由感到高兴，醉心于敲响钟声。我并不感到奇怪。

"看在上帝面上，大主教，"我说，"请等一下敲钟，我这里有 N 大夫写给您的信。"

老人放下了绳子，拿过信，把我带下台阶。他不是主教，从头到脚地打量着我，对我感到惊讶。

"这些主教是什么样的人？"我走进前室时忐忑不安地想。我平生从来没有与主教交谈过。有关他们的概念是从列斯科夫的小说中得来的，想到他们，不知道为什么总是与体长好吃的鱼连在一起。但是来自民间的主教使我觉得更加神秘莫测。我想，跟这样的主教打交道，更需要多长个心眼，在我这个局外人与他这个献身宗教的人之间，马上就会开始彼此研究对方，这是令人感到异常不舒服的。

我走了进去。一个小个子、皮肤有点黑的修士坐在圆桌旁看书。他的神色稍显慌张，透出一股书生气。他看的是什么书？——我的眼睛扫了一下书页。是梅列什科夫斯基的《背教者尤里安》，我认出是这本书。

有这一瞥，我们就不需要彼此研究对方了。某种非宗教的特别的东西把我们联结起来。说上几句评论小说的话，我们就熟悉了。两个完全不同的世界在一个点上相交了。我们彼此都感兴趣。

教会不应该成为国家的奴仆，这是我们长时间谈话的内容。但这怎么可能呢？虽然现在有自由组织社团的法律，但是今后会怎样呢？现在政府已经要求进行出生、死亡、结婚的登记。这是否已经是政府干预新教会事务的第一步呢？以后就会登记从商人——庇护人那里得到的物质财富，要求这些商人对大臣们低三下四，阿谀奉承。难道这一切不是不祥的步骤？经历了几世纪的磨难,难道现在教会真的能公开于世?主教是个相信自己事业的人,他对此抱着希望。但是对于我这个局外人来说,不可能完全区分尘世的教会和尘世的国家这一点是很明确的。

在古老信徒派教徒的心里,我知道,有两个神秘的圈,一个圈是国家,一个圈是宗教。这两个圈在某个地方交叉。在它们交叉的地方坐着野兽——反基督者并观望着。如果是这样——而这就是这样——那么古老信徒派教徒怎么能相信尘世的古东正教教会呢?

我来到主教这儿时,他正准备去遥远的乌连边区巡视主管的教区。自颁布自由的法律后那里的人还没有见过自己的主教。"去看看那里也好,"我想,于是与主教约好在乌连相见和交谈。

过了许多天,我到了乌连,便打听主教的行踪。那里的人在等他。在这个林区大村中,我第一次碰到旧教群众。我记得,一早喧哗声就吵醒了我。我在窗口看了一下,想知道是怎么回事,却欣赏起日出时喧闹的乌连集市的景象:鬃毛抹上一层金光的马匹,像是倒扣花盆的分裂派教徒的帽子,博览群书的哲学家的眼镜,高高的干草大车上的小仙女——这一切真美。

我听到,窗下有人在讲,他去过谢拉菲姆那里的事:他喝了点茶,身子暖和起来,着了凉,许了愿就走了。这是多么平静、安宁的谈话。在这林区我脑海里浮现出故乡的黑土,那里没有旧教徒这种不安的精神状态。

突然有人打断了说话的人:

"按上帝的儿子基督的话说,"他说,"现在没有什么有价值的东西。您到谢拉菲姆那儿去,却没有读圣经。如果你自己不拯救自己,谢拉菲姆也不会拯救的。上帝是在心中。"

"对!"大车上有人应声说。

"对!"在燕麦袋旁边的人说。

发生了争论。在乌连不论哪一家,都有新信仰,这里有分裂派的各种派别。现在我的窗下各种派别的人便争吵起来。

"这种信仰里,"一些人嚷嚷着,"没有幸福美满。"

"现在无论哪种信仰都没有幸福美满,"有人回答说。

"它躲到林子里去了,"一个人笑道。

"它挂在树上。"另一个逗着说。

他们忘了干草大车,忘了一袋袋燕麦,忘了木制品,争论着信仰,争论着幸福美满。

嚷嚷声,叫喊声不绝于耳。

"我们那里不大有这种情况,"我想,"我们那里的庄稼人跟麦袋和大车是不分离的。"我脑中明确地闪过一个念头:这一切全是因为幸福美满这一点引起的。与教会的联系中断了,这就触动了某根最主要的、最隐蔽的神经。因此,大概这里的一切——爱情、家庭、社会生活都不是这样的。

"你们这一切是怎么样的?"我问一个年轻的小伙子。

"必须良心对良心。"他回答我说,"就拿爱情来说。在父母那里受到祝福,就一起生活。不喜欢——就分手。"

"那么孩子呢?"

"他们鄙视孩子。"

"瞧这儿,所谓自由爱情的地方,"我想,"现在文学里正在谈论这种自由爱情。在荒僻的地方,我已经多少次体验到一种奇怪的感觉:城里人们曾经谈论过村社,你来到农村,那里庄稼人也在谈论村社。后来谈论起个性自由,农村里父子也按自己的理解谈论这个话题。现在那里在谈性的问题。瞧我面前简直像是打开了一大本生动叙述的书。现在我能解开这个我曾经觉得是奇怪的谜了:任其自然有着一切,它能回答我们的许多问题。"

在集市广场上开始争论起有关爱情和婚姻的问题来。我仿佛身处各种文学流派冲突的中心。

自由爱情的维护者是些年轻人,他们一个面对着另一个人讲述和赞扬着自己的习俗。但是一个皮肤白皙、白发苍苍、挂着拐杖的老人出来说话了。他既不像托尔斯泰笔下的安季普爷爷,也不像古代悲剧中的罗克。

"罪孽!"他制止年轻人说,"我面对着真正的基督告诉你:换老婆是罪孽。我们这里,"老人对我说,"常常有这种情况:孩子不知道自己的父亲是谁,于是兄弟与姐妹结合起来。真是罪孽。应该按法律生活。"

"法律束缚人。"年轻人争辩说。

"根据法律生活稳固些,"老人回答说,"娶了老婆,就好好生活吧。"

"法律束缚理解(爱情)。"

"那就没有理解地过吧。是一回事。"

"一个样。"其他的老人表示同意说。

但是年轻人不想没有"爱情"的生活。于是在白发苍苍的罗克周围,总的应有的涵义变得越来越乱,越来越复杂。与统一的教会一起,这统一的涵义也消失了。平生我第一次懂得,教会对这些人来说意味着什么。我也明白了,为什么在伏尔加我遇见的大夫会接受古老的东正教教会,为什么他把它理解成文艺作品,是人民的启蒙教育体系。

"你有什么信仰?"老爷爷问我。

跟在老人后面,别的人也问我。他们走近窗后,那一双双意味深长的眼睛望着我。

"你信什么?你们那里是什么信仰?"

"我受过东正教的洗礼。"

"那么你信什么呢?"

我信什么?我想告诉他们某种好的信仰,但是落到我嘴里的却不是那些话。结果我感到的只是这个问题引起的新的不快和困窘。在那里,即城里,我的石砌的住宅里,谁也没有问我,我信什么。在这里不能不了解这一点。我甚至不敢说,我根本就不信教,因为这是很粗鲁的。

"我们那里,老爷爷,"我最后说,"大家各信各的。"

"各信各的?听见了吗?各信各的。对我们来说,你们是些可怜的人,唉,你们真不幸,真不幸。"

"不,不像你们这里,"我回答说,"我们那里每个人都应该自己找到自己的信仰。"

"不是按照父母的信仰?"

"不是。"

"原来是这样,你瞧,他们那里是什么信仰,"白发苍苍的罗克惊讶地说。

"新的信仰！新的信仰！"喊声传遍了广场。一批又一批人涌向我的窗口。

"老爷，"我的好朋友米哈伊尔·埃拉斯托维奇在我耳边低声说，"关上窗户，警察盯着呢。瞧，召集了多大的集会。"

我关上了小窗，大家才渐渐回到自己的燕麦袋、干草车和木制品那儿去。

我像他们一样不信教，但是我能猜到，几乎是感觉到人民对统一的教会怀有的痛苦。这统一的教会犹如一座漂亮的水晶建筑被打碎成许多小块，每一小块就像安徒生的镜子反映了被歪曲了的整体。

我猜到痛苦的心灵中折射出来的看得见的教堂，因此集市上那座也叫作教堂的普通石头建筑就使我觉得非常奇怪。

我走近教堂。燕子绕着教堂的尖顶盘旋，叽叽叫着，鸽子则在壁龛里咕咕作声。我完全用新的眼光来看这石头建筑。在这里，在这使人民的心灵受到折磨的地方，就像是个剖面。我理解到过去没有注意到的整个教会机制的巨大意义。这看得见的石头建筑以及尖顶旁的燕子和壁龛里的鸽子，现在对我来说充满了神秘的意义。

我就这样望着教堂。敲钟人从钟楼上走下来。他的头发抹得亮闪闪的。他像个痴呆人那样朝我微笑着。神父大概住在教堂旁边一座两层楼的木屋里。

"神父住在楼上还是楼下？"我问。

"楼上住着神父，楼下也住着神父，到处都住着神父。"

敲钟人回答说。

神甫,就像这座石砌的教堂,是我习惯上不去注意的对象。这些独特的人过着自己的一种生活,在人民旁边做着什么,社会上到处都嘲笑他们。现在有一种新的认识在我身上苏醒了。我想用新的眼光来看一下神父,就像看教堂那样。

这就是他:刚从澡堂回来,脸色红润,身材魁伟,体毛浓重,真正是画中的神父模样。

就像石教堂里那样,他身上有一种安定的怡然自得。我,一个普通人,应该失去和寻找自己的信仰,我应该跌跤,再重新向上爬。他却不是这样。他是有保障的。燕子叽叽叫,鸽子咕咕响。

神父见到我很高兴。

"对于这样的客人,"他说,"需要有一瓶啤酒。好吗?"

"很好。"

"是否愿意享用一下澡堂?对于漫游和旅行的人来说,这是需要的。"

不可能抵御神父这种无微不至的好意。

"跟这些人,我的大夫斗了九年,"我想,"需要有多么坚定的信仰,多大的狂热,多么脱离实际,才能去反对这种好心的生活。只有靠奇迹才可能做到。"我忽然想到:如果带着我曾经在伏尔加向信教的大夫提出的约拿在鲸鱼肚子里的问题周游整个俄罗斯,像果戈理笔下的主人公去各地收买死魂灵那样,会是什么样——那就会得到一幅景象。

"神父,"我问,"请坦率地告诉我,您相信约拿在鲸的肚子里待了三天的事吗？"

"我相信，因为鲸的喉咙口很大，它的肚子也很大。"

"不，不是指这个，"我说。于是我，一个自然科学工作者，就向他解释整个消化系统，证明人根本不可能在消化液的作用下在一个封闭的空间里生存三天。

我说着并听到，神父连声附和着我：对，对。

"怎么个对呢，"我最后生气了，"有什么地方不是这么回事。"

而神父的眼睛狡猾地望着我，伸出一根指头警告我。

"嗯，"他说，"要是约拿不是待了三天，而只是待了一瞬间呢？而他觉得这是三天。您对此又作何解释呢？"

我茫然了，而神父给我满满地斟了一杯啤酒，他很得意自己取胜了。

他是个多面手：既是个神父，又是监督司祭，还是个传教士和诗人。他写了并在宗教杂志上发表了颂诗，写的是在分裂派地区牧羊人生活有多艰难。他现在在构思讽刺诗：是与奥地利派教徒做斗争。据我了解，这新创作的激情是源于良心自由的法律。分裂教派之一，即最正确、最接近东正教的一派根据新的法律，恢复了所有的等级，恢复了老教堂，建设了新教堂。在教堂上面挂起了钟。出现了新的教会，完全像彼得一世以前那样，有着各种权利，但是对国家几乎没有义务。

占统治地位的教会的这个可怕的敌人，据神父所见在日益强大，普通人大概将探索真理：古老的圣像，长时间的祈祷，两个指头画十字。还要什么呢？而敌人却在强大。

我对神父说，我认识奥地利派的主教。

"是伪主教。"神父纠正我说。

"嗯，是的，当然是，"我说。主教马上就要到乌连地区的令人吃惊的消息使他激动不安。

需要的正是这样：我还没来得及讲完话，教堂的工友就进来大声说：

"神父，主教来了！"

"你说什么！"

"他正在路上。广场上摆开了桌子。他将对人民讲话。"

"不——！我不许。他不敢在广场上讲话。我们走。"

神父手中有一根多节的大木棍。广场上摆着放了面包和盐的桌子，那里有许多人。我稍稍有点害怕：棍子虽粗，但人民更强大。

但是我们越是走近人群，神父就变得越是卑微，最后，他畏怯地对我轻声说：

"似乎在这里，我与教职不相称……还拿着棍子……"

他没有来得及说完自己的话。这一刻我成了历史事件的见证人。在分裂派地区，从前只有一个小教派敢在夜间用搭着粗席篷的大车接送自己的主教，即使那样，主教也还得戴上便帽，穿上紧腰细褶长外衣，可是现在还是在那个地区，而且在光天化日之下，真正古老信徒派主教穿着镶紫边的法衣，后面跟着一列神甫，堂而皇之坐着车来了。

我回头看神父。他不在了。等尘雾散去，我看见他那拿着大棍子的离去的身影。又过了一会儿，从那个方向急急忙忙赶来一个满脸通红的老大娘，她要听听新主教讲什么。

　　但是神父是白操心了：主教什么也没有说。何必还要说话呢？古老信徒派教徒用真正的钟声，而不是像从前敲铁板那样，迎接了自己的主教。到处都是欢乐的泪水和高兴的低语。经过了与尼康派的两百年的斗争，彼得一世前的罗斯终于敲响了钟声，这时哪顾得上说话呢！此刻父亲、祖父、曾祖父们欢天喜地，林中的坟墓，半毁的小教堂和八角的大十字架也洋溢着喜气。

　　当当，当当！

　　小个子的主教沿着深红色的地毯走进教堂，人群跟在他后面蜂拥而进。这里有许多人，他们已经倦于为教堂而斗争，已经不会单独做祈祷。现在看到穿着法衣的真正主教，重又唤起了他们心中的信仰。他们想纯洁自己的良心。

　　好信仰！好神父！

　　一个人怎么做祈祷！

　　挥一下手，挥两下手，却没有祈祷。

　　他们的信仰很容易：一起鞠躬，一起画十字。你知道开始和结束。

　　当当，听这当当声！

　　黑压压的一排排人站得整整齐齐。圣像上的绦带闪耀着。苍老沙哑的声音唱着歌。但是唱得很坚定，很整齐，如同一人。点起了灯火：一盏，两盏，三盏。古老而严峻的上帝用一根引火线就把信教者的心联结起来并点燃它们：星火点星火，星火点星火。点燃了，他就安宁了。现在他在上苍觉得，尘世的生活是一长排平静的灯火。

我也点燃了火,背靠着墙,深深地沉浸于黑暗、宁静之中:不是陷于永恒岛的最初的混乱,不是夜间悄悄地在点着煤油灯的街上走,不是听着僻静的城市里木槌的敲击声。

两叉灯和三叉灯垂向黑压压的一排排祈祷者,非常漂亮。这里是统一的教堂,是一致的灵。

但是在我黑暗的平静中不知为什么产生了一个尖锐的,如钉子般钻心的念头:要是主教错了,怎么办呢?要是他因为不习惯而不是那样挥动两叉灯和三叉灯或者不是用两个指头而是用三个指头画十字,怎么办?那时会发生什么情况?我觉得,那时黑压压的人群中一定会有结实的颧骨,厚颜无耻的灰眼睛,拳头,没有梳理的大胡子闪过我眼前。

主教主持得非常出色。大家都一起画十字,像按信号似的,大家又一起倒向自己的垫子。祈祷是照古老的方式进行的,时间很长。我早就已经不习惯这样的祈祷仪式,两只脚不停地倒换着,手交叉在胸前,又把它们伸到口袋里——丝毫也无济于事:像钉子一样的念头不断地钻着心:好是好,但是,要是这位新主教犯错了呢,那会怎样?但愿上帝保佑!

第五章　看不见的教堂

芦苇像活人似的在林中晃动着，在小溪边发出簌簌声。小溪隐藏在松树间，藏匿在灰色的赤杨树丛中，像一条绿色的游蛇，穿越过道路。

"我们为什么去追寻信仰？去寻觅宝藏就好了。"我的同伴说。

他还有点相信伊万诺夫夜的秘密。他不止一次地在半夜时分去森林离村子远一些的地方，为的是听不到公鸡啼鸣的声音。他没有找到宝藏，但是有一次却听到了树木间的谈话。

"原来，"他对我说，"现在小溪也喃喃低语，你试着去知道说些什么吧。喜鹊也闲扯着我们的事——无法猜到说的是什么。而在伊万诺夫之夜全都能知道。我们去追踪信仰真是没有必要，"他继续说，"最好去探寻宝藏：这里树林里有这样一些强盗，他们打个唿哨能使鸟儿停止飞翔。"

从乌连到韦特卢加森林连绵不断，只有在村庄附近才向边上延伸，但也离得不远。良心为某种非是自己的莫名反对伊万诺夫之夜的罪孽而微微责备我。

在韦特卢加彼岸,靠近伏尔加那一边是田野。在这里小溪已经不再隐藏,湿润叶尖的芦苇摇晃着。小溪蜿蜒流经田野伸向远方,犹如带着绿色武器的军队在行进。

黑麦正开花。老十字架上圣母的绦带闪耀着。隐城的朝圣者在路旁的石块上休息。

"不,"我对同伴说,"去追踪信仰也很好。"

"多么虔诚啊,"他望那些头戴毡帽、手拿书本的去朝圣的男人和系着黑头巾、背着背囊的女朝圣者,表示同意。

他们是顺着乌连地区林中小路才走到这里,走到了田野上来,走到了明亮的地方。他们神情阴沉,那些戴着眼镜、拿着沉甸甸的书本的人打量着四周,目光中流露出不信任。

我跟他们并不拘束:我叫住他们,与他们谈话,看他们拿着的大书。有一人拿的是《黑山的尼康》,约有一普特半重,另一个拿的是《马尔加里特》,有一阿尔申多长,第三人有基里洛夫·叶夫列姆·西林的书,是《论信仰》——也有很重的分量。但是没有关系:他们已经带着它们走了几百俄里路了,指望着六月夜在光明湖上"用字母"来战胜敌人。

你想想:这简直像神话一般奇怪,你会为生活在这样的国家里感到高兴。那里还有人相信隐城,相信斯拉夫字母的神奇力量。我真想让他们中间什么人坐到我的马车上好向他探听再探听……

但是没有人坐上来。乘着马车去圣地是莫大的罪孽。而且,背囊里除了有圣像,神香,长链手提香炉,皮念珠和蜡烛,还常常放上一块大石头。

这些蒙昧无知的人走啊走，一个跟着一个，从树林走向田野，又从田野走向树林，犹如鼹鼠搬家。

"老奶奶，你去哪里？是隐城吗？"

"没什么。"

"干吗要背块石头？"

"没什么。"

有些老奶奶，怎么也没法同她交谈。她们默默地走着。你跟她说话，就把她吓坏了：她赶紧喃喃着祈祷起来。

就这样我也沾染了朝圣者的情绪，我想，也许，那边前面真的有什么类似城市的地方。

"这是确确实实的事实，"弗拉基米尔村前的最后一个驿站的主人要我相信，"是确确实实的事实，这里有城市，人们并不是平白无故地涌来这里。好好挖掘挖掘，这里的财富够大家享用的。"

有人告诉我，离光明湖不远有个村子。我用心朝前望去：想尽快看到神奇的地方。

两边是长满了黄色油菜和紫色铃兰的色彩缤纷的一块块田野，还有一小片一小片松树——那是被砍光的古老信徒派树林的残余，还有一些篱笆，有圣像的柱子。没有湖。

"在那里，在那里。"同伴用手指着。

那里并没有什么。在光秃秃的田野上一只狗在一个地方打着转，吠叫着，嘴里冒出热气。

"是疯狗吗？"我问。

"不是……招惹了它。"有人回答我。

这样我们驶进了肮脏的村子,木屋都是黑乎乎的。

总共就一俄里的地方是童话中的城市,而这里泥泞几乎及膝,需要寻找"小屋子"。注意力在那边,兴趣在那边——神父——传教士们的注意力一直在前面:明天他们要与旧教徒,分裂教派信徒辩论。我们没有马上就找到虔诚的老寡妇塔季扬努什卡的空屋子。她很像抹了低等橄榄油的拜占庭圣像那黑黝黝的脸。她说起话来轻声轻气,小心翼翼,但是亲切温柔:

"住我这里很好,既不吵闹,也没有叫喊,更没有罪孽。"

她一边拿着东西,一边说:"上帝,耶稣基督,我这里很好。我不是吹牛。"她摆上茶炊,让我们洗漱,跨前一步,自管自说:"圣母玛利亚,耶稣·基督也很高兴,我不是夸口。"

"你想吃吗?我来煮鸡蛋。"

"不用。"

"要不就煮。"

"不用。"

"要知道,旅途要吃好,我来煮。鸡蛋很好,我不是夸口,亲爱的,不是夸口。"

白桌布上煮着茶炊,水欢腾着。木壳钟滴滴答答响着。老妇人用一个很像翻过来的灯罩的大杯子喝着茶。我们谈起了隐城,谈到了古代。

我喜欢听老人们讲:在他们久远的经历中有时平稳地摆动着钟摆;过去是这样——将来是这样。这是一种很好的休息。

突然门敞开了。进来的是警察。

他来作自我介绍。他坐下来,喝着茶,抽着烟,彬彬有礼地吐着烟,在指头间就把香烟搞灭了,像是熏东西似的呼吸着。

我很怕乡间的长官。无论罗斯是什么制度,我总会对他们感到害怕。我勉强与他谈了起来:

"据说,你们这里有个城市……"

"确有其事,阁下,是基杰什城。"

"那是个神奇的地方,"塔季扬努什卡加入了谈话,"不是夸口,亲爱的,全世界的人都聚集到这儿来了,神父们也来了,争吵不休。"

"他们在点燃长链手提香炉。"警察不赞同地说。

"全世界的云都聚集起来了,"女主人吸引我们注意,"各种信仰都走到一起了:有人不信上帝,有人把星期三当作星天。"

"愚昧的人民,阁下,"警察又插进来说,"最愚昧无知,不可理喻。"

"奥地利的信仰,"老妇人滔滔不绝地说,"很可怕,说它是从西方来的……"

"从东方来的。"警察打断她说。

"不,老爷,是从西方来的。真可怕……但是最可怕的信仰是政治。"

"政治,明摆着,是最可怕的。"警察同意地说道,然后极为秘密地说,哥萨克已准备好对付任何事变。

乡村长官等着什么,踌躇着,下不了决心说什么,快快地走了。塔季扬努什卡关上门,偷偷走近我,一根手指指着嘴唇,在我耳边低语说:

隐城墙边 | 65

"他想破坏。他是我们这里的一条狗。你有身份证吗？有。好，谢天谢地，有就好。有证件你就到处方便。他是我们这里的一条狗。走狗！"她双手一拍，惊叫起来："茶，煮了多少茶呀！再喝一杯吗？"

老妇人用钳子把糖夹成一小块一小块，含着糖说：

"去光明湖吧，去吧。我们这里的水是圣水。水，我的妈呀，像丝绸般柔滑，我们大家十分需要它。它非常好，圣洁，简直是神圣。大家喝它，用它来洗漱，治病。人们默默无声地走着，也不环顾四周，只是作着祈祷。去吧，亲爱的，去吧。"

天色入暮，但还不算晚，还来得及去"山里"，看一看光明湖。女主人建议我去找塔季扬娜·戈尔尼亚娅。她自古以来就住在"山里"，在光明湖畔，在泥炭沼泽附近。老妇人年逾古稀，不止一次听到过遵守教规者的城市中的钟声，主要的是，她知道什么地方保存着关于基杰什城的《编年史》。

我从一头到另一头穿过了又长又脏的村子。小贩们在准备赶集市。人们聚集着。有个喝得醉醺醺，穿着灰上衣的人抓住我的手，紧握着，自我介绍说："我也是撰稿人。" 像是两只水晶长花瓶的两个面无血色的牧师女儿从窗口望着我。可以听到她们在屋内无聊地嗑着葵花子。这一切完全不像在乌连地区树林中梦见的景象。但是村子外面很美，草地绿绿葱葱，散发着清香，缀满了三叶草、野兰花、紫铃兰，北方那些可爱的瞬间即闭的花。我又想起了这个美妙的光明湖，从前人们在这里膜拜戴着这些花编起来的花冠的春之神——太阳神，而如今在这里却争论着信仰。

这湖变好了还是变糟了？

在我前面显现出一批树木。从它们的潮润和翠绿来看，我猜想下面有水。在一个篱笆前有一个界标。上面写着："泽列诺夫的西伯利亚别墅"，这是圣地上私有财产的标志。此时使我想起了与小小的茅屋、石砌的房子和宫殿上的门牌一样的街道门牌，数字也一样：1、2、3……一个又一个标志。

在界标旁只能爬过篱笆。而此时有一张平静而干净的脸从树林里瞥了我一眼。

光明湖——绿色齿状框架中的一盅圣水。

第一个山岗上有一座小教堂。它是被上帝遗忘了但没有与其他教堂一起隐藏起来的遵守教规者城市的教堂。它旁边的石头上坐着一个古稀的老妇人，当然，她就是塔季扬娜·戈尔尼亚娅。

她告诉我，过去这里是橡树林，后来什么都没有了。西比尔斯基公爵是湖泊先前的主人，他开垦了荒山，盖起了庄园，播种了粮食。但他经营的时间不长。上帝因为他想把湖水排走而惩罚了他。湖底有宝藏：有一桶金子挂在四根柱子上。公爵想拥有宝藏，想把湖水排到林达河。他挖了水渠，以为水会流走。可是湖水没有流动。上帝惩罚了这个渎神的公爵：他消失了。从那时起群山就长满了森林，苍莽的松树和枞树。

"那么基杰什城，"我问，"是从哪儿来的呢？"

"土耳其人疾驰而来，"塔季扬娜·戈尔尼亚娅回答说，"他们一步抵一俄里。上帝因为遵守教规者而怜惜城市，便把它隐藏起来不受土耳其人的浩劫,关于这一点编年史里写到的,它被缝进一本养鸽书里①。那本书有一普特半重,用螺丝拧上,放在尼日尼和科济莫杰米扬斯克之间的地方。普通人谁也看不到那本书。只有沙德里诺村来的马克西姆·伊万诺维奇一个人才能看到它。他抄下了编年史,现在还在写,卖半卢布一本。"

　　古稀的老塔季扬娜·戈尔尼亚娅一生都生活在这里,泥炭沼泽附近,看见过灯火,听见过钟声,但是她不愿意讲这些事。我探问着,她却不吭一声,十足一个泥炭般阴沉的老婆子。树林中唱起了圣歌。落日染红了湖面。百灵鸟沉寂了。有一只山鹬啼了一下。有人拿着火走出树林,向水边走去,湖里映出了长长的金色的教堂尖顶。天色变黑了。我从草地上走回去,在走向村子的一路上始终有一只覆盖着绿色长睫毛的眼睛在望着我。

　　一清早,人们还没有聚集到光明湖准备在伊万诺夫之夜进行众所周知的争论,我就去寻找关于隐城基杰什的编年史。抄写编年史的马克西姆·伊万诺维奇所住的沙德里诺村在山岗后面,在树林后面,离湖约有两俄里。大家都知道受人尊敬的抄写编年史的这个人。所以我一下子就找到了他。他从一座低矮的木屋里走出来迎接我,他个子高大,满头白发,戴着眼镜,鞠着躬,叫我去"谈谈"。

　　他是个装订工,周围堆满了书,是旧教的那些大书。门外面母牛哞哞叫,马匹在喷鼻,猪在打呼噜。但是正因为这一切,

---

① 这是传播很广的阐述宇宙进化问题的伪经书之一。开始的引言是叙述书的来源(与传说一致,它是从天上掉到大卫统治的耶路撒冷的。)——原注

与书籍为伍的主人更显得贤明。在我所了解的伏尔加河中下游地区，像托尔斯泰笔下那样的老人似乎并没有绝迹。装订工很像是天使雇来干活的鞋匠①。

关于隐城的编年史是一本深色封皮的书，有着用朱砂画的书眉装饰图案，印的是又黑又大的斯拉夫字母。这是怀着热爱和信仰写成的书。

我从编年史中知道，贤明的公爵格奥尔基·弗谢沃洛多维奇从米哈伊尔·切尔尼戈夫斯基大公那里得到了建筑教堂、上帝的城市的文件。神圣的公爵到了许多地方并进行着建设，最后，他渡过了名叫乌佐拉的小河，接着又渡过了第二条名叫桑达的河，第三条河叫林达，第四条是萨那哈和，第五条是克尔热涅茨河。他来到了名叫斯韦特洛亚尔的湖边。看到了非常美丽的景象，于是就吩咐在这个湖的岸上建造一座叫基杰什的城。

"……但是因为我们的罪孽而降临了天灾：渎神的拔都王来到了罗斯打仗，他攻取了这个基杰什城，杀害了贤明的格奥尔基公爵，城市荒凉了。在基督降临前变成了隐城。"

"……我们所写的，"手稿结尾处写道，"所确定和所叙述的这一切，不能增加，不能缩减，也不能作任何变动，包括所有句号或逗号，如果谁添加或减少或改动，谁就将受到圣父的诅咒。"

"难道就为了一个句号或逗号就要受诅咒？"我问抄写编年史的人。

---

① 指的是列夫·托尔斯泰的短篇小说《人靠什么活着？》。——原注

老人沉默着，仿佛是自己与自己斗争着。

"抄写是正确的，"他终于说，"只是这一点不对。没有城，它是旧教徒杜撰出来的。喏，你看吧。"

他把一本暗蓝封皮的书《基督日历》递给我，指着两三行印刷字符：

"圣人、贤明的格奥尔基·弗谢沃洛多维奇大公在锡季河遇害……"

"瞧，"老人忧郁地说，"是在锡季河，而不是在光明湖旁边。"

"但是，也许这里有错，而不是编年史里的错？"

"不，不可能有印刷错误。"

我手上有两份编年史：一份是手抄的，抄写者相信多一个逗号都会进地狱，另一份是印刷的。我没有研究过传说，所以不知道，哪一份是准确的，但是我不愿意相信机器印的编年史。

马克西姆·伊万诺维奇说，过去他相信圣书是上帝亲自写的，是从天上掉下来的。现在他不相信了。从前他住在旧教徒的村子里，装订书，抄写编年史，有自己的墓地，经常到光明湖那里去听钟声。后来搬到了信东正教的村子住，有个传教士常到他这儿来。有一次有人劝他喝一杯茶。他想，地要塌的。喝了，没有事，又喝了一杯，还是没有事。他不再到光明湖去了。钟声也静寂了。

"没有城，"马克西姆·伊万诺维奇对我说，"只不过您别怀疑，书还是那个时代写的。"

没有城……但是乌连地区森林中的数千人却相信是有的。我感觉到，每一个朝圣者都怀着信仰之光，现在汇聚在光明湖的湖岸上。现在我甚至有点相信有这个城。纵然我是间接地知道它，但它终究是个城。我相信它的存在，有基杰什城。

"世界在倒塌，"马克西姆·伊万诺维奇说，"全世界都布满了云！到傍晚时就聚集在山间，就像乌鸦飞聚到田野，蚊子麇集在树林里一样。上帝给个好天气就好了。"

但是这是个多雨的夏天。从沙德里诺村到光明湖的途中，我在树林中遇上了倾盆大雨。我躲在一棵枞树底下。

夏天的雨并不可怕。雨滴打在白桦树上淅沥作响，打在枞树上甚至听不到声音，针叶上垂挂着点滴雨珠，却不掉下去。我开始看编年史。真是个美妙的传说，但是，正像整个北方那样，它是不正常的，犹如白夜一样，是令人忐忑不安的。我想起来，有一个歌剧就是讲基杰什城和少女费夫罗尼娅的。我想，剧作者从哪里弄来这个少女形象的？

一滴雨滴从枞树上掉到书页上。我赶快把书藏进口袋，朝外探头看一下，雨是不是停了。我看到，路对面也是这么一棵枞树下面，站着一个姑娘，她穿的是黑裙子，像修女那样扎着头巾，像幽灵一般又清瘦又苍白。我并没有太觉得惊奇，因为到光明湖去的人很多，我把姑娘当作是修道院的预备修女。在伏尔加河那边常常遇到这种情况：你一个村一个村走着，看到的尽是村妇，突然，在这些粗野的脸中间有一双奇怪的眼睛望了一眼……在俄罗斯中原没有这种情况。修道院的教养在伏尔加河那边造就了这样的姑娘。

"这就是她，少女费夫罗尼娅。"我想。

而她也好奇地盯着我，问去沙德里诺村的路，当然，这只是为了开始说话。站在枞树下姑娘感到寂寞。

"您是哪个修道院的？"

不，她不是预备修女。她是大司祭的女儿，贵族女子中学的学生。她到马克西姆·伊万诺维奇那儿去是要看编年史。她到弗拉基米尔斯科耶来神父这儿作客，与分裂派教徒做斗争已经三天了。她想在传教活动方面试试自己的能力，但是却没有什么结果。分裂派教徒不愿意听她的，而神父的儿子们，这些地方自治局派任的教师还骂她是黑色百人团的人。

"那么您信教吗？"她问，"您做祈祷吗？不做，真让人惊异。一定得做祈祷。父母没有好好教您。您要养成习惯，现在还不迟。"

费夫罗尼娅嘀嘀咕咕说着。在有着艰难的信仰的人们中间长时间漂泊以后听她说话很愉快。我觉得，似乎在树林后面，那里的人们很容易，且也很愉快地接受了信仰。我觉得好像听到了在乐队伴奏下北方有关看不见的教堂的种种传说，好像看到了有着神奇火焰和神秘的音乐声的北方的树林，而主要的是，好像看到了扎着黑色修女头巾的有点苍白的预备修女费夫罗尼娅。

姑娘嘀咕着：雨是不是停了？她伸出手去。没有雨滴了？没有。再见，祝您一切如意。

远处好像鸟都聚集起来了，所有的山岗上从上到下铺天盖地都是，有白色的，黑色的，红色的，各种各样都有。它们一排排地，很有秩序，与枞树和松树一起凝望着光明湖。集市从村子这一边一直延伸到岸边，那里在卖红色萨拉凡①和白头巾。

---

① 俄罗斯民间妇女穿的一种无袖长衣。——译注

就在集市旁边第一个高岗上有东正教的小教堂。在途中有人对我说：等所有的山岗上都有了这样的小教堂，那么所有的山岗上也都会有集市，未来的光明湖就是弗拉基米尔集市。他们对我说，待东正教取得了胜利，旧教徒的恐惧也就会消失，光明湖会回忆过去那些淳朴而愉快的时光的。他们还说：东正教是宗教改革。

望着这个首先被征服、现在是东正教教堂的地方，我不知怎么的觉得不大自在。"怎么不害臊，"我想，"这个有十字架的小教堂孤零零的，与别的教堂没有联系，也不隐藏起来，而矗立在神秘的湖泊旁边的枞树和松树之间。"

我爬上了被征服的山岗。到处都有人起劲地嗑着葵花子，把壳吐在圣地上，有些地方还有人在抽烟。看不到一张实行禁欲主义的旧教徒的脸，也看不到一个献给太阳神的头戴的花冠。他们坐着，目光迟钝地望着自己面前，犹如牲畜栏里的畜生一样，嗑着瓜子，吐着瓜子壳。而在山岗的最上面，小教堂旁边，一个长发、善良的牧师把手伸向光明湖，正在木台上传教：不应该用两个指头画十字，应该用三个指头。

另一个神父身体结实，从体形上看，是个喜欢身体力行的人。他不是从山上对人们讲话，而是就在地上，在松树和白桦树间的草地上与人们说话。他的周围聚集着穿着黑色长上衣的真正的旧教徒。

"乌利扬！"根据脸上的麻点，我在这些看似一样的老人中认出了在乌连林区认识的"天堂来的"博览群书的人。

"你好！"他高兴地欢迎我，但是没有伸出手来。无论我们是多好的朋友，斯巴索夫①派的人是不伸手的：他们和三个指头画十字的尼康派之间的妥协永远废除了。我喜欢这一点：在这些俄罗斯勇士身上，即在最后一批即将死去的林中老人身上，某种孩童的天真和英勇精神是结合在一起的。我同情乌利扬，他也理解，并为我的到来而高兴。

"情况怎么样？"我问。

"不好……你看到了吗？"他向我指着小教堂，说，"你瞧，在圣地摆上了桌子。"

"巴比伦！"人群中有人同情地应答着。

"在圣地上吐瓜子壳。"乌利扬继续说。

"卑鄙，荒废了。"另一些人附和着。

"因为罪孽，湖边都长满了草。瞧，从那边岸上就可以看到草了。做生意的也越来越近了。"

"拿鞭子来揍他们，乌利扬，揍他们！"

"对，你说的对，真想用鞭子揍他们。可是哪里有鞭子呢？"

乌利扬一只手指着第一个山岗，那里冒出一个警察，指着第二个山岗，那里也冒出一个警察。这个林中的贤人无论指向哪里，光明湖畔所有的山岗上到处都有戴着有帽徽的制帽的人。

更糟的是，远处从村子到湖泊的路上有人坐着两轮车疾驰而来。他消失在集市人群中，出现在湖边。他又黑又可怕，双手掌握着龙头，双腿转动着轮子。他疾驰着，消失在两座神圣的山岗间。

---

① 无僧派分成各种学派产生的一个教派。——原注

看不见了。

"上帝在忍耐!"老人们哼哼着说,"门口就有法官!凶恶的死神磨刀霍霍。"

而神父坐到树间绿草地上我们的圆圈里来。他坐在一个树墩上,结实,实干而又亲切。

"你们想谈什么?"他迁就地问了一个又一个人。

"随便谈什么。"人们回答他。

"要是讲两个指头画十字呢?"

"可以讲呀。"

"或者讲教堂?"

"可以讲教堂。"

神父担心有人会踩上他那顶筒状新帽子,因此放到这里也不是,放到那里也不是。四周都围着旧教徒。他担心,下面绿草地上,人和树木紧紧围起来的圆圈中,整个是黑乎乎的一片。他集中起注意力,把帽子放到自己面前的草上,又在帽子上放上打开盖的怀表。

松树和好奇的人们都望着:这作什么用?

"我们每人讲一刻钟。记住:一个人用十五分钟。"

"好吧,你说吧。"

但是神父仍然在集中思想。他不是始终把书带在身边的。

"快把基里尔的书拿来,"他对自己的助手低声说,"基里尔……"

帽子上的表滴答滴答走着,等待把基里尔的书拿来。旧教徒们沉默着,很无聊。

"您是谁?"神父对我说。忽然又想起来:"嘘……叶夫列姆的书也没有。"

"难道没有书,"我问,"就不能随便谈谈吗?"

"不——行……我们不能……我们必须警觉和隐蔽地行动。没有叶夫列姆的书怎么说得清楚。快跑。"

又听到滴答滴答的钟声。神父对着乌利扬的耳朵窃窃私语着。

"他对你说什么了?"

"要我别骂人。"

受人尊敬而又不苟言笑的乌利扬不知为什么爱骂人。难道不骂人就不行吗?

"不行。我是为真理而骂人。他是个可怕的人……"

我望着神父,心里想,他有什么可怕的呢?丝毫也没有。这是个最平常的神父。

"你,乌利扬,"他开始说,"是个追求真理的人。你找到真正的教堂了吗?"

"找到了。那么你呢?"

"我有。"

"教堂不是一个吗?"

"我只有一个亲生母亲。"

"那其余的教堂全是魔鬼的?"

"全是魔鬼的。"

"你是讲自己?"

"你也是讲自己?"

有一会儿两人都默默无语。帽子上的表滴答滴答走着。后来他们又开始说起来。好像他们不是在上帝身上寻找和谐一致，而是彼此摸底，怎样更好地打击对方。他们头脑中想的不是象棋对弈，也不是斗鸡。

"你，彼得，是块石头，"神父终于迈出了决定性的一步，"我要把我的教会建造在这磐石上，阴间的权柄不能胜过它。① 教堂是个纯洁的处女，耶稣·基督是她的未婚夫，而你们这些异教徒却来找淫荡的寡妇，就是这样生不了教派的孩子。"

"乌利扬·伊万诺维奇，"旧教徒们对自己的首领低语着，"回答他，你在带领我们，你要保护自己。"

"等一下，等一下！"乌利扬对神父喊道。

"我等，我等。"神父同意说。

"我们的牧师，"一个旧教徒举起一只手，抢先说，"是一批该死的狼。他们擅自做主，在圣地上放了桌子，但是你要逃离巴比伦的异教徒，听见吗，要逃离他们。"

"等一下，等一下！"

"我们不怕，我们不怕！"整个人群在乌利扬身后喊着。

高大的松树发出簌簌声，在山岗上围成了圈。山岗下白发苍苍的老人们俯撑在多节的拐杖上，望着下面。那里好斗的旧教徒们紧紧地蹲在一起。而在圆圈里，在绿草地上，一个黑乎乎的长头发的人在走来走去。

他叫喊着：

---

① 这是引用了耶稣对使徒彼得说的话。——原注

"教堂就一个!"

"等着瞧,等着瞧!"人们回答他,"教堂的钥匙沉到黑海里了。绿色的花园被弄脏了。巴比伦垮了。天上的圆圈合拢了。"

"等着瞧,等着瞧!"

"逃离巴比伦的异教徒。"

"等着瞧,等着瞧!"

"巴比伦垮了,垮了。"

乌连地区来的好朋友从另一个山上发现和认出了我。他们来找我,拽我的袖子,低声说:"到我们那儿去,去另一个山头!"这里有北方沿海的分裂派教徒,有斯巴索夫派教徒,有德托夫派教徒,乌连地区的各种教派。我曾经在什么地方的深山老林里专心地听过他们讲话,就凭这一点各派教徒见到我都一样高兴。

我们向山下,朝湖边走去。在没有被东正教徒占领的荒野的第二座山的山脚下,一些老妇人在卖彼得十字架和像一条条黑蛇似的皮念珠,在一端有五彩缤纷的三角形饰物。我买了各式各样的:普通的,皮条做的,缝了小珠子和金线的,把它们全挂在纽扣上,并学着作祈祷,大家都笑了。"没有你,"他们说,"真寂寞,你来了,就快活了。"他们教我:如果逐一查看皮念珠上的"小铃铛",那么就会掉进地狱的,如果数对了,就会进天堂。而且必须不停地喃喃着:"耶稣基督,高兴的玛利亚。"

我身上挂满了皮念珠,在一排排旧教徒中间走着,登上了陡峭的山岗。这里一切秩序井然,仪表端庄,谁也不敢吸烟或是把葵花子壳吐在圣地上。湖畔寂静无声,守教规者倾听上帝的话。勉强可以听到从另一个山岗传来的"巴比伦垮了,垮了"的喊声。

诵读者坐在山的最上面。他读着斯拉夫文,停下来,照他的理解做一番解释,结束时总是彬彬有礼地说:"这就明白了。"

"你会明白的。"整座山回答他。

两只凶狠的蚊子叮住老人的秃顶,吸足了他的血,他却不知道。他全身心地沉浸于读没有盖的器皿的故事。

"……令人厌恶的发臭的可怜的魔鬼坐着。'你为什么不洗一洗?'天使问他。'叫我在哪里洗呀?'魔鬼回答说,'在湖里不能洗,在沼泽里也不能洗,全都有天使守护着。'本来魔鬼的情况很糟糕,但是撒旦教他:'在未经祈祷留下来的器皿里,在没有盖的木盆里可以洗澡。'"

"现在明白了。"诵读者在山上面说。

"现在明白了。"先是他旁边有声音回答他。

"现在明白了。"这声音向山下传去。

所有这一排排循规蹈矩、陷入沉思的人永远都记住了:必须做祈祷把器皿盖上,不然魔鬼会在里面洗澡。

整座山的人都聆听着。而在树林里,黑乎乎的一批人远离众人,单独聚集在一起,他们正对着挂在松树上的圣像举行祈祷仪式。在所有人的前面,在一棵树旁,在烛火边,一个被火光照亮的姑娘在唱歌。大家跟着她齐声忧郁地唱,就像在古基督教的老地下祈祷所里似的。松树间的烛火在一处又一处闪耀。树林中到处都有人在祈祷,或是单个人,或是两人,或是一家人。

他们祈祷了一会儿，就灭了蜡烛，又到山上来听诵读。

老人不停地读着。他从怀里，羔毛帽子里，甚至从树皮鞋里不断拿出新的斯拉夫文的小册子，读有关追荐父母亡灵的内容，那里讲，亚伯拉罕跟罪人在地狱里交谈，从天堂向这个罪人抛来一根小竿，但是罪人哪里能越过这根竿子，就掉到了地狱。这一切都是因为当时在尘世时他没有追荐父母亡灵。

"现在明白了，现在明白了。"山上的旧教徒如远方瓮声瓮气的枪声似的发出一片嗡嗡声，从东正教徒占领的山上传来。"我们不怕，我们不怕。"

有个人穿着树皮鞋，衣衫褴褛，背着背囊坐到我旁边。他自我介绍说是"教师"，并对我讲了自己的遭遇：他在报上"狠狠批评了"某个人，结果被解职了，现在兜售"廉价的托尔斯泰主义"和卫生，喜欢光明湖畔的争论，一会儿站在旧教徒立场，一会儿又赞成东正教派，看情况而定。

与教师一起在我旁边坐下的还有一个享受特权的人，他脸色苍白，有修得很漂亮的黑黑的大胡子。他自我介绍说是旅行者，曾经当过农夫，工人，也当过管家。后来他意志薄弱。更糟糕的是，他沾染上各种邪教异说，甚至还学起英语来。此后他想体验一下旅行者的生活。这一下子已经过了七年。

一个洁净的秃顶老头走来问，我是否认识彼得堡的客栈老板伊万·卡尔波维奇？

"我不认识。"我回答。

"真遗憾，"老头说，"他是个非常好的人。"

说完他就坐在教师和旅行者旁边。形形色色的人来了又来，在我们周围草地上。松树间坐了下来。山岗上面,像是中心似的,应由我们开始谈话。

"就拿梦来说,"在大家都不吭声的情况下,旅行者说,"可以相信梦吗?"

"要看什么样的梦,"那个干干净净的老头回答说,"既然是但以理的幽灵①,怎么能不相信他呢?"

"那是幽灵,而他说的是梦,"教师纠正说,"幽灵是可以相信的,而梦则不能信。我已经两年没有做梦了。"

"没有做梦!"山上传开了,"还是个教师。"

大家便谈起做梦的事来。母鸡啼鸣,是什么意思?不是公鸡,而是母鸡。这真是怪事。这算什么?或者梦里狗吠叫起来,又是什么意思?

"教徒们,"干干净净的老头高声说,"我做过一个可怕的梦:在非常漂亮的荒野中一块平坦的地中央躺着一个好闲聊的人……"

"好—闲—聊的人!"

"在一无所有的地上躺着个好闲聊的人,额头光光的。"

"这梦什么意思?"

"这意思是:你梦见了卑鄙的神像的祭司,不可信的神父,说明你对信仰动摇了。"

"不错。我对信仰是有点动摇。我们那儿的神父喝酒过量,

---

① 指的是先知但以理关于人要复活的预言。("睡在尘埃中的,必有多人复醒。其中有得到永生的,有受羞辱,永远被憎恶的。"但以理书,第12章第2、3行。)——原注

人都发黑了,死了。另一个也冻死在田野上。而我动摇了,以为有过错。我想,怎么洗刷良心呢?能不能没有神父自己对自己实施宗教惩罚呢?"

"不能没有司祭行为。"教师皱拢前额的皱纹,回答说,"司祭行为是一种圣礼,怎么能没有圣礼呢?"

"以前不也拯救了灵魂。"

"没有司祭行为,谁也拯救不了灵魂。"

"谎话,谎话,"干干净净的老头涨红脸说,"成千上万人都拯救了灵魂,上千上万人都拯救了灵魂。"

"你这种争辩并不高明。"教师制止他说。

"罪孽不允许我。而你神圣,那你为什么不在天堂?"

"基督说过:'你是世上的精英'吗?"沉默了一会儿,教师问。

"说过。"

"这就是说,未经司祭行为你仍然不是佼佼者。"

"谎话,谎话,谎话。成千上万的人灵魂都得到了拯救。假如我能把书带来,我就能把你驳得体无完肤。可是哪能呢……书有一普特多重,路上还得颠簸二百俄里,而没有书我不想多说。"

"朋友们!"突然有人在后面的枞树林里喊了一声,干枯的树枝发出咔嚓的响声,从那里走出一个真正的苦行修士,像一头熊。这修士身材高大,红褐色的毛发,脸色苍白,眼睛绿莹莹的。"朋友们!"他大声喊着,听得出很真诚,一心向往着山岗上的人们。"朋友们,这里可真是深处呀!"

"是深处呀！"声音向下传去。

"听着，朋友们：后面是斋戒还是忏悔？"

"斋戒。"

"再后面是宗教惩罚。"

"再后面。"

"如果我通过斋戒来进行忏悔，经过忏悔进行宗教惩罚，会怎么样呢？我自己忏悔，自己进行宗教惩罚：我要不戴帽子或者赤脚在严寒中步行，不要神父。"

"不要神父，不要神父。"整个布满旧教徒的山岗回响着。

突如其来的夏雨又瓢泼而下，浇灭了林中的烛火。山岗上的人们惊惶起来。

"到大枞树底下去，到大枞树底下去。"山岗上一片乱哄哄的声音。女人们撩起穿在外面的裙子当伞一样遮雨，读过许多经书的人赶快把古书藏进背囊。大家都往上跑，跑到树底下。在那里安顿下来。每一棵松树和枞树下面犹如长出了有人眼的蘑菇。

"朋友们！"现在苦行修士和熊更加大声地喊着，"兄弟们，请告诉我：现在野兽还是人在主宰？"

"野兽，野兽，野兽。"松树底下的蘑菇人应答着。

"远古以来上千年，一直是野兽吗？"

"野兽。"树林里的人回答。

"再往前呢，还是野兽吗？"

"一直是野兽。"树林里的人齐响着。

"真久远，兄弟，请告诉我：撒旦什么时候被束缚的，历代的沙皇遵守教规吗？"

"遵守的。"

"为什么有压制，尼禄①的和各种各样的压制？"

"因为撒旦被束缚，而奴仆们解脱了束缚。"

"撒旦受束缚，奴仆们解脱了束缚，这可能吗？"

"这里有智谋。凡有聪明的，可以计算兽的数目，因为这是人的数目：他的数目是六百六十六②。"

"原来是这样,兄弟,这真深奥,我未必能明白全部的深奥。"

"这里有智谋：远古时有野兽，而前面就不再有野兽，战胜它的就到玻璃似的海里去，并弹起了古斯里琴。那里将有田野，绿色的花园和没有数字的菜园。"

"……不，"我想，"这不是长在松树下的有人眼的蘑菇，这是隐城的遵守教规者从地下伸出自己那毛茸茸、留胡子的脑袋。"

"天上将会有征兆，将会有新的从天上上帝那儿降临的现成的耶路撒冷城，就像为自己的丈夫打扮起来的新娘一样。"

"遵守教规者，遵守教规者，遵守教规者，"松树，白桦，枞树上滴下大滴的雨滴，树叶簌簌响，像是窃窃私语着，"遵守教规者。"

"傻瓜！"教师喊着，"过去没有，将来也不会有征兆。

---

① 尼禄（37-68），罗马皇帝（公元54年起），为人残暴、好色、妄自尊大，因实行高压政策而遭民众反对。——译注
② 引自启示录的话。——原注

这是彗星或是残余的点点星火，飞翔的象形文字，再也没有别的了。你们无知，你们需要了解地理。"

"回答，请给他回答！"

白发而执拗的老爷爷背靠松树，念着：

"太阳绕着地球和天空走……"

"傻瓜，"教师打断说，"这是地球转，而太阳是不转的。"他朝我这个有学识的同伴眨了眨眼。

"老爷，"贤人们请求我说："请回答他，告诉他：太阳在走，地球是不走的，他相信你。"

我是希望，而且真心希望地球是不动的，而太阳是动的。我想帮助老头们，但是我不能这样做。

"不，老爷爷，老师说得对。"

"我们猜啊猜，"老人们齐声回答说，"可是没有结果：地球转动，这是想想的吧。"

"我是在哪个世纪？"我问自己，"难道要试图向他们证明吗？"我想起了中学的学习。突然产生了最羞耻的怀疑：我证明不了，我忘了证明。接着便冒出了出乎意料的想法：不知为什么一生都不需要证明，我的这种骄傲到底建筑在什么基础上的？为什么我需要向这些林中的老人证明我所不感兴趣的事情？也许，在他们的理解中，在特别的精神含义上，真的地球是平面，太阳是在走的。需要弄清楚的是，他们相信什么，这些大书讲什么，我从来也没有读过这些书。

"我们猜啊猜，"老人们说，"却没有猜出名堂来。地球怎么是圆的呢：鄂毕河有八百俄里长，叶尼塞河有四百俄里长，还有勒拿河都朝下流,全都朝一个方向,流向大洋。"

"我们想来想去,没有结果。"

"因为河流全朝一个方向流。"

"不如说,不是圆的,而像是洗衣盆。"

举了一个又一个证明。当然是说:地球虽然滚动,但是停在一个地方。

林中这些智者望着我,等着我表示同意。我的思绪陷入久远的中世纪……但是这时哥伦布、哥白尼和伽利略的影子瞬间复活了……

"不,"我坚决地说,"不,地球是圆的,在转动。月亮也是圆的……"

"嗯,月亮嘛,"他们跟着说,"众所周知,是圆的。"

"我不是在说月亮。"

"地球是圆的。"教师帮助我说。

"谎话,"他们纷纷冲着他说,"谎话,地球不是圆的。水是为上帝效劳的:它出产鱼;树林也效劳:长出浆果;野兽也效劳,所有的造物都效劳,而地球怎么呢?"

"傻瓜,你们需要了解地理,这里有大气,有空气。"

"谎话,谎话,弥天大谎。我不相信地球是圆的!"那干干净净的老头嚷着。

"我不太相信地理,"旅行者也同情地表示。

"我也不相信子虚乌有的空话,"苦行修士同意他,说。

我听着,听着争论,它从太阳和地球又回到教堂上来。没有什么新东西：从头到尾说来说去都是教堂。兜来兜去也还是这些话。

一个老人，穿一身白衣服，赤着脚，拿着一根长棍子，出现在下面山岗旁。跟在他后面有一群妇女，年老的或年轻的，也穿一身白衣，是自织的土布缝制的。他们朝山岗上走来，看得出，是从远方来的，来迟了，衣服都淋湿了。

他们停在我们的松树旁，倾听着。

谈话的内容是教堂。

"上帝的教堂是看不见的。"突然穿白衣服的老人说。

大家都默不做声。

"上帝用自己的手掌把它隐蔽起来，不让不可信的世界看见。在基督降临前，它是看不见的。"

"他是什么人？"

"圣像破坏运动的拥护者。不崇拜神的人。"有人回答说。

"您信什么？"我直截了当地问老人。

他那双黑眼睛狠狠地扫了我一眼。

"你是传教士吗？"

"这是个饱经世故的人，"我心里想，便说：

"不，我不是传教士，我寻找正确的信仰。"

"信仰？那就是我的信仰。"

他转过身，脸朝光明湖，画着十字，开始念念有词：

"我信唯一的上帝父亲……"

老人说"我信"这两个字声音很响，在湖泊上方的林子里听起来非常清楚。太阳露了一下脸，两块大云朵，犹如一头良兽的两个乳房,仍然把雨水滴落在湖面上。

老人在诵念着,而我仿佛看见了炎热炙烤的绿色田野,跪着的人群,前面挂着金光闪闪的十字架的司祭。雨不停地下着,这是大地渴望的雨水。人们祈祷着,而天上有人推移着黑色的乌云。已经在滴雨了。

"你有非常好的信仰。"老人结束"信仰的象征"时,我诚心地对他说。

"我们的信仰,"他很高兴,接应着说,"是自古就有的,没有比我们的信仰更好的信仰。你走遍全世界也找不到的。"

"你在哪里找到的呢?"

"我自己给自己行洗礼,"老人回答说,"在河里受的洗礼。"

"这是什么信仰?"我回忆着有关分裂教派的书,想起了有这么一个给人深刻印象和令人惊叹的派别:人们放弃尘世的一切,甚至把"自己的"这个词也认为是魔鬼。他们把任何延缓,任何逗留都看作是罪孽。他们永远不停地走着。

"还有更好的信仰,"我对老人说,"也还有比您的信仰更古老的:云游派教徒或逃亡教派教徒。"

"我亲爱的,"老人说,"这就是我们呀。我们是上帝的云游派教徒,既没有城市,也没有乡村。"

他给我讲他们的信仰:反基督者现在控制了整个世界。上帝的教堂在基督到来之前是看不见的。

"对,"我对老人说,"我们也认为目前是不可能见到教堂的。"我说，"有一个非常了不起的人①，他也赞成你们，也认为有这样的教堂，是伯爵……"

我讲了教义。老人长久和专心地听着我讲。在两个白发老人之间，在那里和这里之间做调停，我感到很激动。

"对，对，"林中的老人重复着说，"你说说他是怎么祈祷的？"

"他是怎么祈祷的？我不知道……"

"用三个指头还是照我们的方式？"

"他不用指头祈祷，是按自己的方式。"

"按自己的方式……亲爱的，请你以我的名义告诉他，他错了，不用手指……"老人举起坚决地并在一起的两根干瘪的指头，说，"告诉他，不用手指他得不到超度。虽然是看不见的教堂，但终究是教堂，标记就隐藏在大山岗下面，而我们坐的地方是竖起上帝的富有生气的十字架的地方，再远一些是圣母升天的地方②。不用手指祈祷不行。瞧你说的，别相信伯爵，避开他。"

湖上方林子里的白发老人想着遥远的伯爵的事，喃喃地说：

"孩子们，把疲惫不堪的心带到荒漠的地方去吧，别去看美妙的世界，像野兽一样逃跑吧。隐居在山洞里，荒漠会接受你的，就像母亲接受自己的孩子一样。"

---

① 指列夫·托尔斯泰。——原注
② 此处指基杰什，古俄罗斯的城市，毁于蒙古鞑靼人侵略时期。古老信徒派把它看作是对基督教敌人隐匿的城市，虽看不见，但仍然存在。——原注

……我明白白发老人的意思:光明湖畔山岗下的教堂和看不见的教堂是一样的。只不过那里一切都是合乎规范的:圣像是古老的,自世纪初就放在那里了;信教的人穿着古老信徒穿的黑色长外衣,用两个指头画十字;神父走路是顺着太阳自东向西行走,用七块圣饼做祈祷;那里的钟声十分美妙动听。

有一个人的手从树后向我伸过来,上面布满青黑的筋脉。有人执拗地拽着我并低语着说:"别听那些穿白衣的人,他们会让你害怕的,穿红衣的好些,别听穿白衣的。"

那人拽啊拽,把我带到林子里。我面前站着一个又黑又矮、满脸麻子的庄稼汉。

"你要干什么?"

"我们走,我有许多话要说。"

他把我带到林子深处,停了下来,呆呆地望着,犹如一个没有挖出来的树墩。喜鹊在近处什么地方聒噪着。啄木鸟在啄着树木。古老信徒派占据的山岗人声喧响。从正教徒那里传来:"我们不怕,我们不怕"的喊声。

"他们的信仰很可怕,"这个奇怪的汉子对我低声说,"这个穿白衣的人到村里来,喊着'门口有法官!兄弟们,把木头的神烧了。没有合乎正规的圣像,——现在所有的色彩全是从反基督者魔爪那里来的。烧吧。'另一个穿白衣的人过来了,又重弹老调:'门口有法官!弟兄们,把铜钱烧了,还有那里的折叠圣像,全都烧了'。第三个人过来了。'请穿上白衣服,'他说,'无底深渊在吹号,星星的目光在闪烁。'他们穿上了白衣服，到树林里去了。我们坐着，等着，饥饿难忍，我开始采集黑果越橘。'别碰，别碰，'他对我喊道，'树林是封地，是有界限的，各个地方都有反基督者的锁链。'一个老妇人好像是饿死了。他们用松树皮做了口棺材，挖起坑来，而她的一条腿颤了一下。'没关系，'年长者高声说，'抛上土，在那边会到天国的。'人们就填上土。'她走了，'那长者说，'灵魂去天国了，灵魂高兴了。'其余的人跟着说：应该这样，应该这样。我感到可怕，便到树林里去……你会怕这些穿白衣的人的。但是也别相信穿红衣的人。要相信我。我比所有的人都强。撒旦检验过我，百般诱惑我。'瞧天上。'他说。我朝右看，看见了像是金色的桂冠。'朝左看。'他说。我朝左看，看见了仿佛月光分成了许多块。撒旦百般诱惑着。有一次我吸了一口气。他问：'空气好吗？那么这里的呢？''是天使吸的空气，'我回答。撒旦千方百计诱惑我。我听到从天上传来的声音，我明白：上帝不用教堂直接跟我说话。不需要教堂，别相信穿白衣的人，也别相信穿红衣的人，要相信我。我常常听到天上传来的声音。现在我也听到。

"……我们不怕，我们不怕。巴比伦陷落了……"

"不在这里……把耳朵贴向树木。你听不到的。而我这样就能听到：大地在哭泣。你明白了吧。别相信红衣人，也别相信白衣人。唉，大地在哭泣，大地哭得很厉害。"

"怎么样，跟普罗霍尔·伊万诺维奇谈过了？"在古老信徒派的山岗上人们迎接我时说，"他是个好人，他不需要教堂，他能直接与上帝谈话,而我们的弟兄却需要教堂,哪怕是小小的教堂也好。"

后来各种教派的人来到我们山岗,有反祈祷派,浸礼派,史敦达派的教徒。一些戴着有一圈黑色天鹅绒帽子的大学生走来了,他们谈论着圣经的批判问题,另一些戴着蓝色天鹅绒帽子的大学生也来了,他们避开警察悄悄地议论着政治。连神父也过来了,立即就按自己的习惯安顿好自己,把表放到帽子上。费夫罗西娅在人群中闪现了一下。"瞧该怎么祈祷,瞧该怎么祈祷。"我听到她那纤细的声音,就想到夏里亚宾音乐会上训练学员的歌声。我疲倦了,就去村里休息,直到傍晚。

塔季亚努什卡家聚集着客人。他们喝着茶,交谈着。我躺在另一个房间的板凳上,听着他们小心翼翼地低语:

"谁是君子,谁就能听到钟声。"

"要是君子。"

"塔季亚娜·戈尔尼亚娜听到了:那里在召唤呢。"

"不会白白召唤的。"

"不会无缘无故收下的。你要恳求上帝的侍者,他们才会来召唤,会打开大门,要是你怜惜什么人,又会变成空旷荒野的地方。塔季亚娜收拾好了,穿上了黑色无袖长褂,黑色短上衣,系上了黑头巾。她作了告别。而我们则请求她:一旦遵守教规者接受她,就从那里给我们递个消息来。这是常有的事。甚至还有寄信的。"

"寄信,这很简单。"

"她告别了。孙女玛申卡哭了。"

"她猜到了。"

"她半夜里来到湖边,等着湖水晃动起来。她打了一桶水就到山里去了。传言就是这样!"

"我的妈呀。"

"传言就是这样!头发都枯了。他们那里是做晨祷的。他们是正规的。"

"是正规的。"

"塔季亚娜走着,做着祈祷。有个地方是个大山岗。那里站着一个穿白衣的老人,像是上帝的侍者米科莱,他挥着手。"

"他挥着手。"

"大门开了。钟声齐鸣。遵守教规者迎接着:到我们这儿来,到我们这儿来,塔季亚努什卡。"

"上帝啊!"

"这时她想起了孙女:要是给我把玛申卡带到这里来就好了。"

"玛申卡。"

"她刚闪过这个念头,便看到面前又是湖泊,山上松树成林。"

"钟声也没有了吗?"

"什么都没有了,过去有树林,现在依然有。一片荒野空旷。"

傍晚时我醒来,向光明湖走去。白天雨下了五次,村里的泥泞及膝。清纯的牧师女儿像原先那样从窗口望着我,一边嗑着葵花子。雨后的草地更美了：山鹑啼鸣着，鲜花芬芳，令人想起被遗忘了的故乡。湖泊上方的树林里变得幽暗了。在树干之间到处可见大气。在光明湖畔一棵白桦树前，一个老妇跪着虔诚地祈祷着。

面对着白桦树，这是什么意思？我绕着树和老妇走着，一边想，在哪根树枝上大概挂着圣像。没有，就只是向树做祈祷。

"老奶奶，"我小心谨慎地问她，"难道可以这样……向树做祈祷，这是圣白桦树吗？"

"不是白桦树，亲爱的，"老奶奶回答说，"这不是白桦树，这里是大门。瞧那里是大山岗。那里是圣母升天的地方。"

她点燃了蜡烛，绕着湖走着，一边依次拨弄着皮念珠，一边低语着做祈祷。我跟在老妇后面走着。湖周长约一俄里。走到一半又有篱笆，老妇又爬了过去，跌倒了，蜡烛也灭了。我替她点燃蜡烛，扶她起来。我想与她谈谈湖边生长的一种罪孽草，我问：是否是因为罪孽光明湖畔才长满了这种草？

老妇人没有作声。她拨弄着皮念珠，更加虔诚地喃喃着："高兴的玛利亚。"也许，她听到了钟声，遵守教规者在召唤她。

她又朝那棵白桦树祈祷。也许，她看到，大门打开了，有人在迎接她，召唤她："来吧，到我们这里来吧。"

我仿佛看见了城市：窗户都钉死了，街上没有一个人，犹如白夜那样，一片匀和浅淡的光线。穿着黑衣的遵守教规者走向教堂。他们敲着钟，召唤着："来吧，来吧，圣老妇人，我们这里很好，我们这里一切都合乎教规，祈祷做得很长，圣像也很古老，世纪初就有了……"

"老奶奶，难道这里真有大门？"

"不深，亲爱的，只有半米左右，而过去这里是耕地，据说，犁碰到了十字架，很浅，但是看不到。"

她又做起祈祷来，用手在树根旁寻找什么。

"那里有什么东西吗？"

"这里有地的裂缝。你照亮一下，我来找一找。"

我们寻找着地缝。

她把一戈比钱币放到地上，又放上一个鸡蛋，然后又做起祈祷来。

"遵守教规的人们，请接受有罪的老婆子的供奉。"

我也往白桦树下的地缝放铜钱献给遵守教规者。现在我相信有看不见的城市了。不是像老妇人心目中的那样的，而是比较模糊的，犹如第二次反射的彩虹那样，但终究是个城市。

老奶奶很高兴，因为我也给隐城献上了自己的一份。她分给我一支蜡烛。

"放上，"她说，"放上。"

"往哪儿放呀？"

"随你往哪儿放。或者是向标记，或者向竖十字架的地方，或者向圣母升天的地方。这个山岗对面的隐藏标记的地方。"

她捡起一片木片，把蜡烛安在上面，然后就放到湖上。我也如法炮制。老妇人的烛火漂向标记的地方。我的也漂往那里。还有人拿着蜡烛在湖岸上走的，一个又一个，络绎不绝。隐城的遵守教规者拿着烛火从黑暗的树林中走出来。有数百上千支蜡烛。他们默默地在光明湖周围走着，拨弄着皮念珠，做着祈祷。

水面上木片上的烛火漂向圣母升天的地方，竖起十字架的地方，隐藏标记的地方。漂向标记那儿的比较多。

是第六次或是第七次下起了瓢泼大雨。树林中和湖面上所有的烛火都灭了。我在松树下站了很久，直至浑身湿透。后来我跑到另一个山岗的篝火旁。但雨水很快地浇灭了篝火。周围一片漆黑，人们开始互相挤碰着散去。我踩上了什么软软的活的东西，弯下身一看，不由得惊吓万分：湖岸上倾盆大雨之下，泥泞中竟脸朝地躺着一个女人。

"别管她，别管她，"有人对我说，"她在听钟声。"

我回头一看，又大吃一惊：一个水怪，不戴帽子的真正水怪站在我的面前。雨水顺着他的长发一个劲地淌下来。

"神父，"我认出了他，"是您？"

"您倒想想，"他说，"分裂派教徒把我的帽子偷走了。"

"那表呢？"我想起谈话时放在新帽子上的表，不放心地问。

"表还在。这可不是出于贪心。这是他们的愚蠢的玩笑。"

早晨离开前，我来与光明湖告别。它又显得荒凉和孤零了。集会没有了，遵守教规者全都回到尘世间去了。只剩下两个穿着树皮鞋和背着背囊的女人。我走到她们跟前。她们在哭泣，原来她们来迟了。

"遵守教规者住在这里什么地方？"她们问我。

"就在那个大山岗下，"我说，"竖起十字架的地方。"

"竖起十字架的地方。"

"而这个山岗下面是圣母升天的地方。"

"圣母升天的地方。"

"这个下面是隐藏标记的地方。"

"是标记。"

"而这里是大门……这里……"

这是个阳光灿烂的早晨。在齿状轮廓的圆形圣湖上没有一丝涟漪。后来我在草地上走,覆盖着绿色长睫毛的一只平静而明亮的眼睛始终望着我。

第六章　德米特里·伊万诺维奇的教派

在光明湖时人们谈到过反祈祷派——圣像破坏运动的拥护者。我就问塔季亚努什卡，他们是怎样的人。

"是些很残暴的人，"妇人平静地回答说，"是反基督者的奴仆。他们不尊崇圣像，不敬重圣父，不信任何人。"

"也许，信上帝。"我说。

"也许是，"她不满地瘪了瘪干枯的嘴唇，表示同意。"信上帝……"老妇人沉默了一会儿，继续说，"说什么好呢……光一个上帝拯救不了。没有上帝的侍者不行。你想想：仅一天之内全世界有多少死者要到他那里去。你认为有多少？"

"非常多。"

"你算明白了。没有侍者他一个人对付所有的死者，这怎么可能？"

"上帝是万能的。"我试图反对。

"你干吗老是反复说：上帝，上帝，"老妇人气冲冲地说，"要知道他也有做不好的，他一个人干不了一切。没有真人不行。耶稣基督像是在上帝面前为我们辩护的律师。"

"律师！"我知道真正的人民的基督形象后，非常高兴。

这次谈话后过了不久，我听到光明湖旁山岗上古老信徒派的热烈争论。我坐在远处。读过许多经书的人嚷嚷着，从坐着的地方跳起来，差一点就要揪对方的大胡子。我自己把松树下的这场争执描绘成是好斗的公鸡的大争斗。我头脑中充塞着光明湖这些命名日的印象，但是逃亡教派教徒的最后一些话像钉子似的牢牢地扎在脑海里：

"反基督者控制了世界；需要在农民的树林里拯救自己；在封邑的或公家的树林里是不能拯救自己的，因为现在到处都有反基督者的压迫，到处都有林间通道。"

古老信徒派的教徒们一片哗然。

这时不知是谁的平心静气的说教平息了争论，犹如水浇灭了火灾一般。一方听了静息了，另一方听了，也平息了。

"他是什么人？"有人问，"这是什么信仰？"

一个接一个全都沉默不语。人群中一个穿着树皮鞋的魁伟的老人走到圆圈中央，说起基督来：

"他是一切，他是灵魂。"

我见到的林中许多古老信徒派构成的生了锈的宗教链条断裂了。终于我感到自己自由了。"以前说，"我想，"基督是律师，是俄罗斯的民间教会的律师，而现在说他是在教堂圆顶上空飞越了十九个世纪历史的一种教义。"

"你是什么人？你信仰什么？"大家围在说教者周围。

"我崇拜精神和真理的上帝。"

"你尊重圣父吗？"

"不，我不尊重。"

"你崇拜圣像吗？"

"不，我不崇拜。你们也别对神像顶礼膜拜，无论是木制的，铜制的还是银制的，都别崇拜。你们要崇拜精神和真理的上帝。你们就会成为上帝的儿子。"

"你是个不信上帝的人，圣像破坏运动的拥护者，不作祈祷派的人。"古老信徒派的人说。

第二天一大早，塔季亚努什卡悄悄走到还在睡觉的我跟前，凑近耳朵低声说："天哪，耶稣·基督。"

我哆嗦了一下。

"别害怕，"老妇人低语说，"反祈祷派的人来了，他说，非常想见你。"

我让反祈祷派的人进来。

进来的正是昨天对古老信徒派教徒宣传光明自由的上帝的那个老人。现在站在我面前的他是个普通的林区的庄稼汉，红褐色的大胡子没有梳理，一绺一绺的，穿着树皮鞋。

"我到你这儿来，"他说，"想知道，你是否是从彼得堡来的？"

"大概，"我想，"他想要我当看院子的人或当裁缝的什么亲戚转达问候。"

"你到了那儿，"老人请求说，"请代我向梅列什斯基[①]

[①] 这里是指梅列什科夫斯基，德米特里·谢尔盖耶维奇（1865—1941），象征主义诗人，神学家，后来成为白侨。——原注

致意。"

"梅——斯基,是作家吗?"我很惊讶。

"正是他。请告诉他:德米特里·伊万诺维奇问候他。"

像做梦一样,我脑海里闪过了回忆,记起了听说和读到过有关宗教——哲学研究会的一个领导人去光明湖的一切。

"请向他致意,"老人请求说,"也向他的妻子问候,她记性真好:她在光明湖畔见过我一次,第二天我经过他们的屋子,她在窗口说:'是德米特里·伊万诺维奇,请到家里来,喝点茶。'谢谢她。你告诉她:'德米特里·伊万诺维奇向她致意,谢谢她请我喝茶,为我加糖。'"

"那么他呢,他怎么样?"我竭力想把谈话引开,不去谈我不了解的作家夫人。

"他的记性也好。他们俩一切都是共同的。他们给我们寄书,寄杂志,一下子就寄了六个地方。他们还写信到我们这里来,我们也给他们写信去。"

"他给你们写信!"想到俄罗斯"颓废派"鼻祖与科斯特罗马的庄稼汉通信,我不禁大为惊讶。

"他写的。我们也写信向他诉苦。"

"他写些什么呢?"我像审问似的询问。

"他写信说:应该理解肉体的基督。"

"那您认为呢?"

"我们写信说:是精神的基督。他想使我们服从他,而我们要把他拉到我们这边来。"

"我不明白。"

"我来教你。你拿铅笔和纸来。"

他从背囊里拿出圣经,递给我,讲出章节、诗歌、开端、引子,请我全都记下来。

"我也这样教他,但是哪能呢,他不听你的。他一直自己背诵,不看书。我们对他说:'不看书不好,会有错的。'他嚷了起来:'不,我不会错,你们看看书,我背的对不对。'我们看着书,他背的全都正确。真是位聪明的先生,只不过他的基督有点肉体化。"

"我不懂,我不懂。"

"你别急,会懂的。他承认肉体的基督。而照我们看来不能从肉体方面去理解基督。如果基督是有血有肉的,那么他就成了庄稼汉。如果他是庄稼汉,我们要他来干什么,就这样庄稼汉已经够多了。如果照我们从精神方面去理解基督,那么庄稼汉也可能成为基督。"

"不明白,一点也不明白。"

"你别发愁,这种深奥的道理一下子谁也不能明白。和我一起走,我教会你明白。我有一辆大车,我们慢慢赶路,可以翻开书,读读。我们先去马利诺夫卡村阿列克谢·拉里奥诺维奇那里,然后去尼古拉·安德烈耶维奇那里,再去费奥多尔·伊万诺维奇那儿。他们那里有梅列什科夫斯基的信。你读了信,就会理解的,到时你来评判,我们和他谁对谁错。走吧,我要带你经过世界上各种自然景观。"

我开始打听"自然景观",原来,它们全在光明湖到谢苗诺夫城的沿途上。我从隐城回家的路正好经过这里。我从来不放过旅途上的机会去接近生活。我很高兴有机会坐着大车，带着圣经，去分裂派教徒生活的古老的地方，有机会跟这个与有着欧洲文明的人们有联系的神秘的布道者在一起。

我在五分钟内收拾好东西，与德米特里·伊万诺维奇喝了一会儿茶，与塔季亚努什卡告了别，我们的大车就慢慢地向有着世界自然景观的路上驶去。

在村外草地上我环顾四周，感到很高兴：伏尔加左岸他们这儿草长得很好。我想起了在伏尔加河上的第一天，那时我是从有山的对岸看有森林的这边的。

这个谢苗诺夫县城是古老信徒派教徒生活的中心。我经过的地方，在韦特卢加和乌连森林中，现在只有这里的科马罗夫隐修院和其他隐修院昔日辉煌的痕迹。

古老信徒派的日常生活总是使我心里感到，俄罗斯人民本来可能得到幸福，但却错过了。不太为社会和历史所理解的分裂派教徒仅仅在表面上显得不够友善，实质上他们是些天真的林中地精。

我们的大车在草地中的大路上缓缓行进。花儿已经无处容身：从低地、河滩地延伸到山丘上春播作物地里。到处都是蓝色、黄色、绿色的花带，还有蜿蜒曲折的小溪。

我们驶进了黑麦地。远处麦穗上方露出了一顶帽子和一头长发。过了一会儿道路变直了，显出了神父的整个身影，又高又瘦，犹如一根标杆。

他出现在"分裂派的发源地"，身处这不屈的人民中间，我觉得是不寻常的。在这里路上我听到对"神父们"的许多抱怨话,现在我明白,东正教神父们的活动,即使从好的方面来说,也是导致削弱宗教感情。

神父甩着宽大的衣袖,大摇大摆走着。拿着两个大瓦罐的一个妇女跟在他后面蹒跚而行。

不知为什么我可怜神父。也许是因为太阳在他佝偻的背上烙上了红褐色夹绿色的斑点。但是德米特里·伊万诺维奇是另一种情绪。他是个独特的古老信徒派的改革者,看起人来带着一种狡黠的嘲笑神情,教导人的一本正经样子从脸上消失了。他朝我使眼色,说:

"他在收集酸奶油。"

"怎么是酸奶油?"我很惊诧,"我们那里神甫们不收集酸奶油,而收粮食。"

"你们那里是产粮地,而我们这里产粮比你们少,因此就用酸奶油来补,还用鸡呀,鹅呀,亚麻呀什么的来补。他什么东西都收,来者不拒。"

他们俩彼此不看对方,也不问候,默默地各走各的路:民间布道者是野生野长,而那一个神父是要人养育的。

黑麦地一直把我们引到村边。

这算什么村子呀!即使在我所熟悉的遥远的白海北方也没有保留下来那么古老的俄罗斯的习俗。在这里最小的茅屋也装饰着精致的雕刻。大门口门槛下到处都坐着手工做木勺的一家子人,他们穿着皮围裙,手里拿着工具,劈啊,刨啊,剥啊。他们甚至不太去看过路的人。似乎他们有一种特别的认真干活的家庭自尊心：只要用心看看活计，马上就开始更加卖力地刨起来，剥起来。木勺子就不停地扔到屋子前的大堆成品中。谢苗诺夫县做的木勺堆起来有山高。到处飘散着刨花的清香，显露出遥远的过去时代手工生活的景象。德米特里·伊万诺维奇在这里传教。

富裕的做勺人费奥凡·阿尔捷米耶维奇是德米特里·伊万诺维奇的好朋友，但又是他的宗教对头，看到我们的大车，就放下了手上的活计。他从石头上站起身，头碰到了饰以雕着有尾巴的小鬼的窗台。

"请上屋里来，"他招呼说，"我们聊聊。"

长条粗地毯把我们引进了屋子。迎候我们的是古老信徒派那洁净的半边屋子里肃穆的宁静。

德米特里·伊万诺维奇在路上就告诉我，费奥凡·阿尔捷米耶维奇像古老信徒派的神父，全力保持斯帕索夫教派的习俗，有自己的墓地。

我认出来了，这是我认识的一个家伙，是即将死绝的林中老头中的一个。不久，这些天真的人，俄罗斯的林中勇士就将完全从地面上销声匿迹。到那时，只要俄罗斯文明注定要存在下去，某个新的沃尔特·司各特①就会再现他们的。小说里是不会有城堡、断墙残壁、骑士比赛的，但是会有林中的聚集地，大河，半毁的长满苔的小教堂以及温驯到几乎是信教的熊。

我把费奥凡·阿尔捷米耶维奇几乎看作是勇士。他把我则

---

① 司各特（1771-1832），英国作家，创立了历史小说的体裁。——译注

看作是知名的客人。他就像是掌握家族纹章的封建主,给我看墙上的神圣标记。先是看装在黑边玻璃镜框里的美人鸟和人面鸟的图象。

"这是写会唱歌的鸟,是天堂里的鸟。"主人把我们领到画前,沉默下来,让我们好好思考这些鸟的神秘意义。"有这样的鸟,"他说,终止了我们的长久观看,把我们引到画着古老信徒派的皮念珠的画前,详细地说明怎么用它。

这里我们也沉默了很久,最后转到呆板地画着某个巨人的画前,这个巨人画得像烹调书里的公牛。

"是歌利亚①吗?"

"不是。这是纳武霍多诺索尔王时神意预示者丹尼拉梦见的偶像。这个偶像十分魁伟,浑身闪光,样子很可怕。他的头是纯金的,小腿……"

我万分惊讶地听着主人的讲述,完全相信那是真正的铜,真正的小腿,肚子,银子。我感到有一种可怕的力量转向犹如没有星星的黑夜一般的黑暗。

"这些部分是王国和野兽。第一只兽像是长着鹰翅的狮子,第二只兽是熊,有人对它说:多吃肉。第三头兽是雪豹,它背上长着四只鸟翅和四个头,而第四只兽……"

主人看了我一眼,我明白了:这第四头兽包含着巨人的真正涵义,他的现实的尘世的民间的意义。这头野兽有十个角,另外还长着一只小角,角上长着很像孩子玩的娃娃一样的小脑

---

① 据圣经传说,是非利士人中的巨人,与大卫战斗时被杀。——译注

瓜。主人的手指头正是停在这个地方。

"你明白吗?"

"我明白,"我回答,"现在这头野兽怎么了?"

"现在它统治着,"费奥凡·阿尔捷米耶维奇回答说,"人的儿子,你要知道,这个梦景是与时代末有关的。"

"喔唷唷!"德米特里·伊万诺维奇终于忍不住了,"是这样吗?"

"上帝的话是这么说的。"

"上帝的话也是富有寓意的。"德米特里·伊万诺维奇一边狡黠地对我使眼色,一边说。他变成像是个向文书眨眼示意的村长。

旧教徒接受要求。他走到圣经跟前,翻开它,念了起来。念到了以赛亚的预言。做木勺的老头显得年轻了,两颊像青年一样红润,眼睛炯炯发光,声音响亮,胸部起伏,从皮围裙上经常掉下一些白色的小刨屑,掉在圣经发黄的书页上。

"曾经有过这一切。"旧教徒翻过书页时,反复说。

"曾经有过这一切。"德米特里·伊万诺维奇坚定地应答着。

"人们不理解老的精神。"以赛亚说。

"我们不会议论他们。"德米特里·伊万诺维奇同意道。

我听着争论,对自己解释着这一切:对于旧教徒来说,圣经里所说的已经实现了,就是生活中那样;这一切已经有了,这一切会导向真正的俄罗斯的野兽那里;而对于德米特里·伊万诺维奇来说,预言是与生活中经常重复的东西,永远产生的事物相关的。

"留下了。"旧教徒念着,"以东和摩押,亚当的孩子。"

"将留下。"德米特里·伊万诺维奇纠正说。

"这是指我们。"一个想,"我们是亚当的子孙,正等待着长角的反基督者降临的最后一些俄罗斯的老人。""这是说我们,"另一个想,"为数不多的、知道真理的人。"

"留下了。"

"将留下。"

"怎么是将留下呢?你听着。"

他又重新从头到尾念了那一章。

"明白了吧,是留下了,这一切已经有了。"

"将留下,这一切将永远存在。"

对于一个不信教的人来说,听着他们的争论很困难。

"够了,"我请求说,"看在上帝份上,够了,该走了。"

"再念一章。"主人请求说,又念了起来。

"够了,够了。"我感到头痛发作了,央求说。

"再念一章。"

"不。"

我们坚决地走出了屋子,坐上了大车。

但是主人什么都不想知道。他把书放在大车栏杆上,念起新的一章来。其他做木勺的人一个跟一个放下了手中的工具,走拢来,围住大车,有些人靠近德米特里·伊万诺维奇,另一些人靠近旧教徒。

"这一切是过去的事。"一些人说。

"这一切将来会有的,"另一些人说,"这一切是寓言。"

没有寓言没什么好说的。"

大家嚷嚷着,抖动着绞成一绺绺的彼得一世时代前那种式样的大胡子。新的刨屑像雪花一样从胡子上掉到皮围裙上,又从围裙上掉到地上。散发着枞树脂的清香。

天气很好。阳光明媚。百灵鸟婉转啼鸣。我们的大车在肮脏的大路上缓缓而行。德米特里·伊万诺维奇当真开始教我圣经。他自己并不识字,但是却对圣经了如指掌。过去,在他还没有领会圣经的时候,他雇了一个小孩。小孩念圣经,他就竖起耳朵听,——他听不进去——别的东西,边听边用心记住。现在我代替男孩念给他听,但是他却对我不满意,"声音不对头。"几乎每一行他都要打断我。此外,我经常弄错章节,因为从遥远的中学时代起我就忘了数字的斯拉夫涵义。我的这位师傅渐渐地对我就不怎么尊重,摇着头,常常提及作家"梅列什科夫斯基"。

我是个"有学问的人",却不能正确地读圣经,这有点让人尴尬。

唯一能为自己作辩解的是,即使是受尊敬的真正学者也不会用正确的声音给德米特里·伊万诺维奇念圣经。跟庄稼汉们不知为什么通常都是谈贫困和土地的事。

我们读着圣经……一头乱发的师傅那一双灰色的小眼睛死盯着,犹如两只锋利的钻子。圣经的经文像皮带一样捆缚着脑袋。停下来不念是不礼貌的。我把一只手伸向黑麦,像抚摩安宁的野兽一样抚摩着麦穗。根据老习惯我立即就摸到了麦粒:正在灌浆。

"黑麦正灌浆！"我轻易地就忘了师傅那像钻子一样的锐利目光，高兴地说。

"谢天谢地，"他回答说，"开花开得好；开在上面，会有好价钱。"

有这么一个预兆：如果似金色小弹簧般的黑麦花挂在麦穗上面，那么就会卖好价钱，如果挂在下面，那么就会卖低价。当时花是开在上面……这真好。

好像，从农民的农务转向神父的教务很简单。不……离开天堂的鲜花还远着呢。等我们从幽暗的"字母"迷宫里挣脱出来时，所有尘世间的鲜花就都消失了。但是字母还不像德米特里·伊万诺维奇解释它们那么可怕。他一头乱发，聪明睿智，听着念的时候，土地也会变聪明的。可是当他开始阐释的时候……"这本书很可怕，"我想，"老百姓讲的是关于这本书的真理。谁读了这本书，就会诅咒天和地。"

"我不明白，德米特里·伊万诺维奇，真的，我不明白，你怎么能接受这一切的。"

"我引用到自己身上。"他回答。

"引到自己身上？"

"全都引到自己身上。那里写着的全都讲的是我，是人。"

关于人！仿佛做着一个模模糊糊的梦，在我眼前闪过了男孩们的精神革命，试图在学校里象征性地解释圣经中所有这些完全不可思议和童话般的地方。

"德米特里·伊万诺维奇，"我说，"我好像明白你说的意思了。"

"谢天谢地，"他高兴地说，"您是个悟性高的人，您是个学者嘛。上帝的话是醒世警言，迟早都会转到我这一边来的。"

虽然这样，我很高兴，我走上了真理之路，并立即想起了宗教改革运动①：精神上理解的圣经取代了圣像的地位，主观意识取代了客观权威，"精神"取代了"肉体"。在路上最能使人感到幸福的是豁然大悟的时刻，是从一些科斯特罗马庄稼汉的信仰向路德教飞跃的时刻。

"原来是这么回事！"我高兴地说。

"原—来—是这么回事！"宗教改革运动的老师跟在我后面附和说，"'没有寓言没什么好说的'，圣经里这么说的，全是寓言。"

"那旧约，创世纪怎么说？亚当是什么意思？"

"亚当就是我坚定的理智。明白吗？"

"那么夏娃呢？"

"夏娃是我柔弱的理智。树是旧约，从它那里可以知道善与恶，如同理解一样。上帝创造了坚定的理智，放进了圣经——放进了天堂，自己则高枕无忧：随你知道的去弄清楚吧。亚当就读起书来。哟！——亚当觉得非常难。他做了个梦——缺少理智，梦里走出了轻佻的夏娃，妻子，也就是柔弱的理智诱惑了坚定的亚当的理智。"

"原来是这么回事！"

---

① 宗教改革运动是16世纪在西欧、中欧产生的广泛的社会运动，带有反封建的性质。它采取与天主教斗争的形式，否定民族性，给教会很大的特权。宗教改革运动的结果是产生了新教教会。——原注

"原—来—是这么回事！我亲爱的，这一切都是与我自己切身相关的，而不是与我无关。我们过去认为，撒旦是长角的，是可怕的魔鬼。够了！——在没有被基督征服前，这是我的肉体。基督诞生了，这就是说，我身上产生了精神、语言，并成为我的肉体，活在我的身上。哪里有基督，哪里就有反基督者。我们指望，他就会来到，就会胜利。够了！——而基督和反基督者是同龄人和同伴，他们坐一张桌子旁，喝一只杯子的水，用同一把勺子吃饭。就是这么回事。"

"就是这么回事！"我表示赞成，并开始暗自练习着从肉体转为精神。"基督诞生，"我想着，"已经转好了，现在似乎是转为复活。当然，亚当是从不知道到知道的复活。"

"对！"师傅称赞说。

我转换了一个又一个，直到师傅说了一句令人费解的话才使我停了下来。他说：

"所有的男人都能当圣母。"

但过了一会儿我连这话也能破解了。

"圣母，"我说，"就是我自己，因为我能产生基督。"

"对，"师傅很惊讶，"你的脑袋瓜真灵。"

德米特里·伊万诺维奇很高兴，忘了赶马，而这马也很得意，停在那里，回头看了一眼，想："乱弹琴"，——便把头埋在黑麦里了。

"你能猜到，"师傅又给我提了个最难的新问题，"谁先谁后？"

"先和后……我不知道……对不起。一下子很难全能明白。"

"哪里是一下子都能明白，"师傅抱歉地说，"先就是字母（《圣经》），后者是理解。等你把所有的书都读过来了，每个词都能转换了，也就能理解了，也就基督复活了。"

"原来是这样！"

"原来是这样。我现在已全部转换好了，读了四十本书，把整本圣经都转换成精神，现在我已从死者中复活过来，现在我永远过着复活节。"

我与德米特里·伊万诺维奇就这样走过了田野和小树林。有时候我们各自把圣经从肉体转为精神，物质的天空转为精神的人，有时则聊着农务，歪斜的篱笆。在我长大的俄罗斯中部，一切都不是那样的。

让这个聪明人的生命在译解圣经中度过，犹如无聊的笑话，是不可能的。让这事没有深刻的意义，也是不可能的。但是怎么理解它呢？

"那个作家，"我问，"也把一切都转为精神吗？"

"把许多内容，"师傅回答说，"而不是一切。他带着肉体。他的基督是肉体的。"

有一种感受觉得上帝是在分离自然和人的界限上出生，在这里他永远在生长。只有孩子像一根浅蓝色的带子从他旁边走过，永远消失在黑色的屏障后面。我就想听德米特里·伊万诺维奇讲这样的上帝。但是没有听到。他把圣经、教堂、整个这"肉体"转为精神的那个精神的人或上帝直接是在屏障后面出生的。我无法理解：身体健康的庄稼人德米特里·伊万诺维奇需要这枯燥无味的上帝来干什么？我从侧面望着老人，想象着给他穿上有文化的人的衣服,给他梳洗干净,发觉他竟像一个非常知名的教授。"也许,"我想,"在他心里装着的根本不是宗教探索,也许,'译解'圣经不过是他那未被系统文化开发的大脑细胞的游戏。也许,他是社会的荒唐或者劫运的牺牲品,他们嘲笑老人决定了他的生活就是为了把四十本大书转为精神?"

我们缓缓行驶着,勉勉强强赶过从光明湖回来的朝圣者,他们赤着脚在旁边干燥的小径上行走着。

最后在一个小树林里我们遇到了德米特里·伊万诺维奇的大弟子,性情平和的尼古拉·安德烈耶维奇。他坐在树墩上,默默地朝我们微笑。他知道我们正在来,就等着。他手中除了一本又厚又大的书,还有一个小包裹。

"尼古拉·安德烈耶维奇,"师傅朝我眨着眼,低声说,"是个热衷于物欲的人,他是个了不起的博览经书的人,可是却不能超脱。"

大弟子平和地微笑着,打开小包裹,给我们看从浸礼派那里买来的福音书和一个纸盒。纸盒上有金色字母写的:"上帝就是爱。"我们为相见而高兴,我和德米特里·伊万诺维奇继续赶车前行,弟子则在大车旁边干燥的小径上赤脚步行着。

在最邻近的马里诺夫卡村,迎接我们的是另一个弟子阿列克谢·拉里奥诺维奇,他很苍白,留着稀疏的尖尖的胡子,性情急躁,容易激动。

"这一个,"师傅介绍说,"远远超脱了。"

在下一个村子阿列克谢·拉里奥诺维奇不见了,后来带来了不久前才成为年轻弟子的费奥多尔·伊万诺维奇。

"这一个，"师傅充满爱意地说，"年轻，对一切都能超脱。"

还来了其他一些弟子，没有什么出众的，留着又宽又细的大胡子，有的是黑胡子，有的是浅褐色的胡子。

大车在赤脚的弟子们包围下向沙尔杰日行进。那里住着反祈祷派的保护人伊万·伊万诺维奇。

在我们行驶的谢苗诺夫县的那一地段，有名的克尔热涅茨森林被砍伐光了，留下了一些树墩，幼林以及在田野中不伦不类矗立着的零零落落的树木。过去在克尔热涅茨森林（现在的韦特卢加森林），苦行修士像熊一样隐居在这里，他们中大概谁也没有想到圣经的精神内涵。现在，神秘的森林围墙消失了，过去的隐修士犹如被放光了水的池塘中的鱼。他们坐在树墩上，看着又厚又大的书，将书的内容从肉体转为精神。

在这种将圣经内容从上帝转为人，从肉体转为精神的生活中，像熊一样的苦行修士在死去，诞生的不是普通人。不经阐释，他不接受上帝的名字。

"谢天谢地，"我对同伴们说，"今天是好天气。"

尼古拉·安德烈耶维奇扫视着田野，草地，同伴，把目光停留在年轻的费奥多尔·伊万诺维奇身上，说：

"有些人说，没有主人，农务就空闲了。这可能吗？"

"尼古拉·安德烈耶维奇，您转译了许多内容，"费奥多尔·伊万诺维奇回答说，"而您自己却还穿着女人的无袖长褂。"

"您整个儿还是个真形实体，"阿列克谢·拉里奥诺维奇支持自己的朋友说，"您身上的无袖长褂真的太长了。"

一些弟子支持阿列克谢·拉里奥诺维奇，另一些则支持费奥多尔·伊万诺维奇。而头发蓬乱的师傅本人却狡猾地霎着眼睛，微微笑着，甚至还轻轻发出哼哼声。他知道全部真情，还不止那些，因此沉默着。

"瞧，"我心里想，"到目前为止我们谈的是基督，但是怎么转译天父呢？如果把他也转为精神，那么家业就瓦解了。庄稼汉没有了主人，他们怎么生活？我真怜悯天父。"

"那么是谁，"我问费奥多尔·伊万诺维奇，"创造了人？"

"文字，"费奥多尔·伊万诺维奇回答说，"有了它才有精神的人。文字是始祖。"

"精神的……那么……普通的平常人呢？"

"旧的人？那是用泥土做出来的。他算什么……他是微不足道的！"

"那么那边呢？在阴间呢？"

"从一切方面来说都是微不足道的。圣经写着我们这里的生活。"

"上帝是万能的，"尼古拉·安德烈耶维奇严格地说，"那边怎么样，不知道。不能把所有的事都转译成寓言。"

"全都是寓言，"费奥多尔·伊万诺维奇嚷着答道，"棺材不过是我们缺乏理智的表现，读读书，就会解脱的。当你把书读完和转译完，永恒的生命，精神的而不是肉体的生命也就降临了。"

阿列克谢·拉里奥诺维奇满意地看看年轻弟子，头发蓬乱的师傅本人也很满意，狡黠地轻轻哼哼着，表示赞赏：小伙子超脱了，超脱了一切。尼古拉·安德烈耶维奇阴险地冷笑着，提了一个狡猾的问题：福音书里"您放了驴子作什么，上帝需要它吗"是什么意思？

"放了驴子，" 费奥多尔·伊万诺维奇为取得的成功感到高兴，不假思索就回答说，"这就是说，解开了最后的束缚，放它自由。"

"您瞧，" 尼古拉·安德烈耶维奇对我说，"他连驴子也引到自己身上去了。"

"你们各持己见，"我说，"这算什么一致呀？"

"全是各持己见，每个人都各有一套，" 费奥多尔·伊万诺维奇接着说，"上帝就是自由，而他们是被束缚住的，没有勇气：阿列克谢·拉里奥诺维奇几乎完全脱下了无袖长褂，另一个从它下面露出了膝盖，第三个露出的更多，只有尼古拉·安德烈耶维奇全都穿着女人衣服。"

"那么放了驴子究竟干什么呢？" 尼古拉·安德烈耶维奇挑逗着问。

"那就是，"年轻人回答说，"为了自由，为了精神而放了它；字母扼杀生命。精神则创造生命。我被这圣经绊住了，沉迷其中，好像锡沉到黑海里去一样。我读到：黑海裂开了。这可能吗？它可是不小呀。够了！而海就是字母。我沉溺于其中，被女人的无袖长褂绊住了。我沉醉了，却创造和解放了精神。我既不需要圣像，也不需要圣经，我全都明白。现在我不怕我会遇到痛苦，我们都会死，像马、牛、苍蝇、蟑螂一样。"

"既然小偷、博览经书的人、马匹都是一样的，那你皈依正教干什么？"

"不，我感谢圣经，它解放了我。就像搬开了压在我身上的石头一样。"

"费奥多尔·伊万诺维奇，"他的师傅阿列克谢·拉里奥诺维奇骄傲地说，"超脱了一切。"

"你们放了驴子干什么？"性情平和的尼古拉·安德烈耶维奇嘀咕说。

而作为反祈祷派领袖的师傅本人则转动着他那头发蓬乱的脑袋，微笑着，轻轻地哼哼着。我又在想象中给他穿上有文化人的衣服，给他梳洗干净，竭力回想着，他像哪一个非常熟悉的教授？

在沙尔杰什村我们遇见了浸礼派教徒。他派人来，叫我们去听他们做祈祷。

"他就是反祈祷派的结局，"最初我想，"这就是欧洲宗教改革运动酝酿出来的一个很适时的教派，他们用基督团结了对'肉体'失去信仰的人们。"

但是我错了：反祈祷派不想去听浸礼派的祈祷。他们觉得新的宗教仪式是旧仪式的虚假仿制品。甚至像尼古拉·安德烈耶维奇那样念念不忘肉体，也不足以转变为浸礼派。

但是，据说，别的宗教团体中有许多反祈祷派转过去了。他们从旧教徒转到了新奥地利教，从反祈祷派转为浸礼派。一些人为看得见的教堂、古老的圣像、长时间的祈祷所吸引，另一些人则为团结和安慰陷于幻想的反祈祷派的"肉体的基督"

所倾心。

德米特里·伊万诺维奇派的人拒绝去访问浸礼派,想要直接去自己的保护者伊万·伊万诺维奇那里。我劝说他们。我很想比较一下欧洲的和俄罗斯的宗教改革。

"为什么?"师傅不赞成。

"那还用问,"费奥多尔·伊万诺维奇支持我说,"这明摆着,是为剖析。"

"也许是要剖析。"

"不作剖析,大概,留下来就不自在。"所有其余的人表示同意。

大家彼此都达成共识,选出阿列克谢·拉里昂诺维奇,由他代大家作剖析。

在这间普通的俄罗斯农屋里有路德派教堂的特征:一排排凳子,像是讲台的一张小桌。神龛用印花布遮掩着。其余的一切都是俄罗斯农屋里常见的:招徕去看《垂涎之物①》的一片玫红色的戏剧广告,带着一头熊的圣谢拉菲姆像,大炉子,一个老奶奶正在炉旁生茶炊。

两个过路的传教士坐在当讲台的桌旁,他们周围放了许多书。头发花白的老者很像萨拉托夫的德国移民。年轻者穿着立领衬衫,是很受大家尊敬的瓦西里·伊万诺维奇,他很像是个普通的"社会革命党人"或"社会民主党人"。他跟这类人非常相似,因此我觉得画着十字架的书也是值得怀疑的,我心里想,

---

① 《垂涎之物》是俄国戏剧家克雷洛夫(1838-1906)的剧作。——原注

这些书里会不会藏着达尔文,斯宾塞或是马克思的著作?

不……瓦西里·伊万诺维奇相信福音书,曾经为宣传巴什科夫教派①而吃过苦头。他做的事进展非常好:凭经验他知道,在他说教的影响下农民的生活,他们外部生活的组织,农务,婚姻都完全改变了,出现了自觉培养孩子的迹象。瓦西里·伊万诺维奇手头甚至还有统计资料,大会工作报告,好事善举的确凿证据。

只有一点使我感到困惑:一个普通的不信教的俄国知识分子怎么会相信福音书?如果自己也不太信,那又怎么能保证真正在做善事?

"信仰来自于倾听。"瓦西里·伊万诺维奇像过去的马克思主义者一样很朴实地安慰我:信仰是在经济因素之上的上层建筑中的一种意识形态。

人聚拢得越来越多。

"是否愿意听听我们的祈祷?"两位传教者向我提议。

我留了下来,忐忑不安地等待着反祈祷派的剖析。

瓦西里·伊万诺维奇用自己创作的诗歌作为祈祷仪式的开始。他一个人吟唱着,德国移民老头途中着了凉,嗓子哑了,庄稼汉们或者是不懂诗歌,或者是不信他。

不知为什么听着这吟唱我感到羞愧。头脑里冒出这样的念头:要写出好诗,就得做个罪人;要做祈祷,就得犯罪。

---

① 巴什科夫教派是接近浸礼教派的一个宗教派别,以俄国百万富翁、慈善家巴什科夫上校的姓为名。——原注

吟唱过诗作以后穿立领衬衫的神甫站了起来,双手交叉在胸前,闭起了眼睛。

"这是法利赛人的习俗,"阿列克谢·拉里奥诺维奇准备作剖析,低语着说,"装作是莫伊谢伊:不能看上帝的脸。"

"亲爱的,"神父开始说,"你们看看世界,阳光明媚,多么美呀!"

我设想,要是把那个穿白衣的老头从光明湖带来就好了。我记得,他在山冈上念念有声地说"我信",以至晴天也掉下温暖吉利的雨滴来。

"亲爱的,应该受苦受难,而人们常常逃避苦难。"

"这很明白!"费奥多尔·伊万诺维奇克制不住说。

"就拿莫伊谢伊为例,"神甫不睁眼,继续说,"尽管他有伟大的名声,他却拒绝一切,认为最好还是受苦受难。现在人们可不想受苦难。"

"谁愿意呢!"反祈祷派非常强烈地做出反应,以至神甫微微睁开了一只眼睛。

"他们不想受苦难,但这是他们的大错误。"

"大错!"在煮沸的茶炊旁的老妇人真正像东正教徒那样哽咽着说。

神甫又说了很久。"阿门。"他结束传教。

"阿门。"反祈祷派嘲笑着应道。

移民老人不安起来。他很想也说点什么,但是,显然,是瓦西里·伊万诺维奇主持仪式。

"也许,您说点什么吧?"他大度地提议说。

"那就说一点吧。"老头像姑娘似的红着脸，回答说。

他谈了耶路撒冷庙宇的建筑。他还讲到，基督是真形实体来的。

就在这时阿列克谢·拉里奥诺维奇找到了合适的机会给德国人"作剖析"。

"不是真形实体，"他纠正天真的好老头说，"写的不是真形实体，而是肉体。"

"这是一样的。"

"不，不一样：如果把基督理解成是肉体的，那么他就是庄稼汉了，如果是真形实体……你读读约翰书。'上帝的道常存在我们心里。'听到了吧，是我们心里，而不是肉体里，也就是基督的道存在我们大家心里，而如果是在肉体里，这就是说，是在庄稼汉的肉身里。"

"好样的，"德米特里·伊万诺维奇赞同自己弟子机敏聪明的剖析。

祈祷仪式中断了。浸礼派教徒弄糊涂了，嘀咕着说："时间浪费了，他们不会有什么结果，我们朝前走吧。"

"照你们看，基督是什么人？"浸礼派教徒问。

"基督是道，他是灵。"

"那怎么向灵钉钉子？"

"向灵钉钉子，"反祈祷派笑着说，"真想得出来。这是两部约书被钉住了：旧约和新约。就得这样理解。我们有的是灵的睿智。基督是灵。"

"不，基督在尘世是肉身。应该相信这一点，这是事实。"

"问题就在这里,这是事实吗?肉身是什么意思?"

"身体,普通的身体。"

"是庄稼汉的还是老爷的?"

"是人的。"

"那奶奶烤的面包是什么,是真的吗?酒是什么,暗红色的?"

"你们不相信基督。"

"不,是你们不相信。你们是骗子,是法利赛人,书呆子。让基督以庄稼汉的肉身出现,这能想象吗?你们侮辱他,怎么不感到有愧。让圣母成为普通的少女,这能想象吗?真是一群骗子。"

费奥多尔·伊万诺维奇责骂起他们来。

茶炊旁的老妇人惊慌得画着十字。无论是她还是浸礼派教徒都不明白,反祈祷派骂的不是基督,而是咒骂他们感到可怕的一种可能,即上帝会住在令人厌恶的庄稼汉的肉身里。谁也不明白,也许,苦行僧圣徒亲自培养了对肉身的这种蔑视态度,准备了反祈祷派的这种反抗。这是分离灵与肉。

"我,"费奥多尔·伊万诺维奇高声说,"在这里害怕我的基督,我在这里珍惜生命。他在这里阻止我。而你们的基督一点也没有用处,只能去阴间。可我不需要那阴间,我在这里珍惜生命。"

"你们不相信上帝。"

"不,我们信。他在这里,在尘世间。而我是要死的,你们也会像动物一样死去。"

"你们不相信基督！"

"我们会像猪一样死去，像狗，像……"

"你们不信。"

"像鸡，像蟑螂，像所有的坏蛋……"

反祈祷派示威性地走了出来。

"作了剖析。"在街上师傅说。

"怎么能不作剖析就撇下不管呢。"所有的弟子一致说。

我跟在反祈祷派后面走了出来，大概，这样就在欧洲人面前完全损坏了自己的名誉。

"不拜神的人！"一个过路人对我们说。

"真有害！"另一个表示同意。

"似乎跟这些不拜神的人在一起，"我心想，"哪里也去不了。我已经不能超过自己的民族学的权能了吗？"我想起了大约十五个这样的不崇拜神的人，他们与出现在他们，即穿着女人无袖长褂的反祈祷派面前的整个世界进行斗争，他们是我青年时代政治方面的同伴。

使我得到慰藉的是：在颁布四月十七日的法律之后所有的传教者常常在村里。他们习惯了。我们以师傅德米特里·伊万诺维奇为首在街上行进着，向反祈祷派的保护者伊万·伊万诺维奇那座两层楼的饰有雕刻的大屋子走去。

像伊万·伊万诺维奇家里这样的风习，是伏尔加河左岸旧教派文化形成的，这种文化能使隐修士变成居民。伊万·伊万诺维奇家里一切都像旧教徒家里一样，只有用玫红印花布遮掩的神龛很是刺眼。在这里人们通常是不作祈祷的。主人穿着旧教徒穿的黑长衣，戴着银项链。他干瘦黝黑，长着鹰钩鼻，向我们鞠着躬说：

"欢迎光临！"

他无缘无故地朝我使着眼色。我猜：我们的会议是秘密的。

主人的妻子，像旧教徒家常见的那样，装作很亲切，低低地鞠着躬：

"你好，德米特里·伊万诺维奇，你好，阿列克谢·拉里奥诺维奇，你好，费奥多尔·伊万诺维奇，"她对我说，"你好，好人。"

红褐色头发蓬乱的师傅本人坐在神龛下方，他的左右首坐着心爱的弟子：阿列克谢·拉里昂诺维奇和费奥多尔·伊万诺维奇。其余承认一点"肉体"的人坐在性情平和的尼古拉·安德烈耶维奇旁边。没有做祈祷大家就坐下了。

我想偷偷地稍稍撩开一点玫红的屏障，看看，空空的神龛现在怎么看我们晚上举行秘密的聚会。

按照北方农民的习惯，用餐之前要喝茶。

大家喝了很长时间，很认真：沉默而专注，任何东西都不像默默喝茶那样使人们彼此亲近。喝过茶后再喝伏特加使反祈祷派完全充满对我的美好情意。

"我们对你敞开全部秘密。"

"我们将诚心诚意对你讲。"

"我们将毫无隐瞒讲出一切：怎么把木头作的神像扔掉。"

"是的，扔掉了。"

阿列克谢·拉里昂诺维奇先开始讲，他最冲动和多话。宗教的火焰看来完全把他燃尽了：在苍白狭小的脸庞上只有稀疏的胡须和有着红眼圈的锐利激动的眼睛。

"我老是操着心惦记着这些木柴。"一个教派信徒说，并扯开了神龛的屏障。

从三角架上闪现出排得整整齐齐的制勺用的工具。农屋的红角像是被冲毁的坟墓里的空棺材望着我们。

"老是操着心！上帝保佑，老是操着心。"

"老是操着心！"所有的反祈祷派应声说。大家都望着空空的神龛，一个少妇背着大家偷偷地朝那里的钢铁工具画了十字。

非常奇怪的是：就是这些旧教徒，过去认为喝茶、喝伏特加、抽烟是大罪过，现在却又是抽烟，又是喝茶喝酒。

好像，破坏了红角之后旧教徒的"灵魂"就离开了"肉体"，隐匿在什么地方，而被遗弃的肉体就变黑，像孩子玩的球被戳了洞一样，皱了起来。

"他们教训了我们，"阿列克谢·拉里昂诺维奇说，"过去，进行祈祷要用十遍皮念珠，在它们面前一天要鞠上千次躬。"

"那还用说，对自己毫不怜惜。"

"是不怜惜。怕它们，最怕有罪过。灭了灯火，夜里站在它们面前，妻子哭着。"

"她不高兴呀！"

"怎么会想到那样！"

"我祈祷，我鞠躬。唉，汗都出来了，肩上发冷。婆娘叹息说：'你想活着爬上天，就带着这双肮脏的腿。'"

"她没有想天国的事。"

"婆娘就是婆娘。"

"我没有听她的,仍向它们祈祷……嗨,这时我遇上一件小事,因为这件小事而掀起了轩然大波。尼古拉·安德烈耶维奇带来了圣经。'你愿意吗?'他说,'我们来读一读。''不,'我回答,'我对它很反感,人们因为它而疯狂。''得了吧,'他请求说,'我们试试看。就当是开玩笑,干吗不试试。'我就听了他。我看到,他念得很认真,这是上帝的法律,我就学起来。第二天我们又读,第三天继续着。我们轮流学习,分析研究,有些引文我们弄不明白。够了!这是一本不完整的圣经,只有旧约。我们买了福音书,又读起来。念的人要是机敏的人。我听,他念:'没有寓言人就没什么好说的。'我仿佛被撕掉了皮。'这是怎么回事?'我问,'尼古拉·安德烈耶维奇?''是啊,'他回答我,'我也怀疑。'我们就带着它,当夜去贝德雷村找德米特里·伊万诺维奇,天气很糟。"

"他们到我这儿来,"弟子德米特里·伊万诺维奇打断他说,"全都湿透了,浑身是泥。我想,他们发疯了。请给我们解释解释:'没有寓言人就没什么好说的'这句话什么意思?'那是说,'我对他们说,'整部圣经都是寓言。'我开始译解给他们听。起先他们不高兴。'别触犯它,'他们喊着,'别触犯它。'难道可以破坏它吗?"

"我们读了整整一夜,"阿列克谢·拉里昂诺维奇又从师父那里接过话头,"从那时起我们开始集中精力,深入学习,领悟精神。我理解了寓意,而没有习惯我不敢引到自己身上,不知道什么地方会亵渎了。有一次我读到:'有一种意见,却是从两人那儿听到的,'我觉得有某种差别,好像圣经不是这样写的,这里有没有名堂。夜里我不再祈祷,躺着并逐一回想着:这是什么意思,那是什么意思。越想越多,马上就领会了,我有了另一种理念,有了自己的看法。当我开始理解寓言时,我看着那些木头神像,我觉得不需要它们了,够了!我就不让妻子发觉,把一个又一个神像放到上面,藏在檐板下。我有许多圣像,而且都很珍贵。先把比较新的比较差的拿走,然后再拿比较古旧的。这时妻子发觉了。'你把这些圣像放哪儿去?'她问,'你在搬神?''哪是什么神。'我回答她说,'这是神像。'她望着我,哭着说,'拉里昂内奇,你好像发疯了。'

"而我仍然一个一个搬走。最后一个是父母赠的纪念品。

"沉重的负担卸下了。心中喘了口气。我教育妻子:'不能做祈祷,这是罪过。'她哭着,老是说:'拉里昂内奇,你发疯了。'

"我开始发现,妻子每到夜里就不见了。我醒来时,她不在。这是怎么回事?夜里我走到院子里,侧屋里有灯火。我朝门缝里看了一下,原来她在那里把木头做的神供奉起来,做着祈祷,一边祈祷着一边唉声叹气。"

说话人停了片刻,抽起了烟。

"起先,"德米特里·伊万诺维奇说,"当你很快地做祈祷时,婆娘总是不高兴。后来她已豁然明白了。女人的智力嘛,大家都知道。媳妇怎么样,"他朝主人眨了下眼说,"还稍稍有些卡住吗?"

"我落后了。"

"你是从来也没有纠缠过！"阿列克谢·拉里昂诺维奇朝她喊了一声。"难道你能忍受这样的痛苦。丈夫是坚定的理智。你别说……你以为这一切很容易，我也像你这样祈祷……嗯，好……我望了一眼妻子，她哭着，还唉声叹气的。这时有一种嫉妒心袭上我心头。我跑到她跟前，抓起父母送的纪念物，用尽全力摔了。它分成了两半。妻子跳起身，从我身边跑开一点，就倒下去失去知觉了。而我把摔成两半的神像收起来，放进箱子。

"第二天早上一位先生到我这儿来。'老爷，'我问，'有何贵干？''有没有圣像要卖？'他说，我想，卖了倒也好。但是我不敢：妻子就在身边转着。'不，老爷，'我说，'我害怕。'可是私下里我悄悄吩咐他第二天早上来。

"我心里想，卖了不是坏事。可是夜里又思考起来：还是有点害怕。第二天早上起来，我想好了：不，我自己不能犯罪，也不能把人们引入怀疑神的道路。

"妻子还睡着的时候，我把神像劈了，捆起来，放到雪橇后面。我想，明天就把它们扔进炉子烧了。

"可是那个先生却来了。'怎么样，'他问，'卖吗？''不，老爷，我要保存好。''哟，又改变主意了？''不，'我指给他看雪橇后面。'啊……'他就默默地走了。

"这时妻子跑来了，她看见了，就扑通一声倒下了。'算了，'我说，'亲爱的，请原谅。'我把它们扔进炉子，生起了火。她恢复了知觉，跑到街上，望着烟，看会不会神灵显圣。圣像燃烧的时候，天空中有烟柱。她颤栗着，望着说：'这样的烟,'她说,'和别的炉子里冒出的烟是一样的。''傻婆娘,'我回答她,'木柴就是木柴。'"

还继续讲着自己教派和别的教派的事,讲着一个村子,那里所有的人把神像都"扔到了河里",现在家里就只有空的神龛。

这样做是为了什么?现在他们这种新生活意味着什么?

我望着这些讲话的人。他们长着乡下人的平常的脸,带着一点狡黠。他们身上丝毫没有分裂派阿瓦库姆的侠义精神,而在韦特卢加森林的旧教徒身上我倒是看到过有这种精神。我觉得,在他们的精神复活以后,仿佛同时肉体却变糟了。

"我不明白,"我对他们说,"完全不明白,为了什么你们要承受这一切'痛苦'?你们怎么生活?"

"就这么过日子。"

"那么孩子呢?"

"孩子没什么。我们代他们接受痛苦,我们解放了他们。他们可以无忧无虑地生活。"

"你们付税吗?"

"付的。"

"你们服役当兵吗?"

"服役的。"

"如果强迫你们吊死一个无辜的人呢?"

"我们就吊死他。因为该撒的物当归给该撒,上帝的物当归给上帝①。这不是我们要吊死他,而是我们的手听别人的命令

---

① 这是圣经里的话。耶稣回答该不该纳税给该撒的问题时说的。——原注

来做罢了。"

"那么你们自己在什么地方呢?"

"我们在自己身上:德米特里·伊万诺维奇在自己身上,阿列克谢·拉里昂诺维奇在自己身上,所有的人是各不相同的,所有的人都各行其是……"

我一点也不明白。我望着他们,思想上把他们与树林中要死去的旧教徒作对比。那些旧教徒害怕去碰浆果和蘑菇,因为他们周围放着反基督者——君主的锁链。在那里他们为肉体而死去,在这里他们为灵魂而远去某个地方。要使肉体独自生存。灵魂是一回事,肉体是另一回事。在那里虽然看不见教堂,但是有教堂,在这里是被解放了的和……怪诞的"我"。

"这样的'我'你们要来干什么?干吗你们每个人都想为上帝,为自己,而不为统治者?"

"照我们的意愿,我们认为得罪别人是莫大的罪孽,是可怕的事。"德米特里·伊万诺维奇说。就像在光明湖时,当我听到他说:"上帝是道,上帝是灵魂"时那样,他的脸色显得非常深沉。

"对,那是莫大的罪孽,是可怕的事。"所有的反祈祷派齐声说。

大家躺在养牲畜的院子上方的干草棚里过夜,很快就入睡了。

我因为不习惯而睡不着:马在下面打着响鼻,公鸡扑打着翅膀等候半夜时分,干草散发出草味,刺得人痒痒的,棚顶板条之间可以看到星星。

反祈祷派最后说的话在脑袋里翻来覆去。这么说，他们有自己的"我"：德米特里·伊万诺维奇自己在自己身上，阿列克谢·拉里昂诺维奇自己在自己身上。也许，明天这个"我"就厌倦了，转移了，消失在浸礼派和史敦达派中。但是现在这个"我"还存在。我在路上抓住了它。我随身带着它，我讲着它，它就存在着。这个"我"就是"认为得罪别人是莫大的罪孽，是可怕的事"。这就是说，得罪了上帝……把祈祷献给上帝吧，为上帝效劳吧。

……这里的树林都砍伐殆尽。反基督者和熊也离开了。留下的只是树墩。树墩上坐着一些捧着大本书的长胡子的地精。他们读书，把它们从肉体译解为灵魂。在他们译解的同时，在他们周围新的树林，统治者的树林在成长。

但是他们看不到这一点：每一个人都按自己的方式寻找着自己。这个"我"比一切都宝贵，它是自由的，它不得罪任何人。无论谁也不能触及它。

……公鸡啼鸣着等待半夜时分降临，拍打着翅膀。

成千上百我所见到的人萦绕在脑际。我从他们中间挑出一些真正的人，将一个变成两个，又从两个变成一个，就这样渐渐渐渐地清除着一切不需要的，偶然的东西，读解着生活。

在过去的时代中我就了解德米特里·伊万诺维奇和他的教派。在伏尔加左岸的这些树林里基督教的全部历史在我眼前掠过。我看到了一生都待在林中坑穴里的苦行修士，看到了谴责自己自愿饿死的人们，看到了这一切怎么逐渐分解为"我"。我了解这个"我"……这是阿瓦库姆大司祭的灵魂，解放了的游荡着的灵魂。

该撒遏制了他那不屈的肉体,而没有肉体的灵魂在我们的树林中是不会反抗的。

公鸡又啼鸣了。离我不远有个妇女在说梦话:以赛亚书二十章。

"你在胡说什么?"丈夫推醒她,"别再说了。你不会落后的。你把圣像藏到什么地方了?"

"真的,我落后了。"

"你干吗对着神龛祈祷?"

"没什么,神龛是空的。"

他们又睡了。我要睡,但睡不着。我觉得:棚屋顶上挂着一个结结实实的大袋子,好好的种子从袋子里漏出来,而长出来的全是不开花的植物:苔藓和蕨,人们在极其苦恼中等待着伊万诺夫之夜的降临:他们怀着希望,期盼着开花。但是蕨不开花。种子又被收进了袋子,土地上一片光秃秃的。

但是什么地方的干草散发着被忘却了的真正故乡的气息。在高高的草丛中强壮的马匹发出着嘶鸣……

……早晨反祈祷派盯着我问:

"请告诉我们,向我们公开,你信什么?"

"我们那里,"我用公式化的话回答着,"大家各信各的。"突然我回想起与德米特里·伊万诺维奇的第一次相见,想起了他与彼得堡作家的通信。

"拿信来!"我请求说,"请快把信拿来。"

主人在空空的神龛里那些工具中翻寻了很久,凿子相碰发出叮当声。

"没有,"他回想着,"现在在贝德雷村。"

"在奥洛尼赫,在博戈亚夫连斯科耶。"其他人说。

显然,信在全县流传。

"他给您写些什么,请说说。"

"他写道,不能把一切都理解为灵魂。他教导说,基督真的复活了,是有真形实体的。"

"像浸礼教派那样认为。"

"不……他有自己的看法。他说话充满寓意。他会预言。'整个大地将会燃起火灾,'他这么说。真的,应验了,燃烧起来了……"

"什么火灾?"

他们用启示录来回答。我一点也不明白,但是我能感到:他们的话中有我所难以理解的内涵。我感到:通常我还能敏锐地理解这些人,现在在某些地方变迟钝了。

他们拿来了书,读得破旧的《新路》杂志[①],那上面有的地方做了涂改,有的地方作了记号。他们问我有关宗教哲学会全体成员的情况。我听着他们,一边想:"有什么秘密的地下途径把这些林中的反祈祷派与那些文化人联结起来。仿佛那里和这里两处都发现了同一原始的山里人种似的。"

"请你向他们致意,"告别时他们请求我说,"你就说:

---

① 《新路》为文学杂志。1902-1904年间在彼得堡出版,是联合了象征主义诗人和唯心主义哲学家的宗教哲学协会的刊物。——原注

德米特里·伊万诺维奇和他的全体教派问候他。"

"还有请您别扑灭灵魂。"尼古拉·安德烈耶维奇请求说。

"请别扑灭灵魂。"阿列克谢·拉里昂诺维奇也说。

就这样,在隐城的城墙旁林中人们的生活在我面前一闪而过。从苦行修士彼得鲁什卡开始,到这个想象中的与肉体分开的灵魂的人,到这些认为得罪别人是莫大的罪孽,是可怕的事,同时又准备按照该撒的命令绞死人的反祈祷派,都历历在目。

在回去的路上,我一直努力捉摸着,想从历史上来解释在俄罗斯人民中产生的,把该撒的肉体译解为灵魂的这个灵魂之人。

"阿瓦库姆大司祭软弱无力的灵魂,"我想,"不是联合,而是分离尘世的人们。"

在隐城城墙旁的这一切我觉得就是这样。

亚当与夏娃

永恒的一对

（一）

　　我们驶过的是贫瘠的土地。阳光明媚。一整天窗外闪过的是小溪旁的小树林，草地上的白鹅群，静静的河湾，还留着最后一些歪斜的白桦树的采伐地。在那块平原上又行了一整天。厚实的黑油油的庄稼地绵亘延伸。在辽阔的伏尔加流域和著名的阿克萨科夫笔下的乌法地区又驶了一天。这里已经出现乌拉尔最初的一些山岗，最后就是乌拉尔，整个乌拉尔，它犹如老人的白眉毛横卧在那里。

　　贫土上长的是瘦草，富土上长的是肥草，堆起来的草垛有十三个小草垛大。可以随意地想象：在广阔的天地有自己的诗意。想到了叶尔马克·季莫费耶维奇①。

　　前面还要行驶许多这样的日子，始终是那个地域，我到不

---

① 叶尔马克·季莫费耶维奇（？——1585），哥萨克首领，约在1581年远征西伯利亚，俄国对西伯利亚的开发即由此开始。——译注

了它的尽头。

乌拉尔地区庄稼快要割完了。前面一把大镰刀勇往直前，自由自在地闪动着，后面一个温顺的妇女俯向割下的庄稼。他在割，她在捆，这是永恒的一对，顺从地履行着上帝的训诫：靠自己的汗水来得到面包。

他们很美，这是人间的一对，在这块田野上，四周是阴森单调，却富有活力的古老的乌拉尔山岗。

突然圣经的画面结束了。电影胶片到头了。

在我的眼前出现了一块红色幕布，上面写着：人的暖棚车。高高的小窗户里探出一个满脸胡须，头发蓬乱的脑袋和另一个扎着印花布头巾的脑袋。他们像马匹似的从阴暗的棚车向明亮的外面望着。电影胶片放完了。落幕了。而朝难看的洞眼张望的就是那永恒的一对：亚当和夏娃。

有人问：

"回头去吗？"

"不，去那里。秋天前全都去那里。从秋天到谢肉节是朝后走，从谢肉节起又朝前走。朝后走，抖抖破衣烂衫，打打虱子，朝前走……"

我朝开了一点门的暖棚车里望去，看见夏娃在俯向她膝盖的亚当头上找什么……

幕布又揭开了：亚当与夏娃，漂亮的一对，割着庄稼。幕布落下了：铁轨旁躺着带了许多肮脏袋子的人体在等待"暖棚车"，乘车过路的旅客厌恶地望着他们，一个西伯利亚人不友好地谈论他们，而乘务员则一边咒骂着，一边用新靴子去践踏他们的破衣烂衫。

　　幕布一会儿揭开，一会儿落下，在幕布将要落下的时候，我想："为什么这些人在割庄稼的时候那么美，为什么在这里，暖棚车里，在这似乎是美好的向新地方、向神赐的地方行进的环境中，又是那么令人厌恶？"

　　我给自己的解释是：那一对亚当和夏娃生活在和谐的大自然中，他们不是从自己开始生活，他们重复着大自然的永恒的循环，由于永恒的重复，永恒地想到自己的使命而变得美好。而这个暖棚车里，是最最赤裸的人的日常生活的打算。这些亚当和夏娃，上帝刚刚把他们赶出天堂。

（二）

　　我去中亚额尔齐斯河左岸地区的腹地，去游牧民那儿。我在想象中描绘着那里的无数羊群、畜群，把它们从一个地方赶到另一个地方的草原骑手，努力设想着那个世界的人们的真实的心理，因为对我们城里人来说，那里仿佛是个童话世界。我的眼睛径直盯住边区，我决定要观察亚当和夏娃这永恒的一对。

　　春天，在俄罗斯的心脏地区，在黑土带的省份，我注意到，老百姓中憧憬着新的地方。那里，即在这个美好的地方，土豆——二十戈比，面包——二十五戈比，肉——三戈比，木柴——白拿吧。脱离了土地的人们，由于生活所迫眼看着就成为思想者和诗人，就以这种可笑的想着吃的方式给自己描绘着青鸟①和神赐的地方。

春天在故乡我同情这些可笑而不幸的思想者,他们想要在土地规划委员会得到"去新地方的票",那是徒然的。

现在是秋天,我观察着这种憧憬是否实现。我觉得,如果我看到这地方的居民吃饱穿暖,身体健康,我就满意了。

秋天移民们收了粮食,就到新的地方去。我看到,这些载人的暖棚车滚滚而去,现在我在额尔齐斯河岸上看到了他们。

"会很好运送,"从官员那里接受移民的船长对我说,"会出色地运送:不会受潮,也不会火烧。"

官员对我说,这种运送量非常大,也非常混乱,负责移民事务的长官,即最主要的首长来过之后,现在这一切安排得很好。到处都有监察员。对贪污受贿这一运送移民工作中的祸害采取了最严厉的措施。他给我看一个水已煮开的大茶炊,上面写着:"不要喝生水。"还让我看了新的简易住房和医院。他还对我念了自己写的关于移民的诗。他是个自由派。

"他干一两年就走了,"聪明睿智、饱经世故的船长对我说,"我们这里官员住不长,他们都向上爬,所以很快就溜掉了。剩下的是些贪官污吏。这里西伯利亚,没有贪污行贿不行。"

有一位受人敬重的西伯利亚人马上就发挥其独特离奇的想法来:俄罗斯人不是务农的人,民粹派和斯拉夫派一直鼓吹务农。德国殖民者生活得很好,俄罗斯人生活不好;德国人有文化,

---

① 比利时剧作家、诺贝尔奖获得者梅特林克(1862-1949)同名剧作的象征形象。——译注

俄罗斯人没有文化。务农是要有文化的,这就是说,俄罗斯人不是务农的人。

"您能亲眼看到的!"临别时他对我说。

我们坐的轮船非常好,很舒适。额尔齐斯河面上这里那里飞腾起鹅群、鸭群,很舒适,天鹅群、金雕在草原上空翱翔,或者蜷缩着硕大的身躯在沙滩上打瞌睡。大自然单调而阴郁。但是看得出,这里尚未开发,因此也非常优美。可以下舱到移民那里去,只是得催促自己。

这里有来自俄罗斯各地的代表,像劳工一样,挤躺在地上;一个喝醉酒的小伙子拿着手风琴直接就在人身上走着。

"安丘特卡!安丘特卡!"睡眼惺忪的妇女喃喃着。

塔夫利达人,切尔尼戈夫人,波尔塔尼人,梁赞人,奥堡人……

"有奥尔洛夫人吗?"

"没有。"

"怎么没有!我们就是奥尔洛夫人……"

波尔塔瓦人旁边就是奥尔洛夫人,可是对他们却一无所知。那些人是"喀查普"①,而这些人是"霍霍尔"②。许多人都是这样,互相躺在左右,彼此却什么都不知道:他是什么人,从哪儿来。大家都守着家庭,各归各,大家都怀着有时候是深藏不露的计划。只是从外面看来,这由同一种痛苦联结起来的灰

---

① 旧时乌克兰沙文主义者对俄罗斯人的蔑称。——译注
② 旧时对乌克兰人的蔑称,意为一撮毛。——译注

不溜秋的人群都是朝同一个神赐的地方运动。

有一个木匠家庭，已经走了整个夏天。他们来到城市，挣到一点钱，就继续往前走。他们是四个人，挣的钱不少，到一个地方他们就加入到他们熟悉的当地居民的一伙中。他们的神情是生气勃勃、乐观快活的。

制桶工，热皮工是些身材魁梧的人，这些未来的西伯利亚人很是能干，但是阴沉而执拗。

这些独立的人不依赖政府的帮助，有时候偶然地也沦落到这芸芸众生之中，但是为数不多。大部分人是些受尽委屈、愚昧无知的人。他们徒然奔走去寻找"属于上帝的自由"。这一切是对移民法的生动的插画：最好的移民是那些不依赖政府的人。所有其余的大众是些因循苟且的人……我回想起两个官员的争论："这些人中一半不过是流浪汉。"一个说。"不是一半，而是三分之一。"另一个争论说。

他们的经历是千篇一律，毫无意思的。只有现在他们去某个地方寻找"上帝的自由"，去冒险，去阿尔泰什么地方，去有"金山"的地方，才吸引人们去注意他们。

一把烧坏的铲子就在脚边……我回忆起它来……在某个地方我曾看见过：在萨马拉，在车里亚宾斯克，在鄂木斯克吗？好像是在鄂木斯克。我们与负责移民的官员长时间议论这件事：既然把将馅饼放进炉内烤制而烧坏的铲子从塔夫利达省运到阿尔泰，那么它值多少钱？用这些钱可以买多少把新铲子？那么那些火钩呢？那些旧东西呢？为了以后在新地方烧茶炊而带来的一捆细木柴呢？在这里为了这些细木柴，大概还跟这些庄稼汉争吵过多少回吧？瞧又是这永恒的一对：在西伯利亚黄色草原的背景上，霍霍尔和霍霍鲁什卡坐在船尾，他在跟同伴们讲额尔齐斯河岸上的庄园。而她则忧愁地望着荒凉的草原，那里没有树木，没有苹果树和樱桃树，没有带篱笆的白泥房，没有教堂，只见一片干燥的被太阳晒枯的黄色草原，那里长的不是青草，而是低矮干枯像刷子毛长的败草。她说：

"假如在波尔塔瓦有一小块土地，我干吗要去那鬼地方呢！"

（三）

移民们沿着额尔齐斯河上行。据说，他们在那里会好过的：阿尔泰山谷似乎有非常好的土地，是褐色土壤和肥沃的黄土。

与我一起到巴甫洛达尔这个草原小城的人不多。我立即就忘了他们，因为对这一干燥地区充满了新的印象。

炎热的夏天在并不多的树木上晒干了叶子。还在七月时，就像在深秋那样，树叶就掉下了，小溪、河流、水井全都干涸了。这一切对牧人来说还不是灾难，对于种地的人来说就是末日。吉尔吉斯的穆斯林上帝对东正教上帝很生气，因为许多移民跑回俄罗斯了。

西伯利亚到处都在议论这些回去的移民，这些人成了不要妥善安排移民的见证。只要想一想，回到这里他们要付出多大代价，那就会觉得，这些人简直可怕。这些草原上的倒霉者究竟是些什么人？人家讲的这一切都是真的吗？……

我下了轮船是要去额尔齐斯河左岸草原的腹地。我现在去的小城整个儿是直通的：沿着街道一眼可以望到草原，顺带还可以看到骆驼的头，白色的缰头，皮帽子，色彩缤纷的裙子，吉尔吉斯人骄傲地穿着给人看的宽大的印花布灯笼裤。

小城与草原相通，通过"飞机"与额尔齐斯河的对岸相连。这"飞机"就是带轮子的木筏，像轮船那样，但是由马来运动。

刮的是侧面来的风。"飞机"不敢离岸。从清早起到中午我们都站在岸边。我们周围聚拢了骆驼，绵羊、母牛。后面新的畜群在挤过来。公牛用自己的角从侧面逼我们，马匹则用尾巴扫吉尔吉斯人的脸，那黄脸色就像熟透的密瓜。哈哈笑声啦，野蛮的叫喊啦，彼此用马鞭抽打着逗着好玩啦，受人敬重的人坐在驼峰上进行明智的谈话啦——这一切对我来说是那么新鲜和奇怪——在我心灵深处是熟悉的。

"吁……吁……"

"怎么，你们也喊'吁'？"我问翻译。

"是的，我们也喊'吁'。"他回答。

瞧这是熟悉的，我猜测着：这些草原的骑手曾经与我们很亲近。他们那敏锐的眼睛，嘲笑的神情，无聊的闲扯，混乱的忙碌和许多只凭感觉不靠理智的行为——这一切在我们那里也是存在的，只不过被别的东西掩盖起来而已。

木筏移动了，母牛掉到水里了。木板发出断裂声。

"哎—呀—呀！"

"哈—哈—哈！"

骆驼也掉进水了。

"天哪！"靠着舵的亚当与夏娃低声说，"嘞，天哪！"

木筏打着转。所有在近处的人都用马鞭抽打着拉动着轮子的精疲力竭的马匹。又是"嗵！嗵！"的落水声，又是叫喊声。牲口不断掉进水里，游了起来，非常奇怪的是，这么大量的牲口竟没有压垮木筏，这尖叫着的、哈哈笑的、嚷嚷着的、乱七八糟的人群竟没有散开。尽管这一切不可思议，我们还是行进着。有一点可以安慰：也许，是因为不习惯这一切才觉得是危险的，而实际上事情本来就是这样。

有一只猫从骆驼身上跳到马背上，又从马背上跳到我们这儿。

"去！"

"怎么，你们这里也讲'去'？"

"是的，我们这里也讲'去'。"

"原来是这样！"

"原来是这样。"

额尔齐斯河对岸的帐篷和畜群越是离我们近，等我们靠岸时，这些畜群一定会拥向我们，也许会把我们撞到水里，这种情景越是可怕，公牛和母牛的角顶着我们的身体越是有劲，后面骆驼的呼吸越是逼近，某种熟悉的感觉也越来越明晰。

这感觉就是：这就是那个俄罗斯，这就是她，无论到哪儿你都不离不开她，这也是自己的、亲近的一部分。

乱七八糟、混乱不堪，但仍然兴高采烈。

眼看我们就要下沉了。

但是木筏依然飘浮着。

（四）

我们在草原上走了一昼夜，又一个昼夜，它整个儿始终是干涸的黄色海洋。路上冒出了像雪花似的白花花的盐，湖泊也枯死，露出盐花、紫色边缘显得很可怕。

让人心惊胆战的是：不能沉没在这干涸的大洋里。但是，假如步行，那也一样会完蛋，想到这一点也同样可怕，就像有时候从轮船上向海洋深处望去一样。幸好马还在小跑着。

大家都知道这里仅有的一棵树。它的旁边有小溪冲刷着碱土，因此它能长大。所有的驮运队都停留在这里过夜。我们也停了下来，拾着干粪块、生起火。离我们不远吉尔吉斯人也生着火。月亮升起了，勾勒出萨尔特①人和吉尔吉斯人那古铜色脸的侧影……

"那里火堆旁边，跟一个女人在一起的大胡子是什么人？"

"是移民。"

是亚当和夏娃，我高兴地认出了老乡。

"你们是回去吗？"

"不，我们去找找看，这里什么地方还有土地。"

"你们过得不好吗？"

"不好，眼睛都哭瞎了。瞧……"

他们把像是孔雀石那么绿的面包拿给我看。女人们认为，没有比这景象更可怕的了，又是唉声叹气，又是哭泣抽搭。

---

① 旧时这样称乌兹别克人。——译注

"你们现在去什么地方?"

"去塞米列克(塞米列奇耶),那里有许多粮食。"

"别去,"我说,"别去。"

我已经与从塞米列奇耶回来的人聊过了。他们从那里回来,是因为那里没有开发,虽然那里有许多粮食,粮食不值钱,但是无法在那里生活。从俄罗斯去的人即使是平民百姓,但不是没有开化的人,也不是虚构的鲁滨孙·克鲁索。他现在已经不能单靠面包生活,因此就从荒野的地方逃了回来。我亲眼看到过他们,与他们谈过话:"那里粮食二十五戈比一普特,而这里要一卢布七十戈比,但他们仍然从那里逃到这里来。"

"别去,"我说,"最好去俄罗斯。"我告诉他们亲眼见过从塞米列奇耶回来的人。

"那是喀查普人才这样,"霍霍尔回答说,"他们只要能挣到钱:拿到钱,就赶快开溜。我们去试试。"

骆驼队又起程了,双轮大车咯吱咯吱响着,仿佛有几百条狗在打群架发出尖声吠叫似的。高高的载着移民的车辆沿着荒僻、平坦的草原路移动着。泛着盐花的湖泊张着它那空洞的眼睛。半开化的骑手……

我亲眼见到,两个移民事务的官员经过并谈论着,将把这里附近什么地方的土地划出来分给移民。我看到他们消失在旁边一条游牧路上。我问自己:在这里怎么生活?这是盖着一层砾石的盐土,地上只长着刷子毛长的黄草,上空是一片茫茫黑夜……

西伯利亚是资源最丰富的地方。西伯利亚有无比辽阔的天地。西伯利亚是金窖，是神赐的地方。而这个草原是有着许多枯死的盐湖的荒漠。这个地方需要随身带着水，免得去喝坑里的水，因为草原的兔子和老鼠陷进在这些坑里，因为这个地方夏天水就干涸了，水井水也突然变咸了。

　　亚当和夏娃何必在这里生活呢？而且在这里他们还会妨碍人家：周围不停地在抱怨这些不请自来的客人。

　　对于这些被长途跋涉三四百俄里而弄得精疲力竭的人来说，最初是很难弄清楚这一切的。

　　暂时我是这样来解答奇怪的问题的：完全堕落了的人的抱怨使上帝厌烦了，他就重新造人，又把他放到天堂里去。人又犯罪，又被赶出天堂去种地，但是上帝忘了缺少土地这一点，忘了现在土地都已占光了。于是现在亚当和夏娃就流浪，寻找能更好更快地履行上帝训诫的地方。他们在苔原带、森林带和荒漠带流浪。但就是这些地方土地也已有人占了。

擅自占地的人

前进，前进……什么时候才能终于安置好亚当和夏娃呢？这里已经是中亚，离这儿不远已经是"各族人民的历史之门"了。这个地方很荒凉，星星又大又低地悬挂在空中。要研究堕落后早期人们的生活，这里是最合适的地方。

"他们在这里，"有人对我说，"离这儿不远，就在山后面，在'挖水井'那个地方。"

巴斯——库杜克，就是"挖水井"，这是个地名。

吉尔吉斯人，据某些学者认为，以其创作使人想到荷马时代的希腊人，因为他们直截了当地领悟外部世界，而且就按他们所领悟的那样来歌颂它。有些地名已经说明了这一点。在草原上过夜时失去了马匹，这地方就被叫作"失去的马"；路途中轮子坏了，这地区就叫作"坏轮子"；如果生孩子时碰上这样的事，吉尔吉斯人会把孩子也叫作"坏轮子"。

"挖水井"这个地方的名称来历不是自古就有的。如农学家们所说，这里的水"最少"，这里不是那样的土壤，不是那样的气候，像水那样能决定任何作物的命运。

就这样，移民事务官员在盐土上行驶了两三个昼夜，突然在山谷里什么地方看见有"适于生活的"土地，就非常轻率地吹嘘起来，于是官员来过后吉尔吉斯人就挖起水井来：这里好像没有水。后来吉尔吉斯人就称这地方为"挖水井"。

人们是这样对我解释的。

"这里，"他们对我说，"有移民生活着，就在'挖水井'那里，已经很近了，瞧这里有湖。"

一个大湖在我们面前，波光闪闪。

"是淡水湖吗？"

"是淡水。"

"这怎么可能？那这里干吗还要挖水井？"

于是他们又给我讲了"挖水井"山谷的故事。

"是的，是有过这么回事，不知为什么挖起水井来，这地方也就得了这个名称。但是有一次一个游牧的吉尔吉斯人在过夜时挖出一口井想给骆驼饮水，水井涌出水来，吉尔吉斯人自己喝了个够，又给自己所有的骆驼喝了，而水还涌个不停。那个吉尔吉斯人离开了，水还涌啊涌啊。从挖井的地方涌出了整整一个湖的水。但是照原先那样留下了'挖水井'这个名称。"

"这可能吗？"

"可能吗？"我的吉尔吉斯人翻译重复说，"是的，这是可能的，湖的那边住的是富裕的吉尔吉斯人，而这边是穷人。富人让穷人去割毛、牧羊、驯养自己草原上的野马，穷人对富人很满意，富人对穷人也很满意。"

"穷人果真对富人满意吗？"

"果真满意,真的,穷人对富人是满意的,他们和睦地生活在湖畔,不久湖里养起了鱼。来了一个俄罗斯哥萨克,开始捕鱼并卖鱼。富裕的吉尔吉斯人就吩咐所有的穷吉尔吉斯人捕湖里的鱼,只卖给俄罗斯哥萨克一个人。哥萨克很快就富起来了。富裕的吉尔吉斯人和富裕的哥萨克成了朋友,常常喝马奶酒,宰杀羊和小马。"

"俄罗斯人是不吃马肉的!"

"这个哥萨克吃马肉,而且大加赞扬。来了两个俄罗斯移民,用大叉子和车辕赶走了穷吉尔吉斯人。俄罗斯哥萨克不再上富裕的吉尔吉斯人那里去吃马肉、羊肉和喝马奶酒了。俄罗斯哥萨克开始庇护移民,富裕的吉尔吉斯人去找长官并给了他五千卢布,长官就来赶移民。"

"长官拿了钱?这可能吗?"

"是的,长官拿了钱,这是可能的。但是移民不肯走,长官斥骂起来。移民就向大长官告状,大长官说:'谢谢,弟兄们!'他赶走了小长官。"

"那么吉尔吉斯穷人呢?"

"他们破产了,就到饥饿的草原去了。"

"原来有这样的故事!"

"原来有这样的故事!"翻译跟在我后面重复说。

这样的故事我已经听了许多回了,旅途中故事讲得还少吗!我不想听这些。中亚荒凉的草原及其过着宗法制生活的游牧民族,山坡上徜徉的畜群,骑着马、手拿长杆、衣衫褴褛的牧人,无遮无掩、阳光充裕的草原上的大太阳——这一切是新鲜的,吸引着我,而这些故事仿佛是苍蝇在嗡嗡叫。

西伯利亚的本地居民也好,当地的牧民也好,大家都在咒骂移民,甚至官员也在骂:要让亚当和夏娃在这无边无际的盐土上落户,强使他们在大自然为牧人造就的地区从事耕种,他们也并不高兴。无论我去哪里,人们尤其斥骂移民的是,他们擅自占据地方,他们是"恣意妄为的人"。

吉尔吉斯人手指着山脚下的一些掩体让我看,并说:

"这里就住着这些恣意妄为的人。"

不远处的掩体原来是土窟,就跟吉尔吉斯人过冬住和掩埋死者的窟洞一样。

"也许,这是吉尔吉斯人?"

"不是,那里有牲畜和猪跑来跑去。"

确实,在母牛旁边我看见有猪,穆斯林是不养猪的,而且,凡是猪吃的东西,都被看作是不干净的。在卡尔基特附近有几千头野猪,但是谁也没有去碰过它们。只要俄罗斯人养猪,住在附近的吉尔吉斯人就离开这地方。

土窟非常低矮,就是走近了看也可以把它们当作是些炮的掩体。它们后面是没有树林的山和黄黄的草原。数百俄里内没有一株灌木。人们在这里用草原上收集的干粪烧火取暖。从这方面来说很好,但是没有什么乐趣。草原居民、过路的旅行者可能感到有乐趣,但是没有白桦树叫俄罗斯人怎么生活?

代替教堂的是黑暗的奇形怪状的花岗岩风化了的山峦,它那怪异的如云朵般变幻不定、四处飘散的轮廓。

山峦变高大了,黑乎乎的轮廓变成了各种吓人的野兽。但是土窟依然那样低矮。

我们穿过干涸的小河。天色入暮。养鱼的湖泊水光闪烁。紫红的晚霞映衬了蓝荧荧的群山。在湖的彼岸,富裕的吉尔吉斯人的帐篷像油罐车似的,白花花的。这里,湖的此岸是哥萨克鱼商的土窟,移民们也就在这里。

一个庄稼汉在耕地,翻起了处女地,这是真正的俄罗斯庄稼汉,用的是真正的俄罗斯犁。另一个庄稼汉从田里回来,一个女人赶着母牛。土窟有六七个,但只有两个住着人,正冒着烟;其余的都废弃了,主人或死了,或回俄罗斯了,或者,也许是到塞米列克的什么地方去"寻找"土地了。

现在,傍晚时分,荒凉的原始草原上空闪耀着低垂的星星。与它们相伴的只有这些低矮的土窟……还有这些孤独的人们,耕者和他的女人,在这里,离铁路上千俄里,离故乡几千俄里……

有某种东西激励着:不知是童年时对鲁滨孙·克鲁索生活的向往,还是青年时对托尔斯泰移民区[①]的憧憬,抑或是俄罗斯人那种好幻想的念头,认为空手起家可以画又美又好的鱼。

但是一无所有的开端总是不美的。这张犁很美地翻起了处女地,但是被陌生的手束缚住了。瞧这个长着浅色胡须的庄稼汉已经不是像鲁宾逊,而是像个雇工或流浪汉,眼睛溜来溜去,在想什么呢?"马上抛弃一切,逃到塞米列克去。"另一个黑胡子的庄稼汉比较安分,比较庄重,女人……

---

① 指拥护托尔斯泰生活平民化和接近人民的思想的人欲建立村社的企图。——原注

"另一个女人呢？或许他是个单身汉？"我问浅色胡子的汉子。

"另一个女人，"他回答，"刚生了孩子，躺着。"

"怎么施洗礼呢？"我好奇地想知道，最初这些人，被赶出天堂的亚当和夏娃，在荒原里怎么给孩子受洗。

"怎么受洗？没什么，随便什么时候给他受洗……无法用网逮个神父来呀。"

大家快活地哈哈大笑起来，连我的同伴吉尔吉斯人，还有那个女人也笑了，幽默永远也不离开俄罗斯人。

"女人们不感到可怕吗？"

"因为没有神父？他们算什么。只有一点女人们觉得难过：妈妈离得太远。嘿，通常说男人是不会为此唉声叹气的。"

"请到屋子里去吧。"

大家钻进了土窟。

我跟已经喜欢上的这个荒凉的草原告别，跟奇形怪状、没有树林的群山、与低悬的星星告别，钻进了亚当和夏娃的土窟。

"那么，请讲讲你们是怎么到这里来的。为了什么，因为什么原因？"

"我，"有浅色胡须的汉子开始说，"可以说，走遍了整个西伯利亚，只有塞米列奇耶没有到过，我见过世面，任何当官的我都不怕。"

黑胡子也不怕：他站在库罗帕特金①本人面前"可也还神气得很"。

---

① A·H·库罗帕特金(1848—1925)俄国军事长官,将军,参加过征服中亚，1898—1904年任武装部长。

"别说长官的事,讲讲自己,你们是怎么漂泊的,在俄罗斯和西伯利亚看到了什么。"

他们摇着脑袋瓜,互相对望着,定下神来,想好从哪儿开始讲最好。

"这就告诉您一切,"黑胡子开始说,"竖起耳朵听吧。嗯,这么说吧,这个人有过一台留声机。"

"留声机!"

"等——一——下!"浅色胡子的汉子打断说,"我们最早坐车到这里来。外出勘察新地方的代表带我们来的,他们说:'我们去扎沃德纳亚草原。'我们问他们:'这扎沃德纳亚草原是什么样的地方?'他们说,'我们自己也觉得惊奇,为什么叫这个名称。但是那里非常好,没法说,中间还有清洁纯净的泉水涌出来。'我们很快活,嗯,简直是快活得不得了,就动身了。我们在城里见了长官。他们问:'你们要去扎沃德纳亚草原吗?'我们回答说:'我们愿意去扎沃德纳亚草原。'他们给了我们每人一百卢布。我们来到了这地方,看到了一切都像说的那样,土地不像我们那里的,比较贫瘠,但没有关系,一切都像代表们说的:那里非常好。后来我们忽然想到,没有泉水呀!我们就逼问代表:泉水在什么地方?'不用怀疑,'他们回答,'什么地方是有的。'我们找了一天,两天……这是什么怪事——没有泉水,根本就没有水……"

"那泉水到哪儿去了?"

"我们自己也感到惊奇,水跑哪儿去了呢?没有水。我们开始张望,这里附近有没有地方。说实话,我们喜欢上这里了:

湖里有鱼，土地虽然不怎么样，可是有草地，集市也在近旁。但是有一个问题：吉尔吉斯人住在这里。这怎么办？"

浅色胡子的讲述者停住话，看了一眼黑胡子。两人有点尴尬地看一下我的吉尔吉斯人翻译，然后彼此又对看了一眼，像小孩那样扑哧笑了出来。

"嘿，当然咯，我有大叉子。"黑胡子边笑边说。

他又扑哧一笑。

"而我，这么说吧，有车杠子。"浅色胡子说。

两人担心地望着吉尔吉斯客人，但是他望着他们的脸，也笑了起来。

于是大家都友好地哈哈大笑，就这样叙述中最微妙难讲的地方开心愉快地讲过去了。我没有去想自己的传说，没有去想最早来到尘世的人们的后代使上帝厌烦了，他重新造出了亚当和夏娃，又把他们赶出天堂，却忘了土地已被其他人占掉了。

我忘了这一切，因为脑中闪过了大叉子和车杠子，这就像是个开心的笑话。

"是的"，讲话人继续说，"这以后长官到我们这儿来，我们本来应该狠狠地不客气地对待上司，可是我们放起了留声机。留声机放的是舞曲，上司高兴了。'我以为，'他说，'你们在这里要饿死了，可你们却有留声机。你们过得不错，不错，很不错。'而我们就此回答他：'大人，我们总是以快活的心情来迎接长官，至于吉尔吉斯人的事，您最好给我们签个文……''拿纸来……'他说。我们东找西找，却没有纸。"

"我妻子……"黑胡子插嘴说。

"说实在的,是因为您妻子,"浅色胡子的汉子严厉地说,"才闹出了这一切。他妻子,"他对我说,"去照料母牛了,带走了箱子上的钥匙。而纸在箱子里。要知道只要用这么一小片纸,卷烟纸那么大就行了,那么后来就什么事也没有了。我们找啊找。'没有纸,大人,'我们说,'女人把钥匙带走了。''没有纸?好吧,没关系,可以下一次写。'他就走了。"

"好,而那些住在我们地盘上的吉尔吉斯人却始终不停地吵闹。'你们,'他们叫嚷着,'使我们破了产,现在你们就养活我们吧。'嘿,当然喽,我们就好好地教训了他们一顿。他们就跑到湖那边去,去找当乡长的富裕的吉尔吉斯人向他告状,那个人又有钱又聪明,他们在他那里就像羊群生活在那里。

"'算了,'我们说,'你们向自己的主子告状,我们也向自己的主子告状。我在这里种粮食,你们是放羊,我不是给自己干,是给政府干。'

"我们的乡长也来了。'随你们,'他说,'离开吧,计划上没有你们的份地;我不会舍不得五千卢布去贿赂上司,可是要赶你们走。''算了,'我们回答说,'你有五千卢布,而我们有的是庄稼汉的笨脑袋。'

"我们说自己的,他们也唠叨着自己的。

"先生,就在那时候我们好歹已经开了一些地,播上了小麦,已经开始成熟了。移民事务的官员带了哥萨克和吉尔吉斯人到我们这里来。'你们要搬走!'他喊着。'大人,'我们说,'您亲自允许我们在这里生活的,还向我们要纸呢。'他什么也不想知道,只是喊叫着。我们又立即把他当时说过的话讲了一遍并提醒他要纸的事。这时他就开始用这样的话痛骂我们，说假如这时打死我们，那也不用负责任。'打他们，'他对吉尔吉斯人喊着，'把他们的土窑烧了！'

"我们不是傻瓜，马上把他的这些话写到纸上，并逼着哥萨克、吉尔吉斯人签字。听到了吧？签字吧！他胆怯了，而我们则士气大振。

"这事发生后不久，一位最高长官来到了集市。我们把一切经过都对他讲了：勘察新地的代表怎么欺骗我们，我们怎么占了土地，也讲到了留声机，讲到了要纸写文的事。我们说，'大人，我们不是为自己，而是为了种粮食。这也可以说，是为了政府。''谢谢，弟兄们！'他回答我们，'不用怕任何人，你们过你们的生活。'

"不久土地测量员就来了，给我们划了地，足够我们耕种的：眼睛所及的地方，全是我们的……"

"给你们两个家庭划了多少地？"我不大相信，问。

"为什么是两个家庭，难道我们是两个家庭吗？"

"那其余的在什么地方？"

"四处逃走了。'这里的地贫，'他们说，'又干燥，夏天也会下霜。'"

"那么吉尔吉斯人呢？"

"对吉尔吉斯人，我们就像对小孩子似的，给他们吃圆糖饼。"

讲到这里算讲完了，我们就躺在这土窑里睡觉。早晨，我把所讲的事记下来时，问，他们喂吉尔吉斯人的圆糖饼是什么东西。

"圆糖饼！"擅自占地的人笑了起来，"瞧……"

他们指给我看草原，草地，所有这无比辽阔的盐土地，虽然它不适于耕种，但是划给他们相当大的一片，是因为在这片地中间有一些黑土的地块。这地方虽对庄稼人来说不适用，但对牧人来说却是必需的。移民们就把这些地方租给被赶走的吉尔吉斯人。"二十五卢布一块地"，就把这叫做"圆糖饼"。

"他们没有什么意见吗？"我惊奇地问。

"没什么意见，他们稍稍破坏了我们的菜园，我们马上就狠狠教训了他们，他们就不再捣蛋了。我们对他们说：'你们种粮食，你们就收拾起东西到镇上去住。'如果我们住在镇上，'他们回答，'那就会征我们去当兵，会要我们改信他们的信仰。'对此我们回答他们说：'我们的国王不会压制信仰的，不像其他国家。'"

阿 尔 卡

（一）

谁要是来到西伯利亚还带着通常的空间概念和习惯的衡量时空的尺度，那就很糟糕。这里的比例大概是这样的："我们这里是十，那里就是一百，我们是二十，那里就是二百"等等。

我在荒凉的草原上每天走上六十俄里的路。就这样走过了一天又一天……

一望无际的天空和无比辽阔的干土，犹如一片黄色的汪洋大海。如果驶近一点，那么还可以看到群山，蓝色的帐篷或是黑黢黢的波状起伏的石头。土块是盐碱土。植物有低矮的苦艾、基佩茨草，或者是几俄寸高的"刷子草"，它很像药房用的澡擦。

土地被盐所侵蚀。白白的盐斑就像是蒙上了一层雪花。砾石到处都覆盖了土地。

有时候，我们找不到这条不易觉察的游牧路，用我的翻译吉尔吉斯人的话说，是"游牧人的路"，我们就停下来，等着向我们走近来的骑手。

"喂,停————下!"向导叫他,"请到这里来。"

那人发现我是俄罗斯人,便急忙溜掉了。

"停一停,停一停!"向导徒劳地喊着。那人还是急急逃开了。

"请停一下,请停一下!"向导拼命喊叫。

骑马人在我们赶不上的距离处停了下来,平静地观察我们。

吉尔吉斯人在草原上遇到人时,通常会停下来,连马也是这样。

我们向村子走去。光着身子的小孩一看见我们,便躲了起来。这里的人用"喔——罗斯"(即俄罗斯人)这个词来吓唬孩子,就像我们用狼吓唬孩子一样。我们骑近村子,问:男人在家吗?

"焦克(不在),"帐篷里传来一个女人的声音。

但是,男人当然是在家里。

"焦克,焦克……"

荒凉的草原和这些担惊受怕的人。难以设想一个有教养的人此时此刻的精神状态,他受委托无论如何要在这里找到合适的土地,以便安置四处流浪、寻找可以劳动的地方的亚当和夏娃。

有一次我们在草原上看到两个白点,以为是海鸥,便想,大概附近是湖泊。过了一会儿两只海鸥原来是两个帐篷。那是九月底,天气非常冷,夜里到零下十度,还有雪暴。谁会住在这么单薄的帐篷里呢?

原来这里住着两位彼得堡来的小姐,她们是工学院的大学生、地形测绘员,给移民划分地块的。小姐穿着棉短袄,受着寒冷的煎熬，急于尽快结束工作，回彼得堡去。她们一个月得一百卢布，为了挣钱，她们也像亚当和夏娃一样，就来到了这荒野的地方。在别的地方我们还遇见了师范学校的学生、工学院的学生，为了挣钱，他们当了地形测绘员、水利工程员。

"没办法，"他们说，"得糊口呀，不过干这活真不体面……"

但是不仅仅是年轻人对自己所干的事感到不好意思，甚至连真正的官员也常常挂在嘴边说，他们在这里没什么用。彼得堡一直有人朝这边移民，每个移民最终可以按彼得堡的指令在这里得到一块地，甚至勘察新地的农民代表也到很早就给他们划好的地方来。

有人对我解释，这些地数量很有限，要得到它们并非易事，因为要的人很多。

官员们不赞同移民到山区的草原上来，因为上帝造这地方是给牧民用的，不是给庄稼人的。

"移民到这里来，"他们对我说，"完全是为了政治目的：吉尔吉斯人是不可靠的人。是为了政治目的！"但是我跟吉尔吉斯人翻译两人在草原上已经骑马走了好些个昼夜了。我根本就没有想到过，谁会来袭击我。相反，我这个俄罗斯人对于这个地区的人来说倒是个吓人的稻草人。

他们耸耸肩，微笑着，开玩笑地讲到，两个省长在一次午餐时提出了问题：吉尔吉斯人是否是不可靠的人？

不可靠？嗯，好吧。但是亚当和夏娃干吗要在这里呢？他们犯了什么新的罪孽，才要把他们逐到这荒漠里来呢？他们寻找土地，可是给他们的是武器！是什么武器呀！为了赶走吉尔吉斯人，只要养猪就行了。猪闻过什么，按照教规吉尔吉斯人就该丢弃什么。生活在猪旁边，他就过不上好日子。所以对付吉尔吉斯人的第一武器便是猪。

（二）

四个月没有下一滴雨！换了在我们种庄稼的地方就会有可怕的饥荒，可是在这里人们并没有太多的抱怨。马喂得饱饱的，羊养得肥肥的，肥羊尾晃来晃去，犹如橡皮垫一样。它们吃的是这种又矮又干但很能吃饱的基佩茨草，在这里草原上，这种草所具有的意义就像苔原地长的地衣一样。

但是还不仅仅是牲口能吃饱。这个无水无林的盐土地方，照吉尔吉斯的叫法是"阿尔卡"，意思是"峰巅"，"圣地"，世界上最好的地方，现实的阿卡迪亚。[①]

草原上只有光秃的黄色山丘令人焦虑，但是有时草原上又有风化得很厉害的花岗岩构成的相当高的山峦。在高原山谷有些牲口过冬的好地方（克塔乌）。风把雪从山地上刮走，牲畜在冬季就不必费大力气弄到食物，也就不会变瘦。在这些克塔乌，草也长得非常好，土壤很肥沃，所有的过路人都感到奇怪并产生疑问：为什么吉尔吉斯人把这个荒漠称作阿尔卡？其谜底也就在这些地方，如果说冬天有这些栖息地——克塔乌，那么夏

---

① 希腊伯罗奔尼撒中部一省，传统上被描绘成古代纯朴道德的天堂般的国家，转意为幸福之邦。——原注

天时整个草原其他的地方都成了牧场，夏季高山牧场。只是有了这些克塔乌，这些星星点点的肥沃土地，这荒漠草原才可以利用。夏天牲畜在高山牧场放牧，在它们的冬季栖息地上新草就长出来了，保证了冬天牲口的给养。

现在就是从吉尔吉斯人那里夺走了这些克塔乌，让亚当和夏娃住到那里去。

他们在那里生活得好不好，这是另一个问题，但是吉尔吉斯人破产了。耕作应该不破坏草原。

杜马也好，政府也好，都意识到这一点，于是七月三日颁布命令，要保留吉尔吉斯人过冬的地方。

"那你们保留了吗？"我问当地的官员。

"如果保留，"他回答说，"那么让移民到哪儿去？当时就不需要往这个地区移民。我们也这么说了。他们听了，给了我们命令的条款。现在情况是这样：

命令：保留过冬地方。

条款：万不得已时不保留。

我们就不保留。"

（三）

苦行僧为了获得自己灵魂不朽的意识而违犯自然法则，这是可以理解的。

但是，如果只是为了让亚当和夏娃吃饱，让他们物质上得到安康，那么违犯自然法则就是件很不好的事。

同样可以理解,为什么俄罗斯人把吉尔吉斯人从阿克莫林斯克州适于耕种的富饶地方赶走,还给他们发出最后通牒:"像我们一样住到村镇去吧,这样有利于利用土地:在同样一个地方你们将养活更多的人。"

但是,大自然规定用来进行牧业的地方,为什么要让耕种的庄稼汉来住,这就难以理解了。

无论我问谁,谁都不理解。

因为俄罗斯人侵占了土地而破产的吉尔吉斯人便逃往自己的阿卡迪亚——牧人之国。

这里的肉也非常好:两磅卡尔卡拉林斯克的肉相当于五磅彼得罗巴夫洛夫斯克的肉。这里的马奶酒人们喝了都会醉,就像喝了伏特加似的,而彼得罗巴夫洛夫斯克的马奶酒则像水一样。

好吧,你们就生活在你们的阿卡迪亚吧,这就是需要说的话。

不行,连这里他们也被赶走。据说,阿卡迪亚很大,它一直延伸到饥饿草原,夏天那里只有野马从一个绿洲奔往另一个绿洲,就让这些吉尔吉斯人到那里吧。实际上,冬天里他们也曾经深入到那里,在根本不可能想到耕种的地方,吉尔吉斯人就靠几块干奶酪和酸奶也能生活。

与草原做生意的商人全都反对在这个地区进行耕作。他们说"游牧的吉尔吉斯人永远也不会消失,无论谁也不能替代他们从事牧业。吉尔吉斯人可以只吃奶制品,完全不吃面包过活。"

见过世面的人说:

"匈牙利是个文明的国家,但是匈牙利人也仍为自己的牧群感到自豪。不一定非要耕种的。"

研究吉尔吉斯人的语言和日常生活的地方小官员说：

"观察一下吉尔吉斯人从放牧生活转变为耕作生活，您就会看到，人类失去的东西有多少，因为他也曾经像这些吉尔吉斯人——贾塔克那样定居下来的。"

我观察贾塔克，他们在这里是第一批耕作者，不是彼得堡方面指定的，而是根据自然法则自然产生的。

大自然对这些把游牧生活变为定居生活的人们，对这些游牧人意识中的懒汉（贾塔克——躺着！）而我们称作是无产者的人们是多么无情啊。

但是，为了弄明白，为什么游牧的吉尔吉斯人对贾塔克这么蔑视，需要知道夏季高山牧场是什么。

任何一个阿肯（民间诗人）一定会创作出关于夏季高山牧场的诗歌。到夏季高山牧场（牧场、安宁、休憩）去，对吉尔吉斯人来说就是一切。有时我不得不在暴风雪时在吉尔吉斯人的过冬屋，在这些泥砖盖的窝棚里过夜，干粪燃起的篝火熏得我喘不过气来，虫子蜇咬着我。我就会设想，到春天这个"坟墓"（这是他们的叫法）突然变得不需要了，这个泥土、干粪砌起来的窝棚坍塌了，人带着畜群去牧场了，这时的游牧人会有什么感觉……

"手脚好吗？"一个吉尔吉斯人向另一个致意说，现在他们问："牲畜好吗？"

牲畜是主要的，人要过冬，牲畜不一定：如果是薄冰天气，那么就会大批死亡，牲口在敲碎冰时把腿划破，就会死去……

倒霉的人有时会失去几乎全部牲口。他大概就没有必要，也没有牲口去夏季高山牧场游牧了。他不游牧，就"无所事事躺着"，他就成了贾塔克，他挖地，播小麦，收种子，也不磨碎它们，就在油上炸，吃起他的"油炸麦粒"。

夏季高山牧场意味着宽广辽阔，自由自在，意味着运动。诗人就是这样歌颂自己春天的游牧生活的。贾塔克的意思就是懒汉，躺着；这个词还包含轻蔑的含意："你躺着，嘿，就躺着吧。"

诗人对自己变贫穷的同胞采取这种态度当然是不太道德，但是有什么办法呢，既然一个很美，另一个很令人厌恶。

所有在游牧的吉尔吉斯人村子里宿夜过的，听到过沉睡的畜群发出的声音（既像是河流的潺潺声，又像是远处火车的轰轰声，还像是许多人在沙地上行走的沙沙声）的人，所有见到过为外来的过路客挑选最好的绵羊的吉尔吉斯人，后来又遇上这里最早的耕种者贾塔克的人，是会惊讶万分的。

他会看到一张张饥饿的嘴巴，一双双狼一般的眼睛，他就会离开他们，因为他受了欺骗，遭到了偷盗，他带走的是人极为堕落的印象。

氏族制所给予的好品质——热情好客，为似乎与他们毫不相干的人光临而感到高兴——在这里蜕化成它的对立面：偷盗。

在迁移游牧地方时留下了畜粪，后来变干了，就作燃料，堆积在村子旁边。人畜在一个地方住久了，就把这个地方弄脏了。人自己也变脏了，衣衫褴褛，身上发出臭味。他们迎接客人时，饿得直磨牙，眼睛则瞄着他的干粮。只要把东西留在村子里一会儿，他们就会把东西全偷光。要是有人破衣烂衫，与他们一样贫穷，向他们要吃的，他们会给他一把油炸的小麦。

"瞧这一把小麦，"于是客人就会想，"是游牧人堕落的事实。"

据说，五十年前或者再早些，在吉尔吉斯的阿卡迪亚，牧人们冬夏都住在帐篷里，不与自己的畜群分开的。就是现在，一些老人——稍远一些靠巴尔喀什的地方有许多这样的老人——仍保留着这样的习惯，他们冬天也在夏季帐篷里过。他们说："我不想活着爬进坟墓。"据说那时畜群照料得比较好，因为冬天时主人不固定在一个地方，这样他就能注意畜群，也不用把这事交给别的人去做。在那时，有些地方的吉尔吉斯人很可能根本不知道面粉是什么，根本没有小油果——用羊油炸的小面粉球——的概念。现在古尔吉斯人就少不了这些小油果了。除了饥饿草原附近地区吉尔吉斯人仍然只吃羊奶酪和酸奶。

小油果很好吃，这是个进步，但是吃过小油果的牧人不知为什么还要堕落。

世上是否还有比这些贾塔克，草原上最早的耕作者的生活更加不像样的生活呢？乍一看到他们，定居生活空空如也这一点好像是令人厌恶的。这不由地使人想到：如果一开始大家都这样定居，会怎样呢？自然而然会得出移民的普遍规律：既然定居的好生活的原因不是来自于荒原，既然大自然千方百计与定居作对，那么能将这原因深入到人民历史中去的人，就会在这里生活得比较好。因此，生活得比较好的移民是德国人。但是他们为什么到这里来，到吉尔吉斯的这个阿卡迪亚来，到卡尔卡拉林斯克县来呢？

人　参

(一)

当冰冻时代降临大地时,地球第三纪的野兽没有背叛自己的故乡。假如冰冻气候骤然而至,那么老虎看到雪地上自己的足迹,会觉得非常惊骇!凶猛的老虎仍然留在了故乡,留下来的还有世上最美丽、最温和、最优雅的动物之———梅花鹿,还有令人惊奇的植物:树蕨、刺龙牙、著名的生命之根——人参。如果亚热带的冰冻都未能使野兽绝迹,那么1904年在满洲里人类的大炮轰鸣却使它们四处逃窜。据说,后来有人在遥远的北方,雅库茨克的原始森林里看见了老虎,这怎么不令人去思考地球上人类的力量呢!就连我,也像野兽一样,是承受不住的。当那致命的炮弹朝我们的战壕飞来时,我听到它的呼啸声,直到现在也还清楚地记得这声音,而后来——什么都不知道了。有时候人们就这样死去:什么都不知道了!在我不知道的时段里,周围的一切改变了:无论自己人还是敌人都没有活的了,战场上到处躺着死人死马,到处狼藉着炮弹炸飞的茶缸、弹夹、空烟盒,大地布满了像我附近一样的坑,犹如天花瘢痕。稍作考虑后,我,一个只有一把手枪的化学工兵,挑了一支好一些的三英分口径的步枪,往自己背包里多塞了些子弹,没有去赶自己的部队。我是最勤勉的学化学的大学生,让我当了准尉,我忍耐了很久,当打仗变得毫无意义时,我立即就离开了,虽然自己也不知道要去哪里。少年时代起神秘莫测的大自然就吸引我。于是我来到了一个仿佛按我的爱好建起来的天堂。在自己祖国无论哪里我都没有见过像满洲里那样的广袤辽阔,那里有林木葱郁的山峦,草长得完全可以隐没骑手的峡谷,宛如一簇簇篝火的大红花,像鸟儿般大的蝴蝶,两岸鲜花盛开的河流。什么时候还能找到这样的机会可以自由自在地在尚未被破坏的大自然中生活一段时间呢!离这儿不远是俄罗斯边界,那里也是这样的大自然。我向那边走去,不久便看到沿着小溪在沙地上向山间走去的无数山羊的足迹:这是满洲里的山羊和麋在迁徙[①],穿过边境涌向我们北方俄罗斯。很长时间我都未能赶上它们,但是有一天,在一个山口(那里是山间峡谷的一条小河——麦河的源头),在峭壁上我看见了一头山羊。它站在石头上,按我的理解,它感觉到了我,在那里用它自己的方式在骂人呢。当时我已经耗尽了干粮,两天中就吃脚边冒出的已长大的生机盎然的圆白蘑菇。这些蘑菇倒是耐饥的食物,而且几乎像葡萄酒一样吃了令人兴奋。现在山羊对我来说正好可以充饥,于是我就特别用心地瞄准它。准星对着山羊晃动,这时我却看清了,在山羊位置低一些的地方,一头壮硕的野猪躺在橡树下,原来山羊骂的是它,不是我。我转而瞄准野猪,开枪后不知从哪里一下子奔出了一群野猪,而在山脊上,在招风的高地上,窜出了我未见到的一群迁徙的山羊,沿着麦河急速地向俄罗斯边界奔去。在那边山岗上可以看到两间农家小屋,周围是一块块中国的耕地。中国主人乐意收下我的野猪,让我吃了一顿并给了我大米、小米和其他一些食物作为野猪肉的抵偿。这以后算是明白了,子弹就是原始森林里的外币,我开始觉得自己心

---

① 与候鸟迁飞一样,动物也要迁移,在远东尤为明显。——原注

情非常好，不久就越过俄罗斯边界，翻过一个山脊即看见蔚蓝的大洋展现在自己面前。啊，仅只是为了从高处俯瞰蔚蓝的大洋，就可以奉献出许多个难熬的不眠之夜，睡觉时得像野兽似的留意听着动静，吃的只是子弹能打到的东西。我从高处欣赏了很久，认为自己真正是世界上最幸福的人。吃点东西后我开始从没有树林的山顶向下面雪松林走去，而从雪松林出来又渐渐进入了具有满洲里沿海自然风光的阔叶林。我立即就喜欢上了浑朴华美的树木，它们几乎就像我们的花楸树，可又不是花楸，而是黄檗，即黄柏。这些树木中有一棵的灰色树皮上留有因时间久长而颜色发黑的俄语："你不能随便走，会发出咔嚓—咔嚓的声音！"怎么办？我又读了一遍，稍稍想了想，便遵照原始森林的法则，来了个向后转，以便找到另一条路。就在这时树后有人观察着我，在我读了禁语向后转时，他明白了，我不是个危险的人，就从树后走了出来并摇晃着脑袋，让我别怕他。

"来，来！"他对我说。

他勉勉强强用俄语向我解说。三年前中国的猎人占据了这个小山谷。他们在这里捕捉马鹿和梅花鹿。他们在树皮上写上那话，是为了吓唬人，免得别人在这里走动，吓跑了野兽。

"走吧，走吧，可以走，可以走！"中国人微笑着对我说，"不会有什么事。"

这个微笑征服了我，同时也使我有点忸怩不安。最初瞬间我觉得这个中国人不仅仅年老，而且像是远古的人：他的脸密布着细细的皱纹，皮肤的颜色是土色，勉强可见的眼睛藏在宛若老树皮的这皱纹累累的皮肤中。但是，当他莞尔一笑时，他那美妙的人眼突然闪耀出黑色的火焰，皮肤舒平了，嘴唇红润了，洁白的牙齿闪着光，整张脸蕴涵着焕发的青春和童真的信任。这种情况是常有的：有些植物在天气不好或夜间时闭合了伞形花序，而当天气好时就打开了。中国人以一种特别亲切的关注望了我一眼。

"我想稍微吃点东西。"他说完就带我去山谷里自己的小屋，它在小溪边一棵长满掌形大叶的满洲里核桃树下。小屋很旧，芦苇铺的屋顶用网罩住，以免被台风刮掉；取代窗上和门上玻璃的就只是纸；屋周围没有菜园子，但是屋旁却放着挖人参必备的各种工具：小铲子、平头铁锹、夹钳、桦树皮做的盒子和小木棍。小屋旁边看不到小溪，它在地下某处、在一大堆石头下面流淌，可是离得又这么近：坐在开着门的小屋里，可以听到它那不平稳的歌声，有时像是高兴的、但又十分低沉的谈话声。当我第一次谛听这话声时，我觉得，仿佛存在着"阴世"，此刻在那里所有彼此相爱而又分离的人相会了，彼此的话日日夜夜、周周月月都说不够……命运注定我在这间小屋度过了许多年，在这些岁月里我未能完全习惯这种话声，正如后来我不再注意螽斯、蟋蟀、知了的音乐会：这些音乐家的音乐是那么单调，听了短暂的瞬间你就不会再听了——相反，它们之所以存在，似乎只是为了把你的注意力从自身的血液运动中引开，使荒原上的寂静变成少了它们永远也不可能有的万籁无声；但是我永远也无法忘却地下的话声，因为它们是多种多样的，那里的赞叹声是最出人意料的，独一无二的。

寻找生命之根的人留我住下，给我吃东西，却不问我从哪儿

来、到这儿来干什么。只是当我饱餐后温和地瞧了他一眼时,他像一个熟人,几乎像亲人一般对我报以微笑,用手指向西方,说:

"阿罗西?"

我立即明白他要说的意思,就回答说:

"是的,我是从俄罗斯来的。"

"那你的阿罗西在什么地方?"他问。

"我的阿罗西,"我说,"是莫斯科。那你的呢?"

他回答说:

"我的阿罗西是上海。"

当然,我们这样讲着"我的你的" 能凑到一起完全是偶然的,仿佛他这个中国人和我这个俄罗斯人有共同的祖国阿罗西似的,但是后来过了许多年后,在这里,在絮絮低语的小溪旁,我才明白这个阿罗西的意思并认为鲁文的阿罗西曾经在上海,而我的阿罗西在莫斯科,那不过是偶然的事……

距小屋总共才二十步光景便是难以通行的灌木杂草,橡树林,华美的树木,小叶槭树林,鹅耳枥,赤柏松,它们都被五味子和葡萄的藤蔓、带刺的植物、又高又长的蒿以及刚刚在园子里见过的那种丁香紧紧缠绕着。鲁文常要下去打水,就在这里开辟了一条小径。这是一条勉强可见的小径,绕过坚实的地方很快就通向峭壁,就在这里,在小屋旁可以听到的、犹如来自阴间似的所有的话声窜了出来:从岩石下来到人间的水流立即冲击着迎面的悬崖,飞溅起欢乐的水花向下奔驰而去。而且巨大的垂岩也渗出水来,它总是湿淋淋的,总是晶莹闪光,它这些无数的细流在下面汇成一股开阔的欢腾的水流。我永远也不会忘记这种幸福!在这股流水里洗澡,这对我好不容易越过边界是多好的奖赏呀!那边,在山后面,吸血的小飞虫不让我安生,而这里,就在海边,已经既没有大蚊子、小蚊子,也没有马蝇了。在我洗澡的地方下面石头间有一个漩涡;这时我就放下了洗衣服,坐到浴场里,水花从上面飞溅到我的头上,像是淋浴似的。落下来的流水的喧嚣声掩盖了对动物来说是可怕的人发出的任何声响。它们就放心地走近流水喝个够。即使是第一次在沿海的原始森林,我就发现了什么。在阔叶树的树荫下,在喜阴草丛中到处洒满四十二纬度的骄阳投下的光点。夏天是多雾时节,只有很少的日子这太阳才在沿海地区显示出自己所有的荣光和威力,而这一天我就幸运地迎到了它。假如动物静止不动,在阳光的光点中我是不可能发现动物红毛上与这光点完全一样的斑点。梅花鹿大概在这附近躺了一会儿,便站起身,向饮水的地方走去,在太阳的光点中移动着自己的斑点。在临近东方时,谁没有听说过沿海森林中的这种珍稀动物?在它们年轻力壮、血气方刚时,它们似乎把能使人恢复青春和快乐的保健力量保存在自己的角里。我听到过许多关于中国人拥有的非常珍贵的鹿茸的传说,以至所有的神话童话故事都有着某种意义。现在在水边的一棵满洲里核桃树两片大树叶间就伸出了名闻遐迩的鹿茸。它们绒绒的,呈桃红色,在灵活的头上有一对漂亮的灰色大眼睛。"灰眼睛"刚刚俯向了水面,旁边出现了一个无角的鹿头,那上面的眼睛更漂亮,只不过不是灰色,而是闪亮的黑色。在这头雌鹿旁还有一头年青的鹿,头上还没有鹿茸,只长出细细的锥体。还有一头完全是小鹿,小东西,但也有大鹿一样的斑点;这头小鹿迈着四个蹄子径直走进了小溪。小鹿慢慢地从一块石头向另一块石头移着步，正好处于我和它母亲之间。当母亲想起要查看它并看了一下时，其目光正好落到一动不动坐在飞溅的水花中的我身上。它愣住了，呆僵了，研究着我，猜测着我是石头还是会动的。它的嘴是黑色的，对于动物来说异常小，然而耳朵却十分大，非常警觉，非常灵敏，一只耳朵上有一个小洞：透亮的。我未能注意其他细节，因为美丽闪亮的黑眼睛吸引了我的全部注意力：那不是眼睛，它完全像朵花。我立刻就明白了，为什么中国人把这珍贵的鹿叫作花鹿，意思是像花朵一样的鹿。因此很难想象那个人：看到这样的花朵还向它瞄准并射出了可怕的子弹——透亮的孔就是子弹留下的。很难说我们彼此对视了有多少时间，好像很长久！我感到越来越难保持屏息不动的状态，就勉强换了口气，大概因为这种焦躁，我眼中的光点移动了。花鹿觉察了这一点，慢慢地抬起一条前腿，它很细，蹄又小又尖，腿弯了起来，突然有力地伸直了，踩了下去。于是"灰眼睛"抬起头，也用那样的表情开始望着我，仿佛它想居高临下地看清某个令人不快的小玩意，就其本性来说，它是不会发现生活中的卑劣行径的。它保持着家长的尊严，望着，只不过不会像上司有时对求见的小人物那样说："我准备为你做一切，只是你要尽快讲清楚是怎么一回事，总不见得要我自己来弄明白吧！"在花鹿把腿踩下去的同时，"灰眼睛"困惑不解地抬起了它那高傲的头，上面长着丝绒般的短鹿茸。那里，稍稍低一些的地方，许多什么动物动了起来，在许多头中间有一个大脑袋探向前，出现一头鹿，背上有像皮带一样的清晰的黑条纹。即使是在远处也能明白，"黑背"不是和气地望着，在它那阴沉的黑眼睛里含着某种恶意。不仅"黑背"旁边所有的鹿根据花鹿发出的信号都开始一动不动地凝视我,而且站在小溪里的小鹿学着大鹿的样,也这样僵持着。渐渐地它厌倦了,此外,虱子当然也像咬所有的鹿一样咬它,它受不了寂寞,便抬腿搔痒。于是我也忍不住,笑了一下,这时花鹿已经明白了,就坚决而且有力地跺了一下脚,以至石头掉了下去,扑通一声掉进水里,溅起了水花。后来它突然动了一下黑嘴唇,完全像人一样发出一声哨声,而当它转过身奔跑时,就鼓起了自己尾部的白毛,宛如系上了特别宽阔的白餐巾,以便跟在它后面的鹿可以注意到它在灌木丛中往哪儿奔驰。一岁的幼鹿、"灰眼睛"、"黑背"和其他鹿在母鹿后面奔跑。当所有的鹿都飞奔而去时,一头漂亮的雌鹿径直跳到了小溪中央,停在那里,似乎用它那漂亮的小脸在问:"出什么事了?它们奔往哪里?"突然它跃过小溪朝截然相反的方向奔去,不久便出现在峡谷的半腰峭壁上,从那里向下看了我一眼,又奔了起来,从更高的地方又看了一下,便隐没在黑色的岩石和湛蓝的天空后面了。

(二)

鲁文把自己的小屋隐藏在深谷,是为了躲避沿海地区可怕的台风,但是,如果登上峡谷峭壁一百米左右,从那里就可以看到大海,太平洋。我们的咔嚓—咔嚓峡谷离我遇到鹿的地方并不很远,它进入祖苏河大山沟,水流在这里平静了许多,山沟渐渐地变成山谷,河流结束了在峡谷和山沟的痛苦奔跑,平稳庄重地融入大洋。

我来到这里的第二天，一艘载满移民的轮船开到了祖苏河湾，在这里停了两个星期，直至移民安顿好。就在这两个星期中发生了我生活中最重大的事件，现在我就来讲述。祖苏河奔流的山谷密密麻麻开满了鲜花，在这里我学会了理解每一种花表述自己的动人的纯朴：祖苏河山谷里的每一种花就是一个小太阳，它们就讲着阳光与土地相会的所有故事。假如我能像祖苏河山谷里这些普通的花儿那样讲述自己就好了！这里有鸢尾花——从浅蓝色到几乎黑色，各种色泽的兰花，红的、橙黄的、黄的百合花以及在它们中间像鲜红的星星似的洒满了石竹花。在这些山谷里蝴蝶围绕着既普通又美丽的花到处扑飞，宛若飞舞的花朵，有带着黑红斑点的黄阿波罗绢蝶，砖红色的闪着虹霓的荨麻蛱蝶，令人惊诧的深蓝色的大凤蝶。它们中有些蝴蝶——我只是在这里才第一次见到——能够降落到水面漂流，然后又飞起来，在花海上飞舞。蜜蜂，黄蜂在花上缓缓移动；有着黑色、橙色、白色肚子的毛茸茸的熊蜂嗡嗡飞来飞去。有时候我看看花萼，那里有我从未见过而且至今也叫不出名字的虫子：既不是熊蜂，也不是蜜蜂，更不是黄蜂。而在花丛之间的地上到处布满了灵活的步行虫，爬着黑色的埋葬虫，藏匿着古代残留下来的大金龟子，必要时它们就突然飞到空中，径直飞去，也不转向。身处这些花中，眼见峡谷里沸腾的生活，我觉得，只有我一个人不能直接望着太阳和像它们那样简单地讲述。我只有不用眼睛看太阳，才能叙述它。我是个人，直接看太阳我会变瞎的，只有用关切的注意环视它照耀的万物，把所有的光线汇成一体，我才能叙述。

我从我们小屋上方的高崖上发现了轮船,我很想看看人。当我向咔嚓—咔嚓小溪流入祖苏河的地方走下去时,忽然感到很热,我累了,想休息一下。在这里,在小溪和祖苏河汇合的地方,在岸上葡萄藤蔓爬满了年青的满洲里核桃树,其中有些树变成了阳光都透不过的密密的深绿色帐篷。那里又好又凉爽,我很想钻进帐篷坐一会儿,歇一歇。要穿过爬向地面的相当密实的葡萄藤织就的网钻到里面去不那么容易。但是,分开藤蔓后,我看到在一棵被缠绕得外表看不到树的树干周围有相当宽阔的一块干场地,这里非常凉快。我就坐到一块石头上,背靠着灰色的树干。当然,帐篷里面并不像在外面觉得的那样不透阳光,这里的绿色仿佛自己发着光,而且到处都是阳光点。空气中万籁俱寂,因此过了些时候我就非常惊讶地发现光点的移动,仿佛外面有人一会儿遮挡了一会儿又让开了阳光。我小心翼翼地拨开了葡萄藤,看到了离我才几步远的地方有一头布满斑点的雌鹿。幸好风是朝我这边吹的,相隔这样的距离我甚至能闻到鹿的气味。但是,假如风是从我这儿吹向它那里,那就是另一回事了!我甚至害怕,它别因为我不经意弄出一点小声音而猜到有人。我几乎不敢呼吸,而它慢慢地走近来,像所有非常小心谨慎的野兽一样,走一步就停下来,把它那异常长的警觉的耳朵转往它闻到什么的方向。有一次我本以为一切都完了:它把耳朵正对着我。这时我发现它左耳上的子弹孔,我像遇见了朋友似的,十分高兴地认出了,它就是在山溪旁朝我跺过脚的那头雌鹿。它疑虑或沉思着,现在也像那时那样,抬起一条前腿就停在那里,假如我的气息哪怕只是触动一片葡萄叶,它就会把腿踩下去并立即消失。但是我屏息静气,它就慢慢地放下腿,朝我这边跨了一步又一步。我直盯着它的眼睛,惊异于它们的美丽,想象着这样的眼睛长在妇女脸上像花朵一样长在花茎上,犹如在祖苏河畔的花丛中有了意外的发现一般。这时我又一次明白了花鹿这个名字的必要性,我高兴地想到,几千年前无人知晓的黄脸诗人看到了这双眼睛,明白了它们就像花朵一样,而现在,我,一个白种人,也理解到它们像花朵;我高兴还因为我不是一个人,世界上有许多无可争议的东西。我也明白了,中国人推崇的鹿茸正是这种鹿的,而不是粗陋的马鹿或西伯利亚马鹿的:真的,世界上有益的,甚至是能治病的东西还少吗,可是既有益同时又十分美丽的东西就少了。而在这时,花鹿又朝我所在的绿色帐篷走了几步,突然直立起来,前腿高悬在我的上方,秀气的小蹄子穿过葡萄藤伸向我。我听到,它撕扯多汁的葡萄叶,这是花鹿喜爱的食物,就是对我们人的口味来说葡萄叶也是相当不错的。因为花鹿有滴着奶的大奶子,我想到了它的幼鹿,当然,我不敢朝前倾从小孔里朝四方张望一下:它一定在附近什么地方。作为一个猎人,也是动物,对我非常有诱惑的是——悄悄抬起身并突然抓住鹿的蹄子。是的,我是个强有力的人,我觉得当我用双手紧紧抓住蹄子上面一点的地方,我会把它翻倒在地,用腰带把它捆起来。任何猎人都能理解我这种几乎不可遏制的愿望:抓住野兽,使它成为自己的猎物。但是我身上还有另一个人,相反,他不要抓鹿,如果美妙的瞬间来临,他不想去触动而要保留这个瞬间而且永远留存在自己心中。当然,我们大家都是人,我们大家都有一点这种心理:

被射中的野兽濒死时,最狂热的狩猎者也很难克制自己的软弱心肠,而最温柔的诗人也想拥有鲜花、花鹿、禽鸟。我作为一个猎人非常了解自己,但是我从来没有想到,也不知道我身上还有另一个人,美或是还有什么能把我这个猎人的手脚束缚住,就像把鹿捆绑起来一样。我身上有两个人在搏斗。一个说:"放弃瞬间,它永远也不再回到你身边,你将永远怀念它。快点抓住母花鹿,你将会有世界上最美丽的动物。"另一个声音说:"乖乖地坐着!美妙的瞬间是可以保留的,只不过别用手去触及它。"这就像童话里猎人向天鹅瞄准时的情景——突然听到了别向它开枪、等一等的哀求。猎人克制住了,后来弄明白了,天鹅原来是公主,等待他的不是死天鹅而是出现了活生生的美丽的公主。我就这样跟自己斗争着,不喘一口气。但是这要付出多大代价,我值得进行这一斗争吗!我克制着,微微打着颤,犹如站立起来的狗,也许,我的这种动物的颤抖变成了惊慌。花鹿悄悄地从葡萄藤里抽出了蹄子,四条细腿都站着,特别注意地正对着幽暗浓荫里的我看了一下,转过身走了,突然又停下来,回头望了一眼;幼鹿不知从哪里冒了出来,走近它,它与幼鹿一起相当久地看着我,然后隐没在合叶子草丛中。

(三)

每个春天和夏秋的每次洪水泛滥期间,河流从山里原始森林把许多被台风袭击和刮倒的林中大树——白杨、雪松、鹅耳枥、榆树——带到海岸边并将它们撒满沙子,结果就堆积起许多沙子，又过了许多年，大海退缩了，形成了海湾。

几百年过去了，由于大海和河流的运动，陆地和海岸线弯成了半圆形。有多少海兽曾栖息在海湾中间的石头小岛上，直到最后轮船的汽笛声打破了荒凉的大海的宁静，所有的环斑海豹吓得从岛上跳到海里。

在沙子形成的海边，可以看到一半被沙子埋掉的一棵大树，犹如僵死的怪物的背；它的顶部留有两根大树枝矗立着，黑乎乎、疙疙瘩瘩的，划破了蔚蓝的天空。在这棵树的小树枝上挂着一些好看的又白又圆的小蒴果——这是被台风刮来的海胆骨架。有个妇女背对我坐着，把大海馈赠的这些礼物收集到自己的小箱子里。大概，我受到站在缠满葡萄藤的树旁优雅的花鹿的强烈影响，这个我不认识的妇女身上有某种东西使我想起花鹿，我深信，只要她一转身，我马上就会看见人脸上那双美丽的眼睛。就是现在我也无法明白，凭什么这样想，因为要是打量起来，形容起来，那么是根本不像的，但我当时就是那样感觉的，只要她一转身，在我面前一定会出现化作妇女的花鹿。接着，就像是报答我的预感，如天鹅公主的童话里那样，变化开始了。在此以前她已经有像花鹿那样的眼睛了，而所有其余的鹿的一切——毛、黑嘴唇、警觉的耳朵——不知不觉地变成了人的特征，同时保留了鹿那样的神奇的结合，保留了前面似乎已确立的真和美的不可分割性。她警惕而又惊讶地望着我，我觉得，她马上就会像鹿那样朝我跺脚和逃走。我心里涌起多少感情，像雾一样飘过多少思想，其中仿佛有对世界上不明晰、不明白事物的某些答案，但是即使现在我也找不到完全正确和确切的字眼，不知道什么时候使我解脱的时刻是否会来临。是啊，我不妨这样说，理解到不同寻常的野兽的美以后，我突然有可能无尽地在人身上继续发现这种美，自由这个词将是对这种特殊状态的最贴近的名称。我仿佛从狭窄的小山谷走到了祖苏河山谷，这里遍地鲜花，它无穷尽地延续到蔚蓝的大洋。

还有最主要的一点：身上有两个人。当花鹿的蹄子穿过葡萄藤向我伸来时，一个是猎人，本应用强劲有力的双手抓住它蹄子上面一点的部位，而另一个——我还不了解的人，屏住心跳要永远保留那美好的瞬间。现在我就毫不犹豫地这样说，我正是这样作为一个我自己也不了解的人，屏息中兴奋而胆怯和无比有力的人，走近她，她立即就明白了我的态度。她不能不明白和不回应。假如这种情况在生活中出现不是一次，而总是存在的，那么我们大家随时随地都可以把每朵花、每只天鹅、每头母鹿变成公主，并且可以像我与这变成的公主一起生活在开满鲜花的祖苏河山谷里一样，生活在山间、河流和小溪岸边。我与她一起到曾经是火山的雾山上：那里现在生长着花鹿。在小屋里我们听着我们祖辈在地下的谈话，这时寻觅生命之根的鲁文给我们讲了能使人永葆青春和美丽的这种根的奇妙的特性。他甚至给我们看由生命之根、鹿茸，还有某种能治病的蘑菇组成的粉末，但是我们却笑着向他索要这永葆青春和美丽的粉末，他突然生气了，不再跟我们说了。多半是他感到很懊丧，觉得我们不相信他，嘲笑他，也许，他深信要找到生命之根必须得有纯洁的良心，他想提醒我们：我们像他一样是个寻根者，也应该想想自己良心是否纯洁。也可能老鲁文能看到在我们的幸福中这里那里有将他劈裂的闪电。我身上有两个人,即对待美丽的花鹿时的那两个:一个是猎人,另一个是我还不了解的人。当我们走进我的葡萄蓬守候花鹿时,我犯了一个错误,确切地说,我不是全部的我,而只是猎人。她突然改变了对我的态度,显得很气愤的样子:似乎,突如其来的闪电撕裂了我们的结合;但我重新聚精会神,占领了自己通常有的征服一切的高度。这时我们坐在葡萄蓬里——突然通过小窗看到了十分美丽的花鹿,看到它带着幼鹿走过林中空地,在完全离我们不远的地方吃葡萄叶,后来继续朝绣线菊和崖柏丛那儿走去。我从所占据的高度,开始对她讲怎么遇到花鹿,它怎么直立起来,把小蹄子伸进盘根错节的葡萄藤,我怎么微微打颤,克制着抓住蹄子的诱惑,以及我自己也不知道的另一个人帮助我在自己身上留住了那美好的瞬间,仿佛为了奖赏这一点花鹿变成了公主……

我想通过这种叙述向她表示,我能占领全部高度,对这件事的错误不过是一种偶然,今后我不会再重犯。我没有看着她,在包围我们的绿色空间里说着话。我不看着她的眼睛,是想对她说出我最隐秘的思想,当我认为我已做到了,现在我就可以直视她的眼睛,现在我将看见那里……我以为,我将在那里看到一片蔚蓝,突然一切却是相反的,难以理解的——我在那里见到的是火。她脸颊像火一般绯红,半闭着眼睛,俯向草地。在这瞬间响起了轮船的汽笛声,她不可能听不到,但她没有去听。而我则像与母鹿在一起那样,屏声息气,后来我像她一样浑身火热,再后来我的身心都烧白炽了,但我仍然纹丝不动地坐着。那时响起了第二次轮船的汽笛声,她站起身,整了整发型,也不朝我看就走了……

（四）

当你站在岸上时，大海的喧嚣用什么来抚慰你？有节奏的拍岸浪声告诉着地球生命有着很长的期限，拍岸浪犹如地球的时钟，当这个长期限与你短暂的生命的分秒相遇时，就会开始思考整个生命，你个人的小小的不幸就消失了，你会对它置若罔闻，会觉得它十分遥远……

就在海边有一块石头，很像一颗黑色的心。大概，什么时候大台风从岩石上刮落了它，想必掉到水下另一块岩石上却搁得不平稳；如果紧紧地躺在形似心脏的这块石头上一动不动，那么它因为拍击浪的冲击而微微晃动。但是我无法确切知道，是否是这样。也许，这不是海和石头在晃动，而是我自己因为自己心脏的搏击而晃动，我一个人感到很难受，非常想跟人在一起，我就把这块石头当作人，跟它就像跟人在一起一样。

心形石上面部分是黑色的，接近水的那一半颜色非常绿：这是因为涨潮时整块石头都浸入了水中，因而绿色水藻就能生长一阵子，当水退去后，它们就无助地挂在那里，期待着新一轮的涨水。我爬上这块石头，从那里望到轮船从眼中消失。后来我躺在石头上，长久地听着：这块心形石按自己的方式搏动着，渐渐地周围的一切通过这颗心与我联系起来，对我来说一切都是我的，都是活的。叙述大自然生活的一些书讲，一切都是单独的，人是人，动物只是动物，还有植物，没有生命的石头——书本里学到的这一切都不是自己的——仿佛熔化了,对我来说一切都是自己的,世上的一切——石头,水藻,拍岸浪,鸬鹚——都是人。鸬鹚在石头上晾干自己的翅膀,完全就像捕鱼后晾干渔网一样。拍岸浪抚慰我,哄我,水把我与岸分开了,我清醒了;石头的一半被水淹了,它周围的水藻像活的东西那样晃动着,拍岸浪的水现在已够到浅沙滩上的鸬鹚:它们待在那里,晾着翅膀——突然水冲上它们,甚至把它们撂倒,但它们又站起来并像硬币上的鹰一样张开着翅膀晾着。于是我向自己提出一个似乎是很重要和必须解决的问题:为什么鸬鹚就是要守住这浅沙滩而不想飞到高一点的地方去晾干自己的翅膀?

　　第二天,我又来到这里听拍岸浪声,久久地向轮船离去的方向望着,后来在迷迷糊糊中清醒过来。勉强可见岸上新迁来的居民在忙碌着。问任何一个人,我想,每个人都会认为我是流浪汉,无家可归的人,并急忙把斧子和铲子藏起来避开我。他们是大错特错了!我曾经是流浪汉,但现在我被子弹打穿了,因此,由于疼痛我到处都感到一点:现在到处都是我的故乡,在我的这种意识下地球上的一切生物都是一样的,现在我再也没什么好寻找的,外部任何变化都不会给我内心带来任何新东西。我想,光是你降生的地方,那不是故乡,故乡是这样的地方:在那里你明白了你找到了自己的幸福,迎着它而去,坚信不渝,甘愿献身,而有人从那里开始向你、向幸福所在的那个点射击。

　　夏天海边的温度升高了,在山峰却很凉快,有了雾温度就回落了。但是我很燥热——仿佛有许多穿着宽大白衣服的巨大的白色射手摇摆着,行进着,他们没有立即用子弹而是用细铁沙向我射击，要使我这个被射伤的被毁灭的人半死不活，受尽折磨并通过这必不可少的痛苦理解一切。不！现在我不再是流浪汉了，而且非常清楚地理解了鸬鹚，为什么在这浅沙滩上晾不干翅膀，可它们依然不想飞到高一点的地方，到另一块岩石上：它们必须在这里捕鱼，所以它们就滞留在这里。"要是飞到高一点的地方，"它们想，"那里可以快些晾干翅膀，但是，大概也就放掉了鱼。不，我们还是留在这浅沙滩上生活。"它们就这样生活着，勉强过日子，安于浅沙滩的生活。我也是这样：这块心形石在海浪冲击时微微摇晃，也许，一百年，一千年它就这么躺着、摇晃着，而我在它面前没有任何特别优越的地方，那我又为什么要改换地方寻找快乐呢？没有快乐！

我刚用全部力量、全部决心对自己说，没有快乐也不用反复想和受诱惑，去期待变换地方会带来更好的结果，有一段时间我的疼痛就消失了，有一会儿甚至觉得，对我开枪后我的生命仍然延续着。于是我想起了自己的鲁文，便向如同自己的窝一般的他的小屋走去。

在峡谷深处，这个夜里又热又潮，使会飞的昆虫都飞了起来，它们中有几百万进行交配飞行，点亮了自己的夜航灯，仿佛沾了看不见的月亮的光。我坐在小屋的屋檐下用心注视着一只萤火虫自始至终的行踪。每一只萤火虫发光的时间是很短的，一秒，也许，两秒，一切便在黑暗中结束了，但马上又有另一点光开始。是那只昆虫休息一下后继续自己发光的道路，还是一只的道路结束了，像我们人类世界一样，由另一只来继续？

"鲁文，"我问，"你怎么理解这一切？"

鲁文出乎意料地回答：

"现在我的理解与你一样。"

这是什么意思？

我们始终继续着不断的不平稳的谈话，这时地下突然发生了什么情况，发出了轰然声响。鲁文注意谛听后，神情非常严峻。

"大概，"我说，"那里的石头掉下去了？"

他没有明白我的意思。我用双手在空中合环着，做成洞穴的样子，假设着石头掉到水里，破坏了小溪的水流。鲁文完全同意我的意见，又重复说：

"现在我的理解与你一样。"

他是第二次这样说了，我仍然猜不透，他说的是什么。突然莱巴[①]夹着尾巴，奔向小屋深处——大概，老虎就在很近的地方走过，也许，就躺在石头丛中隐藏着，打算抓捕莱巴。我们必须生起篝火保护自己，于是马上有无数夜蝴蝶向我们的火边飞拢来，在这又潮又热的夜间它们非常之多，以至可以明显地听到翅膀的扇动声。我从来没有听到过这种声音：竟有这么多蝴蝶，以致能在夜空中听到翅膀的扇动声。我要是像不久前那样正常和健康，我不会像现在这样赋予这种扇动声这样一种特殊意义：生命的扇动声！但是现在不知为什么这一切却使我受到深深的触动。我警觉地听着，惊诧之极，睁大了眼睛，问鲁文他怎么理解这一点。鲁文第三次意味深长地说：

"现在我的理解与你一样。"

---

① 猎犬的名字。——译注

于是我盯着看鲁文并突然终于明白了：不是飞舞的萤火虫的生命，不是地下的倒塌声，不是无数蝴蝶生命的扇动声吸引鲁文的注意，而是我自己。他对这一切生气勃勃的景象可早就心领神会了，他生活在其中，当然对一切都有自己的理解，但是对他来说重要的是通过我对这一切的理解来了解我本人。当然，他也清楚地知道，轮船从我身边带走的是谁。现在他就拿着獾皮，这是他寻找生命之根时的忠实伙伴，在屋檐下我身旁他马上就裹上它，就像一条狗。他总是就这样睡觉，可以跟他聊个通宵，他在睡眠中回答理智的问题还是跟睡觉的人模糊不清的嘟哝一个样。

现在，已经很多年过去了，我也体验过一切，我想，不是痛苦使我们理解有着相似之处的生命现象，就像在那个夜间我所理解的那样，而是欢乐；痛苦就像犁一样只是翻耕地层，为新的生命力开辟可能。但是有许多天真的人们，他们把我们理解与我们相近的别人的生活看作是痛苦。那时我也曾经这样，仿佛我突然把一切理解为自己的痛苦。不，这不是痛苦，而是我心里更深处发现了生活的欢乐。

"鲁文，"我问，"你过去有过女人吗？"

"我不明白。"鲁文回答说。

"一个太阳。"我说。

同时我做着否定的手势。这意思是说，我除去一昼夜，结果就是昨天。而两根手指则表示昨天我们是两个人。一根手指：我指着自己。

"今天我是一个人。"

我指着轮船远去的方向。

"女人在那里。"

"太太！"鲁文高兴地喊起来。

他明白了：我的女人也就是他意思中的"太太"。我做着样子：闭着眼睛，头躺着。

"睡着—睡着，太太！"

意思是说，他的太太早已死了。

"这是你妻子吗？"

他又不明白，于是我又做给他看，两个大人睡觉，生出小孩来。

鲁文明白了，喜笑颜开：这是奶奶，也就是妻子，而太太是指媳妇。他用手势表示的人只有一半身高——另一个还要矮小，第三个又小一点，一个比一个小，后面的完全小了，而肚子里还有……

"许多，许多，而双手得干活！"

这是奶奶，即他兄长的妻子，而兄长自己则"睡觉—睡觉"，而他自己的太太"睡觉—睡觉"，他的奶奶"睡觉—睡觉"，他的孩子"睡觉—睡觉"，鲁文自己为兄长的奶奶干活并给他们寄钱去上海。

我们的夜继续着。我在睡梦中喃喃着：

"睡觉—睡觉，太太！"

而鲁文回答说：

"活下去—活下去，太太！"

也许，我很高兴听到这话，便不由自主地又诱说着并得到

了想要的回答:

"活下去——活下去,太太!"

很可能,老虎没有在我们附近滞留就向前走了。莱巴从小屋里窜出来,在鲁文身边蜷伏着。篝火当然熄灭了。翅膀的扇动声静默了,但是,直到早晨,点亮漆黑之夜的是交配飞行中发出月光般亮光的一盏盏小灯——萤火虫,而植物用它那宽阔的叶片从饱含湿气的空气中收集着水分,像是收集到一碟子似的,突然淋了下来……

黎明时海上又出现了宛如一件宽大衣服的无数白箭,并又散射到我身上。

这就是岩石。从它无数的缝隙中,犹如从泪壶中,渗出水来,汇集成大滴大滴的水,仿佛这块岩石永远在哭泣似的。它不是人,是石头;我清楚地知道,石头不可能有感情,但我是这么一个人,我的心灵充满了感情,只要亲眼看见石头像人一样哭泣,我就不能不同情石头。我又躺到这块岩石上,这是我的心在跳动,而我觉得,是这块岩石的心在搏动。您别说,您别说,我自己知道——那不过是块岩石!但是我多么需要人,我像理解朋友一样理解这块岩石,世界上只有它知道,我的心与它融合在一起,多少次发出感叹:"猎人啊猎人,你为什么放过它,不去抓住它的蹄子!"

(五)

我那时是多么天真单纯啊!那时我深信,我像抓住鹿一样

抓住自己心爱的姑娘——就万事大吉了：有关生命之根的问题也解决了。我的孩子，讨喜的小伙子们和可爱的姑娘们，

那时我也和你们一样，因为年轻，对你们现在完全是自然地说出来的话赋予了过多的意义，似乎无须保护就能长出什么有价值的东西来，或者如你们所说，爱情无须玫瑰和稠李。当然，我们的生命之根在地下，从这方面来说还有我们的爱情，和动物有的一样，但是不能因为这点就去挖地中的茎和花，去暴露神秘的根和剥夺受到保护的人的生命的发端。很遗憾，直到危险降临时，才明了这一切，而新一代的孩子们最不相信老一辈的经验，在这方面最想不要人管。但是我很幸运，我身旁有鲁文，他是个最温和、最关注和——我斗胆说——世上最有教养的父亲。是的，我总是深信自己的荒漠——在心灵的肥皂和刷子中仅包含着微不足道的一部分文化，而其实质是创作人们之间的理解和联系。渐渐地我明白了，鲁文非常重要的事情是医治精神——从医学的观点看它究竟怎样——不用我来判断，但是我亲眼见到，所有的人离开他时都一脸愉悦，许多人后来又来，仅仅是为了表示感谢。蛮子、中国猎人、捕兽人、找人参根的人、红胡子、形形色色的当地人、鞑子、果尔特人、鄂罗奇人、带着身上结满痂的女人和孩子的基里亚克人、流浪汉、苦役犯、移民从原始森林的各个角落来到他这里。在原始森林里他有许多老相识，似乎，除了生命之根和鹿茸，他认为钱就是最有效力的药了。他从来也不需要这种药：只有当他需要让自己人中的什么人知道时，才会提到这药。有一次，仲夏时祖苏河泛滥，冲刷了所有的田野，新迁来的居民一无所有。于是鲁文让自己

的朋友们知道，俄罗斯人曾经从饥荒的死亡中得救，靠的就只是中国的这种帮助。就在这时我不是照书本，而是从实例中学会了理解，文化不是在袖口和袖扣上，而是在人与人之间甚至把钱变成药的亲近的联系中，这种理解我受用终身。起先听到鲁文说钱是药，觉得有点可笑，但是我们荒野生活的条件自然而然导致我理解这一点。除了人参、鹿茸、钱，还有斑羚血、麝香、马鹿尾巴、雕鹄脑、可食的地上的和树上的蘑菇、各种草和根，其中有许多我们都有：甘菊、薄荷、缬草。有一次我凝望着用心分辨药草的老人的脸，决定问他：

"鲁文，你懂许多东西。请告诉我，我有病还是健康？"

"所有的人，"鲁文回答说，"同时是既健康又有病。"

"我需要服什么？"我问，"鹿茸？"

他笑了很长时间：在丧失活力时为了激发性欲他才给鹿茸。

"也许，"我问，"人参能帮助我？"

鲁文不再笑了，久久地望着我。这一次他什么也没说，但是第二天他推测着说：

"你的人参在长着，而我的不久就可以给你看了。"

鲁文什么都不说是没用的，我开始等机会最后要亲眼看到不仅仅是这种药的粉末，而且是长在原始森林的根本身。有一次深夜莱巴吠叫着向峡谷深处奔去。鲁文跟着它走出小屋，我拿着枪跟随着他。

鲁文与莱巴一起从黑暗中回来，对我说：

"不用拿枪，是我们的人。"

不久六个武装得很好的中国人，即带着步枪和大刀的漂亮的长着鹰钩鼻的满族人走到我们跟前。

"我们的人！"鲁文又一次对我说，同时指着我，用汉语对他们大概也这么说我："我们的人。"

满族人亲切地向我鞠躬致意，接着个子很高的他们弯下身，一个跟一个走进了我们的小屋。在那里他们坐成圆圈，把东西放到地上，又做了些什么，便立即凝视着。

"鲁文，"我悄悄地说，"我是否可以看？"

鲁文又用汉语说了"我们的人"，满族人以极大的敬意转向我，挪开地方，邀请我也坐下并像他们一样望着某样东西。

就在这时我第一次看见了人参，即生命之根，它是多么珍贵和稀罕，为了护送它竟指派了六名武装得很好的剽悍小伙子。一只用雪松内皮做的小箱子，里面黑底上放着一条不大的黄色的根，令人想到的不过是我们的芫荽。放我过去后，所有的中国人重又陷于无言的注视中，我也细细地打量着并惊奇地看出这条根有着人形的样子：可以很清楚地看到，身体上叉开两条腿，也有手，颈子，颈上有头，头上甚至有辫子，手上脚上的根须很像长长的指头。但是吸引我注意的不是根的样子与人体形状的吻合——在变幻无常的盘根错节中看到的奇形怪状还少吗！吸引我观察根的是沉浸于注视生命之根的这七个人，他们的沉默影响了我的意识。这七个活人是几千年来进入黄土的千百万人留下来的最后几个人，所有这千百万人和这最后七个活人一样相信生命之根，许多人大概以同样的崇敬凝视过它，许多人喝过泡它的酒。我不能反对这种信念，犹如在海岸上反正得服从某个大行星的时间一样，那么现在个别一些人的生活对我来说如同是波浪，它们像向岸边滚来一样朝我这个活人涌来，仿佛请求不要按很快就要受到冲洗的自身体验去理解根的力量，而要在行星的，也许是更久远的时间范畴里去理解。后来我从学术著作中了解到，人参是古代遗留下来的属五加科的植物，它周围的第三纪植物、动物现在已变得认不出了。知道这些并没有代替人们的信念在我心中引起的激动：就是现在，即使我了解了，这种植物的命运依然使我激动，几万年中它在炽热的沙子变换成冰雪的环境中生长，等到的是针叶林和林中的熊……

满族人在长久的凝注后突然一下子说起话来，争论起来，就我所理解的，是有关这条根的结构的许多细枝末节问题。大概，他们争论的是，这样的根须于男根比较合适且使它更好看，相反，于女根就不合适，最好小心地把它们全都去掉。这样的问题可能有许多，不少是突然产生并动摇了原有的见解，就会有激烈的争论。但是鲁文最终总能脸带微笑解决各种意见冲突，大家也一定同意他。现在鲁文不怎么发火了，比较平和，像所有全面掌握自己领域知识的主宰者一样，主宰着大家。大家毫无异议地服从他。当激烈的争论平息并开始平心静气地讨论时，我终于决定问鲁文，他们现在在说什么。

"许多——许多药，"鲁文回答说。

这是说，现在谈的是钱，这么稀罕的宝物能值多少钱。鲁文说，一个寻找人参根的穷人找到了这条根就被打死了，宝物被骗子占据了，而一个商人从中国直接来到这里，给了很多药并雇了这些人护送根。当然，商人给的很少，而根值多少——

这就没底了：每一个商人都会出高价购买，给的就比较多，收取的人参也越来越多，因为每个商人都是骗子。

"这以什么告终呢？"我问。

"不会告终，"鲁文回答说，"这样的根就辗转传递。这种根值很多很多药。找到这根的小人睡了，而大人则辗转传递着。"

满族人把珍贵的根交给鲁文保管后，在冰凉的石头上躺下睡觉，大概，在黎明前就离去了。

（六）

某种奇怪的嗡鸣声吵醒了我，它很像电线杆在天气不好时发出的嗡鸣。但是这里，沿海的原始森林里哪有什么电线杆呢？我睁开眼，看见了鲁文。他也在倾听什么。

"走吧，走吧，"他说，"你的人参将成长，我指给你看。"

他像中国的找人参者那样穿戴，一身蓝衣，为免露水沾湿前面的衣襟，他还系了油布围裙，后面则是獾皮，以备潮湿天气时坐和休息用，头上是锥形桦树皮帽，手里拿着长棍用来耙开脚下的树叶和草，腰间挂着刀、挖根用的骨棍、装打火石和火镰的小袋子。做衣衫和裤子的蓝布使我想起那些可怕的人，他们把捕捉这样的穿蓝衣的寻找人参的中国人称为捉野鸡，而捕捉穿白衣的朝鲜人称作捉白天鹅。

"这是什么声音，鲁文？"我问，一边指着很像是坏天气时电线杆发出的嗡鸣的声音传来的方向。

"战争!"鲁文毫不犹豫地回答。

我们打着了火。我向上走,在那里一堆乱七八糟的草木中找到了战争的原因:一只大蝴蝶缠住在那里频频扇动翅膀,就产生了像电线杆发出的那种嗡鸣。

"要有战争,时常有这样的嗡嗡声,战争将来临了。"

迷信,某些遥远的、也许曾经是很活跃的信仰留下的一成不变的残余,在我的观念里,它贬低人并不甚于不可战胜的小市民文明的对各种东西的习惯:沉溺于迷信和对化妆品等级及书写纸大小的习惯——这一切依然可以使人做一个生气勃勃的有教养的人。但是这一次鲁文的迷信刺痛了我。"难道报纸,"我想,"在我们的条件下,即使是新居民带来的有关战争的传闻不也比根据自然的征兆作的猜测更可信万倍吗?难道夜间篝火旁蝴蝶翅膀的生命扇动声本身不就比迷信的观念更好地说明了地球上无限的生育力吗?"我深思着这一次对迷信特别没有好感的原因,我悟到,已经存在了几千年的关于生命之根的亿万人的传说完全征服了我,使我有点害怕用对所有的传说都不怕用的个人经验来检验它。

这种害怕现在转变成一触及迷信神经就受到刺激。

我们走出小屋时还漆黑一片,我们经峡谷向大海方向走去。即使天已黎明,我们也什么都看不到,因为夏季这里经常有浓雾。唯一的光,那也只是在鼻子附近,是飞舞的萤火虫的小灯光。这就是传下来的迷信的力量:望着飞舞的萤火虫,我想起了在战场上牺牲的许多死者。我回忆着,他们在痛苦中慢慢死去,向什么地方离去。"这不是他们吧?"我像个没有文化的人问自己。在回忆他们中有些人时,我发现,我所保留的那种痛苦是出于同情而从他们那里接受的,结果是他们离开了,像萤火虫一样飞舞,而我却怀着他们的痛苦留了下来。也许,正是在这种战争中失去朋友留下的痛苦的影响下,现在在另一种情况下我会下意识地行动。但是鲁文具有这样的善良:似乎在看到飞舞的萤火虫时并非偶然地开始领悟什么,一旦彻底悟到了,就接受这全部痛苦并把自己的信念与人参根的生命力联系起来,决定自己要去帮助病人。

就这样,我望着飞舞的萤火虫,按自己的理解净化了生命之根的传说,把它与死去的从远古时代保留下来而在当代生活中往往是有害的迷信区分开来。飞舞的萤火虫不知怎么地突然消失了,但是好像留下了匀和的光,因为有了这光,下面的各种东西才显现在我们面前,不像晴朗的黎明时那样:起先看见的是天空,要过了很久才看到被上空照亮的地面上的东西。我们在山里,在海边,山崖在雾中显出黑乎乎的轮廓。我揣摩着这些山影,就像看到花鹿变成女人,而鲁文大概也领悟了自己心中秘藏的念头,我们彼此完全不需要揭穿,因此我和他默默地走着,彼此丝毫也不妨碍。黎明时一股寒气袭来,身上滚过一阵寒颤,我的身体与世界融合在一起同时感受着黎明前的寒意。我觉得,仿佛整个自然界此刻脱下了外衣,沐浴着清新。我感到,鲁文对此想说什么,因为他突然要我停下,用手掌做着动作,仿佛他在沐浴,接着摊开双手表示"到处,到处",并说:

"好,好,非常好!"

很快就弄明白了，他这是在预报天气：在太平洋沿海地区常常有这种情况，即使是非常浓的雾也会突然消逝不见，空气虽然饱含水汽，也变得清澈透明。我们在高高的海岸上，在山道上，在稠密的灌木丛中迎来了日出。灌木丛中有时飞出脖颈上有白环的漂亮的蒙古野鸡，它们飞起来时不知为什么不时回头向我们张望并发出咯—咯—咯的叫声……很快我就明白，为什么这些灌木长得这么低矮这么稠密。海洋和台风千百年来冲刷和袭击岩石，终于带来了生命：在岩缝中长出了各种花，后来还有了小橡树。海洋就是这样得到生命的，但是最初阶段这算什么生命！临近海的那些小橡树不敢去想稍稍向上抬起自己的头，它们卧着长，细细的树干爬离大海，非常像是梳光的头发。但是我们离开大海越远，小橡树长得就越高，当然也有一定限度：开始有一个人高，后来从上面起凋萎，下面的枝杈盘根错节，形成了难以通行的密林，这对野鸡的生活是很适宜的，因为必须非常当心地保护好年幼的野鸡免受各种猛禽兽的残害。

离开大海深入原始森林，我们没有立即跟它分手：我们一会儿向下走，一会儿向上攀登，一会儿失去了太阳，一会儿又遇见了它，仿佛感受着新的日出；还因为被许多海湾切割、堆满石头和小海峡的海岸为太阳设置了一道又一道新屏障，因此每次新的日出时，在我们面前就出现一个个新的影像。在可以遥望大洋的最近一块岩石上长着一些造型颇像日本伞和地中海五针松的松树。它们透着许多空隙，以至使人觉得，在一个地方无论集聚多少树，透过它们仍然可以看到大海。在那里从最近一块岩石上透过五针松我们甚至用肉眼能区分海里许多海兽的头。

当我们完全与大海分手走进深山沟后,在最阴暗的原始森林里可以看清许多蚂蚁载着觅得的食物穿越小径。我们走的小路没有任何植物,它是由马鹿、花鹿、斑羚和山羊的腿开辟出来的,后来则为人所用。从那条小路我们拐向深谷,那里有一个无名泉,它常常消隐在石头中,只是以自己在地下的絮语声告诉人们它的存在。这里石头上,勉强可见的小路穿过小溪一会儿向左一会儿向右延伸,但我们放弃了这条变化无常的小路,常常从一块石头跳到另一块石头,从一个水坑走向另一个水坑。鲁文常给我指路,要我记住又是树皮上的记号,又是有刺木上的插垛,又是放在白杨树孔里的苔藓块,所有这些标记不是为哪个偶然的行人、捕兽人、猎人和随便哪个靠原始森林谋生的人——对于别的寻找生命之根的人来说这一切都是信号:这条路搜寻过了,他们不必在这里多化力气。但是这条路通向我自己的生命之根,鲁文指给我看标记,是为了让我这个尚无经验的人以后没有他的帮助自己也能找得到。

"如果台风刮走树孔中的苔藓,"我问,"或者春天的洪水冲走做了记号的树,或者这座峭壁崩塌使整条路都堵满石块,怎么办?"

"头脑里应有纯洁的良心,"鲁文回答说。

我明白,他说的是机灵,便指着峭壁、树和草;全都崩塌的话,任何机灵都已无济于事。

"头脑没用,没用!"我说。

"不用头脑,"鲁文回答,"头脑没用,瞧头脑在哪里。"

他指着心窝,我明白了,应该怀着纯洁的良心去寻找生命之根,永远也不回顾一切已被摧残和践踏的方向。如果有纯洁的良心,任何堵塞都毁不了道路。

渐渐地峡谷高耸的峭壁变低了,我们走近了有一潭死水的不大的洼地,小溪从那里流出并形成了崖间的这个深谷。从这里,从宽阔的山谷的隘口开始,长着一片巍巍雪松,却十分稀疏,树下则是低矮的灌木丛,在树干之间可以向下遥望并根据阳光的光点、闪过的影像、翅膀的阴影可以猜到这个鸣谷有某种特别丰富的生活:许多形形色色会啼鸣的小鸟在各种树上放声歌唱;这里有不少于三百年的白杨,有的密不透光,有的枝干蜷曲,有的虬筋盘结,有的有冬天熊在里面冬眠的树穴;还有巨大的菩提树,树干高挺的榆树和黄柏。

鸣谷里这些大树相当稀疏,保证了林下灌木丛丰富生活所需的光。这山谷这样美好,以至自然而然就会想到对始终不渝寻找生命之根所必须的纯洁的良心。我们朝前走,不久就穿过西北方向的鸣谷。突然在我们面前展现出一片古河道的阶地,它自高而低通向另一个山谷,那里覆盖着另一些植物:在黑杨粗壮的树干间有黑桦、枞树、冷杉、鹅耳枥、色木槭。我们继续往前走,走过了这片缠绕着攀绕植物和葡萄藤的茂密的树林,在一条无人知晓的小河河岸上,植物有了第三次变化:这里偶尔见到混杂在阔叶核桃树中的只有雪松;稀少的大树淹没在鼠李、接骨木、稠李、野苹果树茂密的树丛中,应该在树丛的阴蔽处,在生长旺盛的喜阴的草丛中,还有什么地方去寻找生命之根人参。

我和鲁文就在这里休息，很久都沉默不语。在长久的沉默带来的寂静中有什么呢？多得不可想象、数量空前的螽斯、蟋蟀、知了和其他音乐家虽然一直不停地演唱着，却创造了这种寂静：如果你能使自己镇静下来进行自由和平静的思考，你就根本听不到它们的音乐。也许，所有这些不计其数的音乐家正是用自己的音乐来使你以自己的方式参与进去，不再注意它们，因而才开始有某种真正的、不同寻常的、生机盎然的、富于创造的寂静。这里什么地方还有一条小溪在奔流，好像也是默默无声的；但是，如果平静的思考过程由于某个出其不意的回忆而中断，或冒出意想不到的愿望要对亲近的人说什么（即使是用压得很低的絮语），那么从这在石头间奔流的小溪中很快就会窜出"说吧，说吧，说吧"。于是所有千百万不可胜数的原本听不到它们歌唱的音乐家一下子便与小溪一起演唱起来："说吧，说吧，说吧！"

我与鲁文谈起了守护生命之根人参的某种鸟。我猜想，鲁文说的是分布在这个地区的三种布谷鸟中的一种：似乎是这种黑色的小布谷鸟守护着生命之根，只有亲眼看到生命之根并在这瞬间就把自己的棍子插在它旁边的人才能见到这鸟。寻根人好像经常遇到这种情况：刚刚看到宝贝——它已经没有了，人参在刹那间变成了其他植物或动物。但是如果你一看见它就插入棍子，它就再也不会离你而去了。然而我们现在没什么可担心的：在二十年前就已经找到这条根了，那时它还小，所以被留下来再长十年。但是，有一次马鹿走过这个地方，踩到了人参的头，它因此就停长了。不久前它重又开始长，大约过十五年能长成。

"你现在跑啊跑啊,"鲁文说,"到那时就明白了。"

我们沉默了一会儿。在静默中我努力设想着,过十五年后我会怎样,我想到的是相会。要知道过了十五年分别的生活,我们将怀着疑惧勉强彼此相认,伫立着,不知所措地对望着,彼此什么也说不出话来。

哦!多么痛苦!但是刚刚脱口而出"哦!"——小溪就突然响起:

"说吧,说吧,说吧!"

紧接着所有的音乐家和鸣谷的各种动物都演唱起来,生机勃勃的寂静展开了,唱响着:

"说吧,说吧,说吧!"

"过十五年,"鲁文说,"你是个年轻人,你的太太也年轻。"

后来我们站起身,顺着俯向小溪的野苹果树的树干走到对岸,在那里鲁文很快就跪在杂草丛中,合拢手掌,久久地跪着。我非常激动,不由自主地也跪在他旁边,想象着仿佛跪在创造力的源泉边。与心脏搏击相一致的我的思想脉搏是完全清晰的,心脏的跳动与寂静中的整个音乐是一致的。但是关键时刻很快就自然而然到来了:鲁文拨开了草——于是我看见了……几片小叶子,它们形似张开五个指头的人的手掌,植茎不高,很细,对于这样柔弱的植物,不仅长着蹄子的粗鲁的马鹿,连蚂蚁都是危险的,因为假如它不知为什么有需要,那么能在很短的时间里阻遏这个生命好多年。十五年中有多少偶然的情况威胁着这株植物和我的生命!

告别时鲁文指给我有雪松树干上的砍痕；从这棵雪松到人参有一臂肘的距离，从另一面，黄檗树干距它也是一臂肘，第三面是一棵被砍伐的橡树，第四面是一棵金合欢。

（七）

有一次我去原始森林想试试猎茸的运气：那是指猎梅花鹿或马鹿的公鹿，要在它们的角——充满血、已经长足但还没有骨化的时候。这种狩猎非常能赚钱,有的鹿茸价值一千多金日元。在猎人开始猎取鹿茸的季节，母鹿已经把自己的小鹿带到山坡上，但公鹿很少露面，留在北山坡，躲在灌木丛中，常常很长时间一动不动站着，大概是担心损伤对任何触碰都很敏感的鹿茸。那次我去的雾山的雾几乎全都散开了，只有黑幽幽的峰顶隐现在雾中。这座山三面环海，很像是熄灭的火山，大概时间也并不久远：我不止一次在海湾岸上发现浮岩。山当然被冲蚀得很厉害，四面八方都被深深的沟壑和冲沟所切割。在这些沟壑里，当然隐藏着野兽，还有古代残留下来的特种植物，所有这些对猎人来说是非常宝贵的沟壑在山上面汇成一个点，整座山便是富有野兽和植物的沟壑的汇合点。现在我在海岸上向西南走，雾山的三条最美的沟壑——蔚蓝沟、禁沟、雪豹沟——就通向那里。它们中每一条沟的深处都奔流着小溪——自上而下的沟壑的缔造者；小溪下游，除了南面来的海风，可以遮挡其他风刮的地方，保存着远古时代遗留下来的宝贵植物，而上面，沟壑的侧面送葬松与台风昂然搏击，英姿勃发。我从海岸走蔚蓝沟左面登上雾山最上面,像老虎与雪豹①一样悄悄地在丘陵地上走,以便从上面俯瞰四面八方的一切。这里那里,在蔚蓝沟和禁沟,我看见过鹿,但这全都是带着幼鹿的母鹿,两三只在一起,有时它们中有仔鹿,即长着发针般细角的一岁公鹿。

突然在蔚蓝沟,后来我称为雪豹沟,我听到叫声、呻吟声和鼾声。我从山脊上沿着岩面很快地跑着去那里,尽量不滚落石头,越过灌木丛,开始潜近发出声音的地方,不一会儿就看到自己对面,在沟的另一边,经过灌木丛,有一只黄澄澄的野兽。它觉到我在附近,不情愿地、懒洋洋地向上面小跑而去,一会儿显现,一会儿又消失在橡树丛中。我等待着,直到它整个儿暴露在岩面上。但是,它在那里躺下了,正像猫科动物喜欢的那样:在石头后面露出的只有眼睛。这样的距离准星就挡住了这个目标,于是我急忙赶到沟的另一边,要看一看,黄兽到手的是什么牺牲品。为了不至弄错,我把一棵样子特别的五针松选作标记,在这棵树下有一块悬空的巨大石头,仿佛一碰就会向下掉落,压倒路上碰到的一切东西。我想,就在这块石头后面有过一场血腥的残害。我必须伸出手,抓住小五针松,才到达那里。我没有错:我在石头后面看到一头四腿伸开躺着的梅花鹿。所幸的是,它那丰实的鹿茸丝毫未受损害。我不止一次从鲁文那儿听说,鹿茸的价值不怎么取决于其大,而是其形,最主要的是形,就是左右两边完全对称。似乎,这不是迷信,也不是苛求的习俗:

---

① 远东地区的豹不知为什么叫的完全是另一种动物的名称——雪豹。——原注

任何一边受到微小的损害，与此相应，这一边或那一边的鹿茸就会长得不一样。也就是说，如果鹿茸的药效取决于鹿的健康，那么部分地可以从鹿茸的形状来判断。

我从山上的五针松上尽可能多地折下些枝条，盖在鹿的身上，免得它受到阳光的照射，自己则去跟踪豹。野兽藏匿的那块石头形似一只大鹰。我沿着山脊远兜过去，认定那块石头，开始小心翼翼地潜近去，每一瞬间都准备瞄准野兽。但是雪豹再也没有待在石头下面，于是我在丘陵上走遍了整个高地，过去它大概是火山口。无论何处都没有雪豹。我在一块异常平坦、仿佛被磨光的石板附近坐下来休息。当我逆光望着这块石板时，发现石板上蒙着的尘土上有漂亮的野兽留下的轻轻的爪印。我多次向四方环视，我的怀疑荡然无存：豹走过这块石板。当然，我知道，虎豹经常是在山脊上行走的，因此现在看到石板上的足迹并没有为我提供什么：它是去什么地方，藏在岩石间，没有足迹是不可能找到它的。于是我把目光转移到雾山山脚边美丽的岬角处，仔细地观察起它的岩石来，那里像南边的山谷一样布满了美丽挺拔的松树。我可以从这里看清，在这块狭窄的楔形地上覆盖着鹿喜欢吃的低矮的草，有一头母鹿正在吃着；它附近的灌木树荫里躺着一个黄色的环状物，可以猜到，那是幼鹿。拍岸浪掀起白色的喷泉并竭力要升到够不到的深绿色五针松的高度。突然那里有一头鹰腾空而起，在岬角高空盘旋，发现了幼鹿，便俯冲下来。但是母鹿听到了大鸟扑下来的声音，就立即采取行动迎敌：它后腿直立起来，前腿竭力去击打鹰，而鹰被出其不意的阻碍激怒了，就开始进攻，直至鹿的尖蹄终于击到了它。挨揍的鹰在空中吃力地控制自己,飞回到五针松林里去,那里大概有它的窝。已经是中午了,天气变热了,这时鹿群就会从露天牧场转移到经常栖息的地方,躲到树木葱郁的狭谷里。现在岬角上唯一的这头母鹿就叫起幼鹿,把它带离岬角,径直向隐藏着我们小屋的狭谷走去。我几乎不怀疑,这就是那头花鹿。突然我一下子百感交集,犹如下面大洋里滚滚波涛上的光和影,不断交替着。但是,这些感情突然被一个念头打断了,而这个念头决定了后来我在这一地区的一生的活动。"鹰窝岬角,"我想,"除了有一条狭窄的约一百米的地峡,鹿没有任何出路。如果用栅栏来阻隔这条地峡,那鹿就只有唯一的一条出路——从陡直的高处扑向大海并泅水游到岸边。但是,这也不是出路:下面水中不是露出便是藏匿着黑色的尖石,任何活的动物掉到这些可怕的礁石上,都逃不过摔个粉碎的下场。"我头脑里冒出的就是这个念头并且不知不觉地扩大,充满了整个身心。休息一会儿后,我决定再一次小心谨慎地沿着山脊把整个高地走一遍,同时要仔细观察每一个红褐色的斑点:也许这段时间里野兽想出什么名堂来……我看到,母鹿在这里那里把自己的幼鹿从牧场带到故乡的峡谷,不然就在牧场附近的橡树丛里为自己找一个临时栖息地。这种情况下有多少次可以看见,花鹿即使走进枝叶并不茂密的树木的阴影里,由于它那起保护作用的斑点,也看不到它了。这里,在树荫里,它们度着时光,一会儿吃着葡萄叶,一会儿用后腿的蹄子篦掉折磨它们的虱子。无论哪儿我都未看到豹。最后我向那块石扳走去,重又在它旁边坐下来。闲时我又仔细观看起雪豹的爪印,突然发现在它旁边有另一个更为清晰的印迹。此外，当我背着太阳观看时，我看到在这个爪印上翘着两根针。我拿起其中一根，才知道是雪豹爪上的毛。在我行走的那一段时间里太阳当然稍微成另一个角度把光投射到石板上，因此我认为，可能那时我疏漏了另一个爪迹，但是那时我不会不注意到那根毛，所以毛是在我第二次巡行时出现的，这就是说，雪豹一直偷偷地跟踪我。这与有关虎豹的听闻也是相符的：这是它们的惯用伎俩——在追踪它们的人背后走动。

现在没什么可浪费时间的。为免鹰探寻到隐藏起来的鹿，我赶快到鲁文那儿去。所幸的是，他在家里。我告诉他弄到一头带茸梅花鹿的事。他十分高兴。我们抄近路向上走陡谷去那里。在高山上我和鲁文悄悄地察看每一块石头，沿着山脊绕行了整个高地。在石板对面，为了隐匿自己的踪迹，我借助于一根长棍跳了下去，又跳了一次到达第一棵灌木，在那里的背风地方藏了起来。鲁文继续在山地上走，而我把枪筒和肘部支在石头上开始等待。过了不多一会儿，我在对面蓝色天际的背景上看见了一头爬行动物的黑影：一只大猫在爬行，并且它不怀疑，我正从石头后面通过枪的缺口望着它。鲁文假如能朝后看一下，当然能发现什么的。当雪豹走近石板，撑着它站起来，好越过大石头看着鲁文。我作好了准备。雪豹看到是一个人而不是两个人，似乎茫然了，仿佛在问周围："另一个人在什么地方呢？"当它询问过周围的一切后，便怀疑地望了一下我所在的灌木丛。我把准星瞄准它的鼻梁，屏住呼吸，开了枪。野兽在石板上倒下了，头垂在爪之间，尾巴动了几下。现在一切都了结了，仿佛它安静下来是为了作决定命运的一跳。

我们得到了多么漂亮的像毯子一般的豹皮呀！但是鲁文高兴的不是这张珍贵的豹皮：豹的心、肝、甚至胡子，在他那神秘的混有无数迷信的医学中有着某种重要的作用。但是，当他看见被害的鹿的鹿茸时，就是这一切宝贵的东西他也置之脑后了。

"许多许多药材！"他说，一边从鹿的头颅上连同额骨砍下鹿茸。

我问，他为什么不从冠根部割取鹿茸，而要连同额骨取下来。他回答说：

"我这是想得到三倍多的药材。"

原来，如果连额骨一起割下来，鹿茸的价值能多两三倍。那些从冠根部割下来的普通的鹿茸只是当药材医用，而带额骨的鹿茸则是玩物，是礼品，是家庭幸福的保证。在最富裕的中国人家，他们把它保存在玻璃罩里。随着时间的流逝，这些鹿茸只存下形状，而这种表象的碎末将给垂暮老迈的主人带来增强性欲的希望。

如特别珍贵的人参一样，鹿茸要经过许多人的手，经过形形色色的商人，价格也不断增高，最后，直到最有钱和乖巧的"骗子"把它们送到最有权势的官吏那里，不被人觉察地把它们塞进他左边宽大的衣袖里，而官员则用右手为商人办某件好事。

"官员也是骗子？"我问。

"官员只想玩耍享乐，"鲁文回答。

我们背起鹿肉，拿着有斑点的皮、宝贵的鹿茸，豹的心、肝、胡子、皮。当我们走下雾山时，正处在鹰窝的对面。我偶然朝那里望了一下。我一看见那里——这段时间不知不觉紧张思考的念头现在得到宝贵的景象的启示,因此而变得明晰了。我坚定了自己的想法,突然自我感觉几乎非常好。

而我看见的是在这里生活了三十多年的鲁文多次看到的:花鹿经过窄道走上鹰窝牧场。

我向鲁文指着母鹿,告诉他可以经常搞到许多药材的简单的计划。他十分欣喜地说:

"好,好,队长!"

这称呼对于我来说是颇费思量的疙瘩。我至今还没有彻底弄清这个问题:为什么正是从我告诉他自己的小发现那时起,他开始经常叫我队长?

(八)

鲁文用一种方法捕到了一只漂亮的野鸡,拿来给我看。

"吃掉它。"我说,因为我知道蒙古种的野鸡有非常好吃的白肉。

鲁文回答说:

"喜欢是喜欢吃,但是砍它的头我做不到,队长。"

我砍下了野鸡的头。他说:

"好,队长。"

我开始拔毛。后来,我们在汤里撒上米,一起吃着,享用着。

当然,砍下野鸡的头——这是小事一桩。但是,我再三琢磨,究竟为什么对于鲁文来说我突然成了队长。我不能不把这小事列入缘由：原来，队长的品格不仅是有发现，还要会砍野鸡的头。看来，鲁文到原始森林来并不像寻觅人参时那样是个深沉和沉静的人。他曾经与中国的捕兽人一起用可怕的中国方式捕捉过鹿、马鹿和山羊，扳倒盘根错节的树木，在树木间留下让动物跑过的地方：就在这空地有用枝条盖起来的坑，动物常常掉进去并折断腿。鲁文带着自己的小狗在雪面冰层上追赶鹿，那小狗非常凶猛，它咬住鹿的一侧，与鹿一起奔跑，直到终于被冰层割破了腿才停下来。中国人就用这样灵巧的狗竭力在冰层上把鹿赶到海里去，他们坐着船在那里把它们逮住，在水里用绳子把它们捆住。他们把抓住的鹿养起来，一直到它们长足鹿茸，然后割下昂贵的鹿茸，杀死它们取肉。但是现在很难设想，当时鲁文和中国捕兽人仅仅为了给有钱人弄到玩赏的鹿茸，就这么残酷地对待稀少的濒临灭绝的动物。就这样，他是从捕兽人开始自己在原始森林的生活的。当然，他能较好地辨认野兽的踪迹并根据踪迹猜到野兽的意图，大概，他自己甚至能像野兽那样思考。但是我对原始森林里善于辨迹追踪野兽的人的这种经验并不像有些人谈论起他们来那样带着一种肃然起敬的惊讶。我作为一个化学工作者，辨迹追踪的能力比起所有那些原始森林的辨迹追踪野兽的人来要强上千倍。如果我能对任何东西作质的化学分析，知道其组成成分的数量精确到四位数，这些原始森林的辨迹追踪者的知识对我有什么用！此外，像搞化学一样，我能把自己好探究的注意力投向任何地方，在短时间内赶上任何一个辨迹追踪野兽者，因为他们把自己的一生仅花在一种事情的个人经验上。不，并非是鲁文身上对原始森林生活的好奇注意使我感到奇怪，而是他对大自然所有生物的那种亲缘般的关注。使我惊讶的是，他能弄清楚原始森林的生活，而且能使世界上的一切都生气勃勃。看来，在他的生活中发生过某种深刻的骤变，因此他放弃了残酷的行当，并且用寻觅生命之根代替了这残害生命的野蛮的捕兽活。有些体验是永远也不必说、不必问的：当事人自己也很少谈。当事人用自己的活动来叙述自己这些深刻的体验，而别人，他的朋友则分析这些事，自己能猜到是怎么一回事。我知道，鲁文养活着兄长的一大家子。我常常想，鲁文在分家时深受伤害，是与兄长成了势不两立的对头才离家到原始森林去的。也许，他捕兽的头十年仅仅是为了向认为他不会干活的父亲证明，他能比自己的兄长更好地挣钱谋生。过了些时候，他手中拿着证明，怀着对兄长的蔑视，来到父亲那儿。可是，没人他可以向其证明，没人他可以蔑视：在一场中国经常发生的可怕的瘟疫里，活下来的只有兄长的妻子和一堆小孩。很可能从此鲁文就改变了。过去他的生活是为了证明，突然没有人需要他证明。后来我从中国人那里听到过许多类似的故事。假如我从鲁文本人那里听说他自己的事，还不如当年鲁文亲手种在小屋旁的两株大白杨告诉我的事来得多。他见到它们是多么高兴呀，总是用汉语向在绿荫里等候他的各种生物喃喃絮语！他喜爱的乌鸦不像我们那里的是灰色的，而是黑色的。乍一见到，你以为："瞧，白嘴鸦！"后来仔细看了才想起，白嘴鸦的鼻子是白色的，而它的是黑色的。"原来是乌鸦！"突然那只黑乌鸦喊出来的是我们平常的灰鸦发出的声音。它很聪明，常常有这种情景：当鲁文去原始森林时，它会从一棵树飞到另一棵树，伴送他很长时间。树上还生活着蓝色的喜鹊、模仿鸟、翠鸟、鸫、黄鹂、布谷鸟。雌鹌鹑也会跑来，在灌木丛中发出啼鸣，不是像我们那里的"皮季——波洛季"，而类似于"穆—日—基"的声音。因此所有的鸟看起来就像是我们养的，你一下子就能认出来。它们只有小小的这样那样的差别。椋鸟也是黑色的，鼻子是黄色的，羽毛上有霓虹的色彩。当它打算啼唱时，也会张开全身的羽毛。你以为它马上就要啼鸣了，就激动地等候着，它会像我们那里的鸟儿在春天啼啭一样，——你什么都等不到：它只是发出嘶哑的叫声，再也没别的。而布谷鸟也不是发出"咕，咕"的声音，而是"克—克"。

每天早晨鲁文跟它们聊天，给它们喂食。我很喜欢这种对所有有生命的东西的友谊和亲切的关注。我特别喜欢的是，鲁文不是出于随便什么动机或是别人强加于他好生活。他没有想过当什么榜样，一切全是自然而然所为。就这样他碰上了野鸡，当然，需要吃掉它，但是，如果需要杀死它，怎么办？于是他就请求对此比较能下手的人，即队长来做这件事。可是，他又非常高兴地了解到，队长本人对于毁灭漂亮的将灭绝的动物感到愤慨，他想保护它、繁殖它！

为了实行我的计划，我们就在自己的狭谷砍了许多葡萄的，柠檬的及各种各样的枝藤，在火上熏烤这些枝藤，让野兽在远处就闻到这种烟熏味，从而知道人图谋歼灭它们而害怕。在这里我们做了雪橇，用它装载所有这些枝藤，并可由一个人运送。离黎明尚早我就在雾山上等待，当花鹿带着自己的幼鹿到鹰窝岬角来时，就点起信号火焰。然后我下山，还没有走到半山腰，鲁文已占据了最狭窄的地方，母鹿的事也就搞定了：它与其扑向海里的尖石上，不如径直走到人那儿去。它被关起来，从此鹰窝岬角就成了世界上最美丽的多石的小动物园。我们在最窄的地方横拉起烟熏过的藤绳，一直干到夜里。早晨，我们躲在石头后面，等到鹿从牧场上转移到狭谷里自己那浓荫覆盖的地方。我们看到花鹿在岩石上的鹿径上安宁地走向出口。昨天我们为砍一棵五针松做杆子，也是走这条道到岬角去的。现在母鹿走到我们留下足迹的地方，它停住了，胀大鼻孔，闻到下面有什么味，便俯下身，后来它高昂起头，闻到空气中藤条的烟熏味，就盯着我们所在的地方看，相信有危险，便发出一声哨声，回头就跑。幼鹿跟在它后面，不让它那尾部似镜子般的鼓起的白毛离开视线，在橡树丛里勉强奔跳着。

现在我深信，这头母鹿就是我的花鹿：它的左耳透亮着一个小孔。我们高兴地目送着它走出自己的埋伏地。从此我们开始每天干做栅栏的事。我们是志愿结合起来的：我这个受过教育的欧洲人，在中国人看来，是个能很快弄清楚一切、想出新主意、会有意想不到的发现的队长，与这个寻觅人参的老手。他不仅知道原始森林和野兽，而且能深刻地理解它们并以自己亲切的关注把原始森林中在我们周围的一切联结起来。从真正人的修养这个意义上，我把他看作是长者，对他非常尊敬。他大概看我是个开明的欧洲人，怀着一种高兴的惊诧和温暖的友情对待我，就像许多中国人对待欧洲人那样，只要他们相信欧洲人并不想强奸和欺骗他们。同时，当然，我也不怀疑，开了头的事情会把我们引向何处。它与航空、无线电一样正是最新的事。只是在人类文明的初期人们才驯服动物。他们弄来几种家养的动物后,不知为什么就放弃了驯养,继续因循守旧地和家畜过日子而射杀野生动物。我们用这段时间里积累的许多知识重新回到这被废弃的事上来。当然,我们与别人不同,应该用另一种方式来创立人类文明初期野人开始的事情。

(九)

西伯利亚的严寒开始向我们这里侵袭。南部沿亚热带地区开始穿上西伯利亚的盛装。山里所有发光的昆虫早就消失了。野鸡开始长壮了,从被台风扫过的橡树丛和其他各种坚实的灌木丛中可靠的藏身处走了出来。在清凉的朝寒中葡萄叶变红了,白蜡树叶成金黄色。最主要的是,经常弥漫的大雾消失了。犹如我们那儿春天出太阳一样,在这儿秋天出太阳——而且是多好的太阳呀!它完全像意大利的太阳那样光芒照耀,在这种光芒中西伯利亚的秋天染红了,色彩斑斓,比寻常我们那儿的气候下的春天的所有色彩还要鲜艳得多。在九月初的一天早晨,原始森林中发出了马鹿的吼叫声。有一次月夜,我和鲁文在自己的小屋里听到了吼声,接着是单调的角的撞击声。还有一次:马鹿在某个地方吼叫,另一个声音几乎就像是马鹿在另一个方向回应它。鲁文在第一头马鹿的吼声和第二个声音中发现了细微的差别。老虎似乎也能模仿马鹿吼叫,而人则用桦树皮做的号角来引诱焦躁发情的野兽。鲁文说,第二个声音大概是老虎或是人发出的。我们开始谛听并猜测,究竟是老虎还是人发出的吼声。不久,第一个吼声开始接近没有移动的第二个声音,越来越近,越来越频———一切都沉寂了。马鹿默默地走近,只是偶尔在什么地方轻轻碰断了小树枝。老虎藏卧在林中空地的边缘,准备着可怕的窜跳。人扳上扳机,一边模仿着野兽,故意用一根树枝发出折裂声。处于可怕的疑问中的原始森林沉寂得不得了。是老虎还是人?突然寂静中响起了步枪声,是人解决了问题。

冬眠前的树木在充足的阳光中显得丰盛繁茂,层林尽染,以及痛苦的野兽发出的痛苦的吼声——瞧这些鹿,它们有多强烈的爱情呀!有一天我在灌木丛中发现角交叉在一起的两个颅骨。有八个叉角的强壮有力的马鹿为了雌鹿在争斗中丧生,而某只淘气的鹿此后却得到了幸福——我们人不也常常有这样的得罪人的事吗?

朝寒日复一日变得冷峻。山上的芦苇在黎明时蒙着冰花,只是在太阳升起时才出现露珠,滴滴晶莹。稍许等一会儿,严寒就不太怕早晨的太阳,它那晶珠在阳光下比水滴闪耀得更明亮。在追赶马鹿的时候,花鹿则准备着自己的受难时刻。我不止一次在原始森林夕阳的光线下看到,角鹿耐心又用心地用现在已经长结实的骨化的角上的毛去檫树。马鹿吼叫时,它准备着搏斗。当严寒袭过成熟的葡萄后,葡萄就变甜了,而花鹿则开始吼叫。

为了繁殖花鹿,我们必须得到公鹿。我和鲁文也准备去驱赶马鹿。我们想使花鹿驯服,以便在驱赶马鹿时可以放它出去。当公鹿为了它开始搏斗时,我们便用习惯的召唤声吹起桦树皮做的号角，寄希望于因性起而发狂的公鹿为了它而奔到我们这里来。我们伤心的是，今年鹰窝牧场上营养丰富的鹿吃的草丰收，花鹿乐意待在牧场上，全不理会我们收集起来的鹿最喜欢吃的树的枝条扎起来的帚把，也不在意玉米和大豆。在已经完全变黄的山芦苇的小帚把中，它发现了我们在草完全变黄的牧场上没有注意到的低矮的小草，非常自在地度着时光：一会儿俯向地面啃这绿色小草，一会儿一动不动站在树荫里，喂食幼鹿。有时候它躺着，用心为自己的幼鹿捕捉恶毒的虱子。有一天我终于十分高兴地看见，它闻到了我的足迹，却没像以前那样跑开，而是顺着足迹稍稍走了走，仿佛好奇地想知道，我是否躲在附近什么地方。当它看见我后，没有像一般的鹿那样头也不回地奔跑而去，而只是急转身，慢慢地与自己的幼鹿一起离去。另有一次，它觉察了我的足迹，我吹起桦树皮号角，它看到了我，停了下来，长时间地倾听着。它竭力要弄明白，这一切是干什么。当然，最终它还是什么也不明白，跺了一下脚，长啸一声，慢慢地离开了。它大概明白了，照老习惯这样做是对的。每天我都一定对它吹号角，结果只是它听到号角就不再啃草吃，而是朝号角声走来，直到看见我，然后久久地站着，听着：我吹的时候，它就一直站着，而它的幼鹿因为无事可做，常常吸它的奶吃。但是我未能在第一个夏天就驯服它，使它离我很近听号角声。

当时虽然还是微寒，但是寒气收干并染红了树叶。小叶槭树变红呈淡红色，满洲里核桃树不同寻常的大叶子变黄了。而我第一次见到花鹿是在祖苏河岸上，当时它直起后腿够着那碧绿的葡萄叶吃。现在那里是什么景象呀！那里夏天缠结的葡萄藤蔓盖满了山村，一片翠绿。现在这些农舍因为葡萄而变成了红色，而我曾度过生命攸关时刻的绿色帐篷则特别显眼地成了红黄色。过去觉得葡萄完全窒息了树木，现在可以看到，树在葡萄的绿荫下也足以采到光并且活下来：这满洲里的核桃树现在从葡萄的红叶下透出金黄色。到处不是红色，便是黄色，这里那里挂着稍稍冻伤的一串串成熟的阿穆尔葡萄。

有一天夜里，鲁文叫醒我，请我出去。他向我指着大熊星座的方向，它那平常的锅形一角靠着黑黢黢的山，仿佛从黑山脊后面拖出了自己尾巴上短缺的最后一颗星星。开始出现了多么灿烂的星星！又撒满了多少星星呀！天气很干燥，透明，寒冷。寂静中从大熊星座下的山峦上传来完全特别的声音：起先是哨音，就像花鹿通常发出的声音，后来，与之相反，吼声从很高的哨音很快降下来，越来越低沉，直至最低音。在峡谷的另一边回应着这哨吼声的同样是这样的声音，远些，在雾山，还可以听到，更远些——勉强可以听到，犹如我们吼叫的回声，再远些——犹如我们回声的回声。

我们期待已久的时间来到了，梅花鹿发情期开始了。

吼声持续到清晨。天亮时我们看到，在山坡上，林边草地上伫立着一头背上有明显的黑条纹的大公鹿，它非常像那头与其他鹿一起走近我在洗澡的小溪的黑背。现在这头公鹿，从远处看来，比我那时看见的更加机警。它高昂着头，慢慢地走动着，经常环顾着四方，仿佛等候着什么令它忐忑不安的事。后来，显然灌木丛中发生了什么，它就撒腿朝那里奔去，而从灌木丛中窜出一头母鹿,飞奔起来,于是公鹿追逐它,跑向山脊。正好这时从山脊后射出日出的第一缕阳光,整片受冻的山芦苇闪耀起来,整座山的闪光令我们目眩。当我和鲁文跑到上面,母鹿已经隐藏在牧群中,就像在游戏中跑得快的姑娘来得及隐蔽起来,在女友中难以被人发现一样。但是因为这唯一的母鹿,现在鹿群中任何一头公鹿都不再会放过。黑背慢慢地行走着,还在夜间它就站在什么地方的泥泞中洗过澡,大概是为了尽可能慰籍折磨自己的欲望。它的腹部痉挛地收缩着。它没吃什么东西。显然,除了痛苦,欲望并没有给它带来丝毫乐趣。现在它的全部生活就花在几乎不断的痛苦的吼叫中。它没有片刻的安宁。如果母鹿中哪一头想要稍稍离群,它马上会把它赶回鹿群中去。

突然所有的鹿的头都转向了一个方向。那里,从山岗后面开始越来越多地露出某头鹿的角。黑背警觉起来,但是这角却是没什么了不起的:循着那头逃走的母鹿的足迹走近来的是一头中等大小的最平常不过的公鹿。黑背甚至不再驱赶它,只是皱了皱鼻子,发出一声噗哧声。那一头则一动不动地站在坡上,不敢移动一步。它们根据风和土的气息闻出足迹的。从山那里公鹿沿着那条小径走,一边闻着母鹿的足迹,一边前进,仿佛不断鞠着躬,消失在最后一个山岗后面,突然又从它后面显露出自己的角。但是有些公鹿仅凭黑背胀一下鼻孔就停步不前了。也有些大胆的,那么黑背不得不皱起鼻子,把灰舌头伸向一侧,向它们跑去,驱赶它们。也还有这样的公鹿:它们被驱赶,可是又悄悄地走近来,直到母鹿的主人明白,如果这些坏蛋站在鹿群旁边并不动弹，只是满足于闻到有气味的空气，对它并没有任何害处和好处。有些年轻的鹿还没有长角，只长出发簪般的细鹿茸，因为无事可做，便模仿成年的鹿发出哨声，彼此打着呼噜声，额头顶着额头，拼命要把对方推开。就这样在鹿的生活中渐渐形成了平常的持久的单纯，有点类似我们人类在持久和平时期的日常生活：母鹿群安宁地在草地上吃草，把即使还不想交配但已接近于发情的母鹿隐藏在自己的鹿群中；公鹿渐渐地长粗自己的鹿茸，像公羊一样互相顶着额头，助战的大公鹿彬彬有礼地站在半山腰，服从母鹿群强悍的主人的意志。突然整个鹿群闻到了什么异常的气味，便都转向那个山岗的方向。从那里，循着想交欢的母鹿的踪迹，走来了两头大公鹿。不久鹿群就看到，从山岗后开始露出角——是什么样的角呀！它慢慢地变大，似乎所有忐忑不安的鹿都在想：什么时候这角才露完？但是紧随着显露完角，现出的是一个有着不可战胜的前额的强壮的头。整个情势立即就明朗了：来的是原始森林最强大的统治者。我也立即猜到，我第一天到奇基—奇基峡谷看到的那头灰眼睛是强壮的公鹿，就是当时我也觉得，与其他公鹿，甚至与黑背相比，它也是非常魁梧的。但是现在它的脖颈胀得非常大，冬天的灰毛像胡须似的从脖颈下挂下来，多血而敏感的鹿茸与眼上部的突出部分现在成了置敌于死地的可怕武器。与黑背一样，它浑身肮脏，邋遢的腹部被自己的淫欲所玷污，现在抽搐着，——只要保住在新一代身上继承鹿的生命的独一无二的权利，野兽准备好对付一切，无所顾忌。看见鹿群后，灰眼睛只是停了一瞬间，立即全都明白了，其余的鹿也立即理解了它：大概，公鹿的力量是在往年的搏斗中比试完了，也许，不过是在外表上显示出力量。处于鹿群和灰眼之间的所有公鹿都急忙闪向一旁。大概，黑背与灰眼有你死我活的老账要算，也许，有不成文的约定：黑背不应该遇见灰眼，如果遇上了，就不应该退避，而要搏斗至死。鹿角当然是可怕的武器，但关键毕竟不在于角——有过这样的情况：无角的鹿折断了有角的鹿的肋骨。但是灰眼的角显示出潜藏的力量。而在黑背凶狠的目光中似乎隐藏着给大力士设下陷阱或圈套的诡计："我不怜惜自己，但你也不会有好果子吃！"但是灰眼不想浪费时间，低下头，径直向黑背奔去，角顶角，额抵额。黑背支持不住，但坚持着，站稳脚。要知道，也只有站稳脚，如果只是跪倒下来，对方就得以腾出角，把眼睛上部的突出物戳进腹侧，心脏——那就完了。角对角，额抵额的搏斗可以相持随便多久，只要有力量，只要不倒下来。一切都表明，搏斗是持久的，耗力气的。但是发生了意外——在向黑背攻击时，灰眼的脚碰到了一个树墩，幸好前腿抵住了这个树墩，它才承受了这样的打击。交锋时却很不方便，以至森林之主跪了下来。但黑背没有利用自己的有利情势。灰眼明白自己有致命的危俭，刹那间就恢复了状态，用力发起攻击，致使黑背不仅跪下了前腿，而且摇晃了一下，向一侧倒去。似乎灰眼马上会腾出角，向倒下去的对方的腹侧有力地戳去，使它再也不能站起来。一定会是这样的。可是，突然灰眼不知为什么与将要死去的对手一起倒下。现在二者呼哧着在地上打着颤，仿佛在做濒死的抽搐。

难以明白这件事，但是鲁文偶然看见了这一切。他第一个明白，非常高兴，尽快奔去取绳子：这一切意味着，两头鹿的角挂住了，在没有分开或没有弄伤之前，我们应把它们捆起来。

这是多么顺利、多么惊奇的机会！

但这不是事儿，如果没有运气的事，常常是这样的，后来就会有倒霉的事……从一开始我们的事就进行得非常好。我们捆好两头出色的公鹿，在我们手中的是鹿群的主宰——灰眼和它的最凶狠的敌人黑背，还有鲁文在陷阱里捕到的四头年轻些的公鹿，两头幼鹿。

（十）

在我的概念中黎明前的时刻对我来说就是代替那种寻常的幸福。当人们享受了亲近，或者相反，为陷于责备、嫉妒，预感到未来的可怕的事，或是病孩的喊叫而受尽折磨时，凌晨时会睡得死沉死沉。这种痛苦和欢乐的寻常交替，当然，也在我身上发生，但是家就建立在这种幸福中，而代替幸福赋予我的黎明前的时刻，我与大自然的一切力量联为一体，做着不为人注意的共同的事。由于这共同的事，幸福的人们在阳光中醒来后常常会欣喜地说："呵，现在的早晨多美好呀！"我现在体会到生活中黎明前的悟性，满怀信心地说，在黎明前的时刻，在所有真正的幸福的基础上，一定有联合了一切的世界力量所做的不为人注意的完全无私的工作。我总是比鲁文早起几十分钟，肩靠在什么坚硬的东西上，等待着什么。在没有等到决定之前，想着：彼此如两只椅子一般完全相像的日子在大自然里是不存在的，日子只出现唯一的一次便永远离去了。随着黎明前的时刻正在确定这个本质上从未有过的新的日子，我相应地也想着什么。当一切思绪都在脑海中交织起来，而外面白天正在降临时，我就出去工作。不过，当然经常有这种情况——早晨仿佛被涂满了色彩，你对它什么也不明白，形不成思绪。今天和昨天一样，我的斧子只是机械地砍着。暂时大地上还朦胧一片。在春天和夏天不断有雾之后，秋天和整个冬天这个地区天空的生活是令人惊奇和非同寻常的。就冬天的景色来说，有着意大利太阳的光芒和力量。黎明时大地应该呈现出五彩缤纷的景象，但是西伯利亚的风把一切都毁了，全部伟大的光芒都投向了大海，于是整个大洋就蓝莹莹一片。在蔚蓝的背景上耸立着各种黑幽幽的岩石，岩石上是五针松，这是些与飓风搏斗的永恒的斗士，它们千姿百态，彼此相异。后来，光线大大加强，在蔚蓝的洋面上开辟出一条金色的路，通向无穷尽的远方。那么在大地上，如果遇上什么颜色，即使是暗淡的彩色斑点，也会变成最明亮的色彩。现在，以前我遇见花鹿的绿色葡萄帐幕只剩下黑黑的树干，枝杈上缠绕着黑黑的葡萄藤。而曾经是我的窗户的天顶，现在挂着圈状的藤蔓，而在这圆圈上抖动着唯一的一片葡萄叶，也许它不太红，可是在这样的光线下它却红似鲜血。而在无生命的黄色牧场上，杜鹃花的发红的残叶斑斑点点，像一只只小碟，十分抢眼，十分红艳，令人觉得是被打死的鹿的鲜血：流出来，成为一只只红色小碟。

  整个大地沐浴着清晨的光芒，谷地里显现出到现在仍隐蔽的鹿场的角落，橡树丛和卷成灰色管状的橡树叶，——这是花鹿冬天的食物。像北方普通的鹿那样，它们不会用蹄刨出雪下面的草，要是雪盖没这些菩提树和橡树叶丛，怎么办？冬天我们用什么来喂自己的鹿呢？怀着这个忧心忡忡的念头，再也不可能肩靠着树站在那里，我们拿起斧子，出发去砍一把把的枝叶……

鲁文告诉我，中国工人来到了原始森林，我们的房子。在围起来的鹰窝，花鹿自由自在地单独放牧，我们建起了带畜栏的鹿繁殖场，有鹿圈的院子和割茸的棚子。我们整天干活，晚上我计算着，记录着，想着割茸机床的结构。做这事要有许多东西，我们需要铁、钉、铁丝网，动脑筋想，可以用什么来代替钩子、铰链、螺丝。我十分惊异地看着中国人怎么打牌：如果谁得到了幸运牌，赌本将归他，那么他不用那么费力给同伴们翻牌和出示幸运牌——他只要把牌和幸运牌一起甩到大家的牌堆上，便把赌注搂走，无论谁也不想去检查他，不可能有欺骗。这样可真是好极了。不过，如果还是发生欺骗，那么不像我们那样去扯欺骗者的耳朵，而是直接揍死他，因为怕死，所以谁也不敢欺骗：似乎又不那么美好……有许多解决不了的问题。有时候想，无法解决它们是因为，既没有书可以查询，又没有有知识的人。实际上，我后来确信，这些问题在含有别人想法的答询中会被暂时掩盖住而推延，但是却没有解决：这些问题就这么不动手，是不可能解决的。要在跟时代的变化相一致的事业中解决这些问题。我与中国人主要的区别是，我一切都计算、记录，使自己什么都清楚，他们则一切都建立在信任上，一切都在记忆中。只有一点是令人满足的：我全都计算、记录，画出了繁殖场和割茸机的小图，使所有这些人都叫我队长……这是为什么？是啊，有许多问题，非常迫切的，觉得是必须解决的，可是却无处可问。我想确切地知道，我的队长的权力来自何处。这威力是否是欧洲世界队长的力量的一部分，而这欧洲世界在计算、记录和行动上优于所有的国家已相当久远，或者只是因为我是白种人，在他们眼中我是个队长—资本家①角色的活动家，因此在中国人的眼中我是队长……我脑海中充塞着各种问题，因为不可能解决而使我感到孤独无援的痛苦，强烈的痛苦，以致我失去了计算、记录和构思割茸机的方案。这种时候老鲁文总是来帮助我，不是直接的，更多的是用微笑提醒我，我的生命之根是完好的，只是暂时冻僵了：鹿的蹄子踩到了它的头，过几年，这茎上的花一定会向上长。有时候我执着和长久地想这件事，这生命之根正在变成传说，与我的血液一起流动，变成我的力量，突然代替强烈的痛苦出现了强烈的兴奋。我很想使鲁文和所有的中国人也高兴。我努力用夹杂着双方语言的话向鲁文证明，对东方民族来说计算和记录是必要的，以便保留自己的一切，也成为队长。鲁文凭着自己的善良能理解鸟兽，而不仅是我。

"你算，"他指着纸说，"你懂这个吗？"

"是的，当然，是明白的。"

"可是我算，你却不明白。我们来帮助你，那样就好，好：

---

① 俄语词 капитан（大厨，船长，队长）与 капитал（资本，资本家）只差一个字母，发音相近。——译注

许多—许多药！你算，我们来帮助你！"

（十一）

发情期结束，最后一头受了精的母鹿去雾山自己的峡谷过冬后，被吼叫、经常跋涉寻找母鹿、饥饿、互相敌视弄得筋疲力尽的公鹿，现在却像什么也没有发生过似的，回到了鹿群，去比较高的山峦、雪松林治疗严重的伤病。那时，我们也把自己的俘虏从繁殖场的单畜栏里放出到院子里，于是这些不久前的敌人开始在一根中间挖空的大木头做的食槽中和平地吃起食来。这里有强壮的灰眼鹿王，眼中流露出阴沉神色的孤僻的黑背；漂亮的家伙，三岁的年轻小鹿亭亭玉立，有一双梅花鹿很少有的褐色大眼睛；米古个头不大，但结实，很善良——如果直视着它的眼睛，它一定会眨眼；它和陡角看来是亲兄弟：所有的鹿身上的斑点是无序分布的，而这两头鹿红毛上的白色斑点是整齐地排列的，大概生自同一头也是这种样子的小母鹿。年轻的幼鹿，不知为什么，我们就叫它们米舒特卡。鹿圈不完全是个小院子，它的形状很不规则，因为有长根的树作我们的柱。在院子里我们没有动一棵树，这样，炎热的日子里带茸的鹿就能在树荫下藏身，留着树木还为了需要的时候可以在它们周围钉上三角形杆子，于是整个院子就有了三角状，顶部朝向单畜栏的狭窄通道，只要在三角的底部压鹿，它们全都一定走进单畜栏的通道。通道尽头是割茸机：这是个有活动底部的箱子，鹿在里面躺下，吊起来，两侧抵着撑板，腿则在空中晃荡，这样在任何时候可以捉住每一头鹿割茸或过秤。

中国人建造鹿圈和有割茸机的繁殖场花了很长时间，相当热闹，因而大大耽搁了驯服花鹿。这时它与自己的米舒特卡藏到崇山峻岭的什么地方，躲在岬角尽头的松树之间。我在那里早就消灭了鹰巢，以免凶禽骚扰鹿，因为它们受到惊吓就会成群地毁掉各种障碍，逃之夭夭。当岬角上繁殖场的事结束，一切又变得安静时，我就拿了装着豆子的食槽和几把橡树条向松树崖走去。山崖间没什么东西可吃，花鹿饿得很厉害了，当然，第一夜就吃光了所有的豆子和树条。于是我把食槽移近繁殖场方向，又撒下些豆子，吹了一会儿桦树皮做的牧笛。不一会儿它就出现了，就在眼前，可是，无论我吹多久，它就是站在那里听着。我已经开始以为，吹牧笛令它感到满足。但是有一次在吹牧笛时，它却敢走近食槽，埋着头吃起来。从那时起它经常毫不在意地吃着，我则吹奏着或者就这么站着，观察它。慢慢地我几乎把它引到了繁殖场，甚至尝试着把食槽放在院门口。但是，不论我怎么吹奏牧笛，它总是不敢走进那里。

但是，对付它没有用很长时间。终于到了这种时候：任何自由的鹿，假如它知道我们的俘虏生活在什么样的条件中，就会到这里来，自己请求放它到盛有豆子的食槽那里去的。有这么一天，冬天突然出乎意料地降临了。事情发生在晚上。我看见上面有一堆形似鹿的岩石。我欣赏起来，把这雕塑当作山里偶然可见的光和影的嬉戏：那里有三头成年的鹿——两头母鹿，一头公鹿，与它们一起的还有一头幼鹿，两头小鹿。在夜色苍穹的背景上，这些各不相同的头呈扇形集合在一起。突然，这些岩石中的一块，像一头鹿，动了一下。不仅如此，勉强可闻的鹿啸声向下飞到了这里。原来，这是在高山上的鹿。在另一座峭壁的上面也有鹿。在雾山山谷高高的山腰上也有。在黑暗中它们与群山融合在一起，到处都是鹿。鲁文看到山间的鹿，马上就整理起张在房子芦苇顶上的网来。他十分有把握：如果晚上鹿走到山上来，明天一定是坏天气。我也凭着某种模糊的预感等待大自然要发生的事。最近这些日子彼此完全没有区别，仿佛这是镜子里反映出来的同样的一天：静悄悄的，冷丝丝的，没有云彩。我觉得不自然，感到可怕。令人惶恐的是，在完全死寂的冻结的黄色荒原上空，依旧照耀着四十二度纬线的意大利太阳！无人居住的土地，无人知晓的自然！我觉得，仿佛我来到了永远发生突变的地方，这里白天春天的太阳引起了树木中汁液的运动，而晚上，因为寒冷，被欺骗了的汁液冻僵了，整棵树自下而上裂成缝。几十年，常常是上百年，在岩石下隐藏着强大的树木，突然岩石开裂了，成为碎石，而台风把树木像火柴盒一样到处乱扔。而洪水又做什么！人是自然中最有智慧的动物，却要向鹿询问明天，这多奇怪！

  凌晨黎明前的时刻，我激动地走到外面，想知道，鹿向我们预告什么。在开始确定的时候，突然像在割茸机里的鹿那样，我脚下失去了支撑。光的世界，一年四季都乱成一团：变得很温暖，出现了夏日的云彩，非常明亮，后来变暗了，变成非常美丽、美好的乌云。整个夏天这里没有过的非常好的雷雨来临了，雷鸣电闪，一直到晚上。

  好像鹿骗了人。突然晚上变得很冷，桶里的水结了冰，刮起了卷着雪花的台风。

群山在干什么！在我们峡谷的高耸的峭壁之间，我们安然地坐在自己房子里火堆旁，听着风的呼啸声，岩石掉下去发出的特别的轰隆声：海边有什么东西发出一声特别的轰鸣，我们想到了高悬在小径上方的岩崖。突然又变得完全沉寂了，仿佛又大又长的台风这怪物一直在我们上方飞啊飞啊，最后露出尾巴，尾巴飞走了，便开始降临一片寂静。这时大海发出某种来自地下的巨大轰鸣声把卵石卷到岸上。这是无穷多的海底的圆石，很快又被卷走，它不乐意，发出低沉的咕噜咕噜声。大海就这样把自己的卵石卷来又裹走，大约有十次。突然台风呼啸着，可怕地盖没一切声音，又回来了，在黑暗中又在我们上方长久地飞翔，直到又听到海上低沉的隆隆声：卷来了卵石又裹走。而这时台风拐了向……

假如没有群山，我们的房子连同我们一起就会像轻盈的野鸡毛腾空飞起来，所有的鹿、豹、虎也都会飞起来。但是野兽在前夜就预感到有危险，便迁到背风的地方。在藏身处，鹿站在那里完全刮不到风，甚至因为无事可做而去折弯树上的枝条。在山间打猎时，我不止一次见过这些鹿的藏身处，老远就能凭折断的树枝、凭踩实的地辨认出来。但是，当然，我们预见到这一点，所以把养殖场建在台风根本刮不到鹿的地方。但是想到花鹿则很担忧——整个鹰窝岬角都能刮到风，只有一个地方可以藏身，那就是我们建的养殖场，它只有在那里才能得救。

那一次黎明前的时刻帮助我的眼睛渐渐习惯于白色，但即使那样，后来眼睛也几乎受不了意大利太阳的光线下雪的闪耀。台风小了些，但仍然刮着，我们一定要到养殖场去救花鹿。我们在山岗间走着,担心会遇到风,就像捕猎时潜近野兽时那样。现在我们的脚印奇怪地留在雪地上。也许,现在饥饿的老虎正从什么地方走出来,也在雪地上留下自己的足迹?也许,它认为饥饿比这种可怕——在雪地上看见自己的足迹——更好?当然,只有在凹地有雪。风吹过时,山间黄色的芦苇像过去一样摇曳不定,但刮着风我们很难行进。我们像蜥蜴一样爬行,尽管台风还是刮着我们这些爬行的人,但它无法使我们离开土地。从最后一个风口我们看见了整个鹰窝岬角。见到躲在藏身处的鹿,真感到高兴。而花鹿和自己的米舒特卡站在养殖场对面的凹地里,它那样子就像是等着谁会打开门,放它进院子。当我们打开门走进去时,它在凹地里也不转动耳朵。我拿起它非常熟悉的食槽,往那里倒进豆子,把它放在院子中央。我和鲁文用绳子钩住门,使它可以拉开和关上,然后就走到空的单畜栏里,为了亮一点,稍稍打开一点可以推出去的小窗,我就朝这个小孔开始调起桦树皮做的牧笛的音来,而鲁文则握着绳梢,根据我的命令扯动它。当牧笛发出最初的音响时,花鹿的眼睛游移不定,变小了,通常很机警的耳朵张向不同的方向,脖子伸直,鼻子徐徐翕动着,跨出了小小的第一步。我又吹奏起来,它又跨出了一步,又一步……到了大门口,它停住了,沉思起来,而我故意不出声,使它不太习惯召唤。豆子本身比牧笛更能诱惑它。现在它已能清楚地看见豆子了。静默了一会儿,我又吹奏起来,以此决定一切:它又移动起来,走到食槽前,开始吃起来。这时我对鲁文做了个暗号。他小心翼翼地拉动绳子,门关上了。我们一点也听不到声。它当然听到了,转过身,以为听到的是牧笛声。它甚至对门关上了不觉得奇怪。吸引它的只有一点——是否可以不受阻碍地吃豆子？当它确信这一点后，又把头埋向食槽，用它那黑嘴唇卷一些好吃的黄豆。

（十二）

冬天时我不止一次产生一个念头：冬天去看看人参。我难以设想，亚热带最娇贵的植物中这最娇贵的生命被埋在雪底下。这个根怎么能承受南方气候朝这么可怕的方向变化？我也很想看到大雪覆盖的鸣谷，谛听没有鸟儿、没有夏天的音乐家——螽斯的宁静。但是冬天照料鹿的活计挺多，以致一直未能成行。我们要喂食，清扫畜栏。我终究不能说，那种粗活使我厌烦。我从来没有失去对花鹿的特殊感情，仿佛这不只是一头鹿，还是一朵鲜花，而且是一朵特别的花，它与我自己还不明白的种种机遇相联，而这些机遇可以发挥我个人还没有展开的个性。所有其它的鹿，所有这新产生的伟大事业是我个人的事业，同时，对于自己来说，我对这事业不期待什么，我看待未来的收入，就像鲁文一样，如同是给我还不知道的未来的人们的药剂。事业本身对我个人而言是世上最好的良药。有时候我整小时整小时地注视着，花鹿朝各个方向转动耳朵，然后我就朝它听的方向看去；往往我会长久地望着，直至亲眼看见远处的东西。有时候，老鹰飞过或是狼跑过，于是它眼下的长泪囊就会胀大，因而它那本来就美丽的大眼睛变得更大了。现在我不仅在任何时候都可以抚摸它两耳之间的地方，而且还使它习惯于我们的莱巴：喂鹿时狗总是在院子里。所有的鹿很快就对狗习惯了，对它毫不在意。由于自己的米舒特卡花鹿对莱巴不完全不加理会。它非常明白，莱巴不敢碰小鹿，但是母亲的本能终究使它在吃食时不时瞄它一眼，并且在各种合适的情况下竭力把狗赶离自己远一些。可是莱巴非常机灵，母鹿从来也未能用自己的尖蹄踢到它。只有一次，跳蚤咬了莱巴，如在这种情况下别的狗通常做的那样，它忘了世上的一切，愤愤地把自己的全部注意力放到这只跳蚤上。它皱起鼻子，用牙齿在肚子上找到跳蚤，而后腿则翘了起来。花鹿注意到这点，就跑到狗跟前，抬起了一条前腿……就在那时，所有的鹿，米古、直角、花花公子，甚至灰眼、黑背全都扔下吃食，兴致勃勃地看着。那时我已经开始理解它们的笑了，通常它不是显现在脸颊上，而是在眼中闪烁着什么。当花鹿抬起前腿，快活地轻轻推了一下莱巴，它眼中的淘气神情尤其明显。这里有某种含意！

冬天之可怕不仅是寒冷，而是强劲的寒风。无论是在山峰还是在山腰，雪都停不住，凶狂的台风把它刮走了。但是在凹地的山沟、狭谷和山谷里，雪却相当多。只是由于雪地上的足迹，有一次我才揭穿了红狼进攻的计划，请它们吃了铅弹。有一次根据树上结的冰我猜到，树穴里睡着一头熊，结果，是一头不大的白嘴巴的熊。有一次还看到了雪地上虎的足迹。

当刮着风的严寒开始时，所有的鹿都从北边迁到太阳晒暖的地方并立即在橡树丛里吃起食来。作为北方的鹿，它们善于用蹄子刨开雪，给自己找到干草吃，只有薄冰天气使它们感到可怕。但是这些古代留下来的野兽看来不会全面适应严峻的气候，在积雪很厚、灌木丛也被盖没的地方，它们就成了无助的生物，它们非常艰难！离春天总共只有个把星期，一头怀孕的母鹿却熬不到那时，衰竭而亡。假如它不怀胎，当然能活下来。就这样，后来我发现，经常有这种情况：老母鹿因为怀胎而结束了自己的生命。动物用这种致命的最后的努力仿佛对活着的生物作指令：直至奄奄一息力求在繁殖中向前进。

最初的春雾降临时，山上四面招风的高地从冰壳下露了出来并显现出好吃的苔藓。一头年轻的母鹿走到那里去吃食，跨上了风刮来的堆在海面上的一大块雪堆。春雾浸淫了的雪堆塌陷了，但是没有冰层，灵活的母鹿赶快靠前腿把身体向上腾起，现在在有冰的地方留下了蹄痕，筋疲力尽的雌鹿躺在海边的石头上：它是狐狸、獾、浣熊，也许还是章鱼的猎物。

在冬天到夏天这个艰难的过渡期，许多生命死去了。一头雌鹿站立起来，从一棵小橡树上给自己弄干树叶吃。大概由于地上的薄冰层，它后腿上坚定的蹄子滑了一下，雌鹿跌倒了，脖子卡在橡树的分叉处，我发现它就这样挂在那里。还有，一头公鹿跃过灌木丛，灌木丛由许多密密的枝干构成，它放过了鹿的身体，后腿蹄子却被挂住了。是啊，它们中有许多鹿遭遇过不幸，最多的，我发现，是死于惊吓……

春天有雨有雾，难得有一会儿出太阳，马上就生出许多不幸：被温暖蒙骗的树木开始萌发，而到晚上上升的汁液则冻结了，毁了树木。

山间的雪在雾中融成一片而看不清楚，并变成一股股小溪四处奔流。后来强壮的野草不为人见地长高了。只是凭声音可以猜到群鸟的大迁飞。在浓雾中过了一星期，两星期，除了房子什么都看不见。突然降临了幸运的日子：阳光中展露出绿色的山岗，还有——至今一直是一片宁静——突然四面八方响起了野鸡的啼鸣声。

　　鹿开始蜕下老的角。强大的公鹿较早蜕去，因而它们也较早长出新的角，较早开始发情。冬天时鲁文多次对我说到一头长生不老的鹿，它似乎从来也不蜕换角。鲁文的所有传说和故事以其原始的可信的基础而使我感到珍贵。听他讲传说时，我总是努力把它变成自己的理解，从中得到对我有益的思想。永生的鹿的传说就是这样。当所有的鹿都蜕下角，雌鹿便开始产犊，无法去想什么带着骨质化老角的鹿。有一天我从山上看见——长着茂密枝杈的骨质化角的永生的鹿孤零零地站在牧场上放牧。我需要猜到永生鹿的秘密。我决定永远也不朝梅花鹿开枪，这一次却不惜要打死一头，便射出了子弹。于是不换角的秘密揭开了：大概，在发情期秋天的搏斗中，这头公鹿失去了自己的性器官，从下面注入老角的年轻生命中止了，活的角不长了，而骨质化的死角就不再更替地留着了。但是在没有更替的老角上留着死骨的地方最容易看到永生，大概，这是大家最能理解的和最真实的永生的形象：死的不蜕换的骨质化的角。我当然全都对鲁文说了，给他看骨质化的角和去了势的公鹿结了疤的光滑的地方。当然，鲁文回答，这不是那头鹿，永生的鹿就是永生的，用子弹也打不死的。这时我脑海中闪过一个痛苦的念头：在自己的传说中，鲁文本人就像是长着不更换的骨质化角的公鹿。我感到痛苦，因为不由自主地，甚至仿佛不是由于最主要的和最本质的原因，我终于失去了与这个好人的交往。我们的道路在这里分开了。我剩下一个人。我曾经有过一个出色的人。在动物中间是无所谓的：无论怎么爱它们，无论怎么接近它们，终究一定是一个人与它们待在一起，无法与它们交流自己高尚的，也许是多余的善。

我们的鹿，当然，与在外面的一样，渐渐地一头接一头蜕下了自己的老角。第一个蜕角的是灰眼，不久是黑背，然后是米古，花花公子和兄弟俩——摇摆和直角。角蜕去以后，有一天米古发出特别的尖叫声走到我跟前，低下头，仿佛打算用并不存在的角来抵我。我猜到要搔搔它的头部：我觉得它一定想搔搔那里。这一次它很喜欢。第二次，它老远就看见了我，尖叫着奔过来，差点把我撞倒。我给它搔了一会儿，我们分开了。但是第三次，这被娇宠的家伙带着一副似乎是命令的神情跑过来：你想搔就搔，不想搔，我就自己搔！当然，我没有听从这无赖，而它自己想蹭我搔角，前额用劲撞我，我不仅跌倒了，而且还冲到了围墙边。现在它明白我渺小可欺，便向我奔来。当然，它会再撞我一次，我就站不起来了。但是这时，它低下头准备来撞我，我明白自己的处境，刹那间用左手抓住它右腿蹄子上部，右手用劲在它一侧打了一下，它就倒下了。但还不够！我从围栏上抽出一根杆子痛打它。这次以后，它就永远变温顺了。它像过去一样眨眼，打哨声，低下头部搔痒。但只要我伸出指头威吓它，它就走开了。别的公鹿仍然很野，不让人接近。

我花了很多时间做秤，终于制作成了，将它与割茸机结合起来。当鹿进入这个箱子后，我按动杠杆，割茸机底就变成了秤。

为了试验，我选定了两头完全相似的鹿——摇摆和直角。一头，摇摆，我像喂猪一样用浓缩饲料喂它，只要它能吃多少就喂多少；对另一头与它一样重的鹿正常喂养，与喂所有的鹿一样。我试验的目的是想知道，喂肥的鹿能多给多少鹿茸，用这样的方法能否搞到中国前所未闻的重量的鹿茸。随着时间的流逝和鹿茸长大，我甚至肉眼也能看出，我精心喂养的鹿的鹿茸供血非常好，非常漂亮地透着桃红色，上面的毛色银光闪闪。我的计划还少吗？但是最主要的计划、我强烈的愿望则是培养出珍贵的鹿茸，把它们卖了，用这些钱买许多铁丝，用这样的铁丝网把整个雾山连同所有的鹿和它们的敌人：豹、狼、浣熊、獾分隔开来。我设想我的鹿茸业有四种形式：第一种——这是我的家庭养殖场，在那里鹿在割茸之前是不自由的；然后被放到第二种形式，半开放的鹰窝岬角；第三种形式——开放的雾山；最后，是靠近雾山的原始森林——野鹿的常居地。我还想，根据鲁文的建议，由像他这样的中国人来驯养我周围的新品种野生动物。在这一事业中，我要做到，使他们保持内心的独立不受文明的诱惑，像欧洲人那样成为队长并能捍卫自己。

也许，我还有许多理想，但所有这些理想，我后面会说出来的，都是超前的。我们大家都应该意识到这一点。有不取决于我们自己的生命期限：不论怎样努力，不论多么有才能、有智慧——在没有创造条件、期限没有来到之前，您的一切美好的东西都只是悬在空中的理想和幻想。只是我感到，我知道这一点，我的人参之根在某个地方成长，我将等到自己的期限。

（十三）

夏天炎热而又潮湿。夜间到处都有虫飞来飞去。早晨大蜘蛛在灌木丛、草丛上编织起蛛网。你带着木棍去原始森林，在自己前面清除蛛网。如果遇到早晨太阳露脸，那么就为这一个时辰你也能原谅一周的雾天，于是每一个蛛网在这样的潮气下一定蒙上一粒又一粒细细的水珠，变成异常美丽的珍珠织物。这种时刻母鹿来到我休息过的石头。微风欺骗了它，我躺在石头上面，可以观察到鹿的生活中的大事。小鹿生下来也像母亲一样是满身花斑，这些花斑在阳光的光影下掩蔽了母鹿和小鹿，以致你走过它们身边竟什么也没有发现。刚产下来时，鹿仔还不能站起来。母鹿躺着，长久地努力着把乳头正确地塞向鹿仔的头部并这样启示它。过了不少时间，小鹿明白了，开始吸奶。当母鹿觉得鹿仔已够强壮了，它就站起来，鹿仔也站了起来，试着站着吸奶，但它还孱弱，晃了一下就躺下了，于是母鹿也躺下来，但是已不再把乳头凑近它：现在鹿仔自己知道。这时我憋不住想咳嗽，无论我多么努力，无论我怎么捂着嘴，它还是听到了这克制的咳嗽声。它的眼睛与我相遇了，一瞬间，甚至来不及发出哨声，它就消失了。母鹿的惊吓传给了鹿仔，但是，它当然不会跑，而是伏在地上，隐藏起来。我觉得，若不知道前面的事，是不可能看清它的。它想隐藏，从敌人眼前消失。它自己似乎相信自己的身体是柔软的。我抱起它时，它蜷成一团。我像放东西一样把它放回去。我舍不得留下它，可是我和鲁文没有母牛。鲁文不喝牛奶，并说："如果喝牛奶，那么它就应该把母牛当自己的妈妈了。"但是从这一经历我为我们未来的事业找到了可贵的想法：等将来我们养起母牛时，在母鹿产仔时我们将带上莱巴去原始森林，很容易找到这样的无生气的鹿仔。从这样的鹿仔抚育大的鹿，大概将完全成为家畜。

在雌鹿产仔时，公鹿长鹿茸，渐渐地，公鹿和母鹿开始一样的操心：母鹿爱惜自己的鹿仔，而带茸鹿则爱惜敏感和娇嫩的鹿茸，因为只要受到轻轻的一击，它就会变成鲜血淋漓的碎片。灰眼的鹿茸长得明显比别的鹿要好。有一天早晨，鲁文望着这些鹿茸大概不少于一小时，说：

"现在我们可以割茸了！"

我们开始准备这件冒险的大事：用鲁文的话说，灰眼的鹿茸能值不低于一千元的药！但主要的不是药，而是鹿：在不顺利的情况下受了惊吓的鹿不知道障碍，它不仅使鹿茸变成红色的碎片，而且，如果不破坏障碍，它就会折断腿。我们又没有人可以讨教。过去鲁文自己割茸，用的是野蛮的也是冒险的方法：中国人就这么捆住和放倒鹿。

我们开始做极为冒险的事，把所有的鹿放出到院子里，在畜栏里只留下一头灰眼。如果现在从畜栏里放它出来，它经过过道就只有一个出口——割茸机。过道的另一个出口被活动的挂板挡着。这块挡板上有一个孔。鲁文站在板后面，从孔里看着我打开畜栏，放出鹿，然后我再到过道的另一头，在那里隐藏起来，像鲁文一样，躲在掩蔽物后面。我也像他那样通过孔望着。我手中握住杠杆的把手，只等鹿一走进割茸机，我就压杠杆，它就会倒下，而包着软草席的侧板就托起鹿的两侧，这样它就悬空了，晃着四条腿。但是做到这一步还远着呢。灰眼从畜栏里走出来，一动不动地站在昏暗的过道里：它通常走到院子里去的那个地方现在有块板挡着，而往另一个不知晓的方向走，它又非常不愿意。怎么办？于是鲁文开始慢慢地压挡板，移开它。鹿犹豫着——去危险的方向还是冲向挡板，撞破它，也许，也撞死自己。挡板越来越近了，从它后面听到了熟悉的亲切的声音：

"米什卡，米什卡！"

鲁文把所有的鹿总是一律称为米什卡。

灰眼放心了，决定小心翼翼地向危险方向走去。它走走停停。鲁文压住挡板，它又走了一点，这样越来越走近它下面的地会突然塌陷的地方。最可怕的是，它就在割茸机面前，却不明白狡猾的伎俩。它还有一条出路——就这么躺到地上，那样我们几乎就无能为力了，因为不能硬捉它：它只要跳一下，一切就完了。一片寂静，只有滑轮微微作响。到了鹿或是躺下或是冒险的关头。瞧它的前蹄踩上了活动的地面，现在挡板滚到鹿的紧跟前，果敢地压下去。我压了杠杆，一声轰隆。同一刻鲁文打开挡板的小门，冲向割茸机，为了不出错，坐到被侧板夹住的鹿身上。于是我走到外面，抬起盖住割茸机的帽子，把无助的鹿的头缠在打开割茸机侧壁的横杆上。割茸的手术是很难受的，鲜血像喷泉似的从手下溅出来，但疼痛是瞬间的事。年轻的鹿吼叫着，可怕地转动着眼睛。但是高傲的老鹿常常不露一点声色，灰眼就是这样的：它的腿在空中乱动，完全抓不住什么、也抵不到什么。对于野鹿来说牺牲了一切，而且两侧又被紧紧夹住，背上还坐着一个人，而另一个人则要割去鹿茸——生命的欢乐，这和当着母亲的面杀死孩子没什么两样。在这种可怕的状态中灰眼不仅不喊一声，连眼睛也不眨一下。我看到鹿王的样子，把这当作理想来保留：我亲自看见了并知道，如果自己不贬低自己，那么是不会有低卑状态的。

割了鹿茸，我解开了鹿的头，鲁文跳了下来。我压下放开侧板的杠杆，鹿掉到坑底，那里腿有了支撑地，它如炮弹一般从坑里蹦到院子里。此后过了不到十分钟，在我们把豆子撒到公共食槽里时，灰眼已经不感到痛了，现在没有角的它与其他鹿一起嚼着豆子。在做完这艰难的事情后，我是那么振奋，甚至拥抱了鲁文，而他这个老头则高兴得流下了眼泪。

就在我们庆祝胜利的时候，可怕的不幸却悄悄来到我们身边，这就是有条纹的像松鼠的小动物。这里到处都有许多这种花鼠。现在我毫不在意有一只花鼠日复一日在食槽下收集豆子。有一粒豆子就在花鹿蹄子旁边。花鼠跑过去拿它，但恰好此时花鹿挪动蹄子，它自己没有感觉到把花鼠尾巴踩到了地里。牙齿锋利的啮齿动物当然回报的是咬了花鹿的腿。花鹿颤了一下，望了一眼。此时，它大概觉得，上帝知道是什么！剧院里挤满人时，常常有这种情况：有人喊了一声"火灾"，人们就像野兽一样，感到有致命的危险，除了自己便什么也不顾地冲出去。花鹿看到自己腿上有个带尾巴的鬼东西所产生的警骇一下子传给了所有的鹿。七普特重的鹿汇在一起有五十普特的力量。这五十普特加上它们的腿用的力，当然，一下就把围栏撞得四分五裂。它们就不受拘禁了。倒塌的围栏发出的轰响、撞击围栏造成的划伤和疼痛——这一切花鹿大概以为是腿上的条纹鬼东西增多了。它奔驰起来，全力胀开自己白餐巾似的尾部的白毛给别的鹿指明道路。所有的鹿都跟着它奔跑。每头前面的鹿都向跟在它后面的鹿显示自己的白餐巾。跟在所有的鹿后面奔跑的是刺激了鹿的看不到的有条纹的花鼠这鬼东西。

我难以自制，人怎么能难以自制！我奔到山里去找鹿，仿佛可以找到受了惊吓的野兽似的。无论我走到哪里，那里都没有鹿。但是，傍晚黄昏时，突然我看见它们在高高的山崖上。我转过头朝另一个方向看，那里另一个山崖上也看到了鹿。到处都是，在我们峡谷，峭壁上全是鹿。我几乎发狂了，善良的鲁文整夜都无法使我安定。

（十四）

为了摆脱各种不顺和坏心情，我为自己想出了可靠的手段——黎明前走出屋子，背靠坚硬的东西，凝神集思，我的生命之根在成长，这需要时间，因此不应该屈服于任何不幸，而应总是像对必不可免的事一样去迎接不幸，并且要想到，我成功的时刻一定会到来。我觉得，通过这种日常的磨练，我培养了自己的坚强意志，永远使自己在面临不幸时不会表现出可耻的怯弱。现在遇上第一次与生活的严重冲突，我这种想得很好、但很少试验的方法却背叛了我，我十分沮丧，以致忘记了人参。

我和莱巴已坐在花鹿养殖场的废墟上。我时不时吹奏起牧笛。我想到，即使我是多少有些迷信的人，喜欢简单明白，但是难以忍受用某种超自然的难以理解的原因来给自己做出解释——那时我没有那样去想花鹿：这是用自己的美丽来诱惑我的妖怪，它在我眼中变成漂亮的女人。当我爱上它时，它却突然消失了。当我好不容易终于开始恢复常态，靠男人的创造力扩大了魔力圈时，突然那花鹿把这一切弄得粉碎，最终出现了那只有条纹的鬼东西花鼠。这一迷信的保护衣从远古时代起就在人身上添加着：妖怪和魔鬼变为形形色色东西、各种各样情况，只有孩子，仅只有孩子是充满朝气的……

在生活的浪潮低落时，许多这样的念头闪过我忧伤的脑海，而新的浪潮不在山后面。莱巴有点奇怪地朝后面看了很久，然后朝我看，仿佛在后面发生了什么不同寻常的事，因此不值得忧愁。但是那里毕竟不只是在后面，而是发生了什么。为什么我对狗发出的无声的指示不当一回事而沉溺于抑郁寡欢的沉思中呢？直至我听到就在身后的清晰的沙沙声，我这时才回头看……后面，就在我身边站着花鹿和米图什卡，它们正在吃在毁灭时撒满地的黄豆，这该有多高兴呀！但还不够！花鼠，还不止一只，有五只有条纹的鬼东西，有大有小，也在起劲地吃豆子。我一生中有多少次这样的事——刚刚开始寻求明智的阐释，寻求神秘和遥远的力量来帮助理解和减轻自己的不幸，突然生活本身就在你面前向你，向你的所爱敞开了胸怀，向你提供了这样的馈赠，致使你简直就如痴如醉、大叫大喊，如蜜灌口，不再泄气。我永远也不会忘记这个时刻，太阳从雾中出来，受潮的蛛网闪耀着钻石珍珠般的光芒。这里有多少色彩啊，又是多么美丽呀！那里是珍珠串成的杜鹃花，那里是钻石冠状的百合，那里建造者用银色的丝线缠住这白色娇嫩的火绒花并把它拉向构筑清晨欢乐的美景。这样绚丽多彩的宝石只有在阿拉伯童话里才能找到，但就是令人惊奇的阿拉伯幻想也不能创造出像我这样富有、幸福的哈里发。

人身上有多么丰沃的处女地，有多么取之不竭的创造力！千千万万不幸的人不明白自己的人参，来了又走了，不会在自己的深处发掘力量、勇气、欢乐、幸福的源泉。我曾经有过多少鹿，又是些怎样的鹿呀！只要想想，灰眼在刀下如何表现就够了！但是，难道我什么时候像花鹿来时狂喜那样为它们大家高兴过？可以想一下，我那时明白，在花鹿的帮助下我能重新见到许多鹿，因而才这么高兴。根本不是！我高兴是因为，现在能重新开始自己不同寻常的美好的建设。现在我和鲁文高兴地很快做着围栏，而且要做成鹿怎么也不能跃过去、即使一致用力也撞不倒它。现在我渐渐明白，花鹿应着鹿角声从荒野的原始森林来到这里，对我的事业而言，其意义比拥有所有消失的公鹿还大。现在我不用冒任何风险做着每天的试验：早晨把花鹿放到没有围栏的牧场上，晚上用鹿角把它召唤回来。此外，每次召唤都给它和米图什卡关切地准备好美食。我做到了：只要我吹奏起来，任何时刻它都会小跑着从山岗上回到养殖场。

渐渐地又临近秋天发情期。有一天我突然意外地想到，为了让自己的鹿回来，也许还能得到新的鹿，我该怎么行动。有一次在鹰窝对面的山岗上来了一群雌鹿。不知为什么长着骨质化大角的"摇摆"与它们在一起。那还是早秋，甚至马鹿还没有嘶鸣。但是，像人一样，动物中当然也有多情的。想必，被我做试验而精心喂养的鹿比发情期早开始动情,也许完全还不到时间地去纠缠尚是处女的雌鹿。我从有"摇摆"掩蔽的地方观察着,等到它在山岗后面,就悄悄打开养殖场的门,警觉地抓住陷阱的绳子,放花鹿出去散步。它快乐地跑向鹿群。但在这里"摇摆"发现了它,便跑向它,迎接它。也许因为在养殖场的不寻常生活,它们之间已有某种友好关系。但是花鹿当然只允许别的鹿闻它到一定程度,喝足喂饱的"摇摆"刚要越过界限,它就走开了,隐藏到雌鹿群里。过了一小时左右,它忘了"摇摆",从鹿群中走出来。它还没来得及走开,"摇摆"马上又讨厌地纠缠起来。于是它没有别的办法,又跑进鹿群。但我发现了对我来说是最有利的时刻:躺在背风的石头后面,手中紧握着绳子的一端,吹起了鹿角。于是它立即全力奔跑过来。我没有估计错:"摇摆"也撒开腿跟在它后面奔跑。摇摆"跑进大门时,不仅丝毫没有怀疑,甚至,在它后面关上门时,它也没有转过身,而且,当我出现时,它也没有一点困扰。

我急不可待地等候着。梅花鹿开始发情。葡萄叶渐渐变红了。小叶槭树红红火火。有一天,刮过不大的台风以后,万籁俱寂,繁星闪烁的夜里严寒降临,就在这个九月的夜里,像去年一样,还在那个方向,在那座山上,第一头马鹿嘶鸣起来。

又过了两星期。这期间眼睛都可以发现每天的变化。葡萄成熟了,黄色的牧场上低矮的死去的杜鹃像一个个小碟子变红了,整个牧场仿佛像鹿进行了鲜血淋漓的搏斗后的战场。又是夜里笼罩着神秘的寂静。在黑乎乎的山脊与大熊星座的尾巴相交时,第一头鹿嘶鸣起来,另一头鹿像回音似的回应着它,更加遥远的回声回应着这个回声。现在对我来说最主要的是，鹿开始嘶鸣以后，不要放过花鹿的那一天。所有的母鹿都开始在自己的足迹上留下使所有的公鹿激动的气味：从远处随风或直接在地上闻到气味后，公鹿就不再吃东西，走着，吼叫着寻找雌鹿。闻着这足迹，公鹿准备为雌鹿进行一场生死决战。但雌鹿在这样的日子却想玩耍，别的不想什么：机灵的雌鹿自己将首先与没经验的或愚钝的公鹿玩耍，而当公鹿被激起性时，雌鹿则全速奔跑，仿佛要公鹿相信，这种求婚的奔跑是雌鹿身上最好的，也是唯一的可贵品质。由于"摇摆"是再次被捉到并生活在我这里，我能确切地知道花鹿处于这种状态中的那一天：调皮，奔跑，但无论怎样也不会让肮脏的、被自己的淫欲激狂的公鹿得逞。

  终于，这样的晚上来临了。我注意到最初的迹象。我用绳子带着花鹿，慢慢地在围绕雾山的熟悉的小径上走着。那是个月夜，到处可听到吼叫声。有时从什么地方传来骨质角撞击的干裂声。月夜里鹿不知为什么不太感到害怕。我常常看到离我很近的鹿角或是像餐巾的尾部白毛。有一次公鹿的吼叫这么近，这已经不是觉得在远处的吼叫，而是各种各样许多声音。虽然所有这些声音就像遥远的吼声都只是表达着痛苦：痛苦的嘶哑声、呻吟声、喊叫声。与自己的花鹿在一起，我感到对这种公鹿发情发出的完全是很近的乱七八糟的吼叫有一种隐隐的不快。但在这些粗犷的声音中，有一种天真的几乎是孩子般的委曲和温柔地请求同情的调子。我想象它们像人一样，花鹿之所以注意嘶鸣，只是因为这种请求同情痛苦，也正因为这一点，它现在准备跟任何公鹿玩一玩，跑一跑。它常常停下来，倾听着，颤栗着，当然，到处都留下自己的记号。温柔的微风拥抱着雾山。在公鹿闻到花鹿气息的瞬间，它停止了吼叫，迎风走到足迹那里。但是在它所想见到的足迹旁边，它闻到的是最可怕的野兽的足迹。它就停住了，感到深深的困惑，甚至忘了吼叫。是的，它们有嗅觉。现在人完全忘了这一点。我根据哀怨的调子猜到，在它们的嗅觉中，犹如现在鲜花留给我们的，最初也是某种美的形象，哪怕只是一瞬间不取决于情欲本身，但紧接着情欲钻入进来，在这种美中什么也找不到，那么我们有音乐，它们有吼叫……

这样，大概有许多公鹿随着拥吻着雾山的微风闻到了花鹿，便不再吼叫，迎风走去，遇上了人的可怕足迹，困惑地停下来，久久地站在原地，然后小心翼翼地依然向前进，循着足迹和标记。

（十五）

黎明时严寒降临了。我把花鹿带进养殖场，守着大门，在背风处，石头后面等待着雾山前连绵不断的山岗上发生的事。空气微有寒意，完全是透明的。大海完全是蔚蓝的，拥抱着雾山。而山间的芦苇由于寒冷而镶着白色的花边，在蔚蓝的背景上显得越发优美。渐渐地天变亮了，变美了。仿佛因此在我的内心深处开始感到强烈的痛苦，以致再过一会儿我就会像鹿一样仰天长吼了。既然周围是这么美好，为什么会出现这种仿佛是致命的痛苦呢？也许，我像鹿一样，在看到美景时等待着什么愉快的事，因为没有这愉快的事而痛苦，也就几乎准备像鹿一样长吼？

到处都可以看清楚了，一切都开始闪耀了。在雾山，鹿走的斜径上这里那里显现出公鹿，起初在远处看起来像苍蝇似的，小小的，后来大一点，一度完全消失在山沟间侧面的山峡里，又从第一个接着第二个山岗后出现。当公鹿爬上最后一个山岗，从它后面角都变大了——使人觉得，似乎角从地下长出来似的。鹰窝对面的山岗上耸立着唯一的一株五针松，在与台风的经常的搏斗中，它饱经沧桑，整株树都疙疙瘩瘩，每一个疙瘩都是台风侵袭的痕迹，它支持着胜利的枝条，枝条上长着深绿色的长长的松针，而树干本身也整个是歪斜的，但这依然是不可战胜的高高的树干，它的影子投射在死去的红色杜鹃花斑驳其间的黄色牧场上，一直伸展到有着稠密的绿草和橡树丛的谷地。这个谷地是一个小小的山沟：它越来越远地延伸，直到海边。最小的溪流在沟底，在石头间潺流，一会儿显现，一会儿消失。现在在这个谷地就放牧着一群雌鹿和雄鹿。这里还有两头公鹿，非常阴沉和平静，不追逐雌鹿，也不吃食，不吼叫，只是一动不动地站着，仿佛是旁观的僧侣。一头非同一般魁伟的鹿同时却没有角，一副异常庄重的姿态，从山岗后面走向投下阴影的树木。这头鹿有着统领鹿的王者的威严，同时头上代替角的是不大的疙瘩。灰眼当然循着我的足迹也从山上走下来，现在从山岗高处径直看着我们打开的大门。我想要像抓"摇摆"那样捉住它，便悄悄地敞开大门，警觉地握住绳子，抚摸了一下花鹿以示告别，就放它出去了。它欢快地走了，悄悄地，渐渐地朝在谷底的鹿群走去。但是灰眼明白，不能马上迫使它离开鹿群，便撒腿径直奔过去，截断了花鹿的路，拦住了它。不久前我见到这头鹿非常漂亮，现在它却浑身泥巴，肮脏邋遢，腹部的肌肉痉挛紧缩，脖子因经常吼叫而胀大，眼睛充血。见到这个可怕的怪物，花鹿朝树木方向奔去，灰眼跟在它后面，双双隐没在山岗后面。于是我抓起自己的号角吹奏起来。看来，花鹿听到了，便转过身，出现在谷地的开端，那里放牧着鹿群和一动不动地站着两个穿黑衣的僧侣。长着灌木丛的谷地未能滞留住它。当然它会向我奔来，并一定会把公鹿引来。但是它在灌木丛里稍稍耽搁了一下，就在这里灰眼赶上了它。

……这时，是否像人一样，它有某种自己的，鹿的，靠特别的嗅觉力量制造的，独特的美的形象？不，我想，现在它这种形象的痕迹荡然无存。它面临的不是美，而是美好愉快的生活。它像公牛似的腾空而起。突然那里什么也没有。是的，常常是这样：只要就动手，马上就到手，结果却什么也没有！花鹿采取了唯一自救的方法：躺到地上。于是一切，无论是美还是美好的生活，突然消失了。灰眼看到真的什么都没有，便头朝后仰，发出尖细的啸声，从像汽笛回声的纤细哨声转向吼声，吼得越来越低沉。后来它一次又一次地吼着，在哨声和吼声之间，像所有的公鹿一样，它发出一种既非哀怨也非委屈的调子，正是这种调子是理解产生鹿的音乐的钥匙。我还想到自己：是的，我的致命痛苦当然是由于我曾经像鹿一样不能分享美和美好的生活，但美好的生活突然消逝了，因此我心中对美的感受伴随着致命的痛苦。

假如我像学者一样在鹿发情的现场,我会开始正确地研究,那么我就会从放弃自己对鹿的理解开始。但是,我自己在荒野里受着痛苦,完全像所有的动物那样,在这一点上我感到与它们亲近,我怜惜它们,我凭着亲缘去感受它们:它躺着,等待着,而公鹿站在它的前面,痛苦地受到了屈辱。消瘦、溅满污泥、肮脏不堪的原始森林的统治者,它长的不是气度非凡的鹿角,而是骨质化的肉疙瘩。非常明显,非常明白,它能保护自己的唯一手段就是搏斗!现在全部问题归结为一点:或是我一个人,或是你,或是我斗死你,或是自己死去……

雌鹿群从谷地走来,包围了自己的姐妹花鹿,仿佛理解它,同情它。而雌鹿的统治者灰眼站着,等待着将来的好生活。它寻找着,跟谁尽快地厮杀。两头公鹿,一头有六叉的角,一头有四叉,站在那里一动不动,不敢向前移动一步。也许它们明白,光靠角一点也没有用?也许它们看见自己的首领无角,还不能下定决心?也许已经看到,黑背、直角、花花公子,还有许多久经沙场的公鹿正从山上鹿径上往这儿走来?黑背不知为什么停在山岗上树旁,不想再走近些;像平时一样,它总有某种深藏不露的东西,仿佛它现在有什么鬼名堂。在山岗上的黑背和灰眼威严地站着的谷地之间的缓坡上分布着八头我根本不认识的公鹿。也许,黑背的计划是——让八头公鹿与灰眼挨个儿搏斗,如果灰眼能轮番打败它们,它自己就向已经疲劳的灰眼进攻或者就斗死它。

灰眼开始皱了皱鼻子,向缓坡上离它最近的第一头公鹿轻蔑地打了一个响鼻。通常就这一着已足以吓跑对手了,但是公鹿对无角的灰眼毫不放在眼里。灰眼就把舌头伸向一侧,那公鹿依然站着,还大胆地向灰眼皱了下鼻子。于是原始森林的主人就飞快地向那公鹿奔去,但就是这时那头无名公鹿还是没有跑,相反,弯下了有角的头,自己稍稍向前行。大概,它还年轻,好斗,不明白灰眼的袭击是怎么回事。灰眼那骨质的疙瘩朝前额上一撞,公鹿就前腿一弯倒下了,而灰眼如这种场合下的所有斗士一样,用力撞向心脏对面一侧,它那骨质的疙瘩撞断了肋骨,这些骨头的断片刺穿了左肩胛骨下致命的地方。勇士再也站不起来了。于是灰眼朝第二头公鹿皱了下鼻子,那一头逃走了。它伸出舌头,奔向第三头,那一头也逃走了。其余的也跟着它奔跑了。就这样轮到黑背了。当灰眼朝它皱起鼻子时,黑背自己也皱起鼻子并开始进攻。

离山岗上唯一的一株树不远,曾经有过另一棵树,但现在只剩下一个树墩了。敌对双方就在这树墩旁相遇了。每一头大概都想利用树墩来支撑自己的前腿。两头鹿抵着树墩,开始用额头来逼挤对方和坚持着。在树墩旁它们转圈转了很久,谁也不能战胜谁。很显然,树墩旁蹄子挖出了一个深坑。突然,在新的用劲顶抵下,树墩从蹄下破土而出,向边上飞得老远。于是两斗士一头倒在另一头身上。在这瞬间花鹿突然从灌木丛中跑出来,从花花公子那里得救,奔跑起来。而我吹起了鹿角。花鹿径直向我跑来,花花公子跟在它后面。两斗士也发现了花花公子,就奔了过去,所有的公鹿都跟着它们跑过来。整个鹿群挤压着,从我身边跑过。当它们远远地奔向岬角一端时,我不仅关上了门,甚至还好好地检查了它们旁边的围栏,在不牢固的地方还来得及稍加修固。

搏斗末了,我来到了松崖。无论是我的出现还是向空中开枪,已经来不及挽救美丽的鹿。

灰眼和黑背在礁石上方峭壁边上搏斗。当然,假如灰眼有角,搏斗早就结束了。但是没有可能用角来打赌。在没有角的情况下,灰眼的脖颈没有保护,受到了多次撞击。当它失血过多而倒在前腿上时,鲜血从它嘴中奔流而出。黑背刺向它的侧部,刺穿了心脏。但是这时灰眼在最后一刻突然站了起来,出其不意地用残存的最后一点力量进行攻击,使黑背突然坠落,向下向礁石飞去,像球一般从一块岩石弹向另一块岩石。灰眼还来得及从上面向下看上一眼,也许,还来得及注意到,在礁石上和翻滚的波浪的白色浪脊变红了。接着灰眼晃了一下,倒下了。

山崖中这里那里可以听到骨头干涩的碰击声,嘶哑声,往下掉的石头的撞击声。现在所有这些鹿都是我的了。

(十六)

在驯化的花鹿帮助下,我捕到了许多公鹿,开始建设大规模的鹿茸业。从那时起过了十年。我的朋友没有来,我一个人干。又过了一年。我依然单干,连休息也没有。又过了一年……常常有这种情况:过了一段期待的时期,就会开始像怀念死者一样怀念起生活在远处的亲近的人。突然,当您和您的朋友变得不相认时,就得会面。这真可怕!您会颤栗着,脸色发白,开始根据岁月镂刻过的五官特征来辨认,终于凭声音认出了他。

渐渐地，您会与朋友深深沉浸于对往事的回忆。您慢慢地，不知不觉地似乎开始原谅某个人，心里觉得非常轻松。终于有了期望中的会见：在生活的欢乐回归的冲击下，朋友俩变得像过去一样年轻。我就是这样理解生命之根人参的行为的。但是，生命之根的力量非常之大，您会在另一个人身上找到永远失去的心爱的人，并开始像爱失去的人一样爱新的人。我认为，这也是生命之根人参的行为。所有对神秘的根的其他理解，我认为，或是迷信或就只是医学的概念。就这样，随着时间的推移：一年，两年——朋友不来，我开始忘却，终于完全忘了。在原始森林的某个地方，我自己的生命之根一直在生长，生长。我周围的一切都变了：祖苏河岸上的村镇变成了不大的城市，这里聚集了各种各样的人。我常常因自己的大事而去莫斯科、东京、上海。在这些大城市的街上，比起在原始森林，我更常想起自己的人参。与新文化的劳动者在一起，我感到生命之根从大自然的原始森林转到了我们创作的大自然。在我们创作科学和有益行为的原始森林中寻找生命之根的人，比在大自然的原始森林中寻找古代留下来的根的人更接近目标。

工作非常吸引我，当然，这是因为它把我从寂寞中拯救了出来。但是我这种男人的孤独到头了。我们相会了，彼此久久都无法说一句正确表达的话。这里是树，她曾经在上面坐过，搜集过海胆变成的漂亮的小盒子，它们被台风、海浪挂到这棵树的枝杈上。现在祖苏河给这棵树带来了沙子。只能根据勉强可见的标记才认出那个地方：花鹿在那里曾经像女人似的向我转过身来。我们默默地在这里岸上站过，在大洋的白花边的旁边，与海胆、贝类、海星一起伴着时光的匀称步伐去认知自己人的钟摆的短暂计数。

群山被破坏得多快呀!瞧那边曾经高悬着一块岩石,它下面鹿、马鹿、浣熊走向有咸水的海岸边。我和野兽们也曾经一起走这条共同的小径。现在台风刮下了那块岩石,小径四周遍布碎石,在曾经有过鲁文那用纸糊的窗户的房子的地方,现在是研究实验室,有着意大利式大窗户的大楼。绵延数公里的镀锌的铁丝网围起来的大鹿茸场分割了整座雾山。现在已经剩下不多的老鹿,但花鹿仍然活着,像家畜一样,到处自由自在地游荡着。

我们走到大枞树下的鲁文墓前:中国人在树上砍出了一座小庙,在那里做着仪式,点燃纸蜡烛。就在这里我讲着我最珍贵的人的生活中的琐事。突然想起了长在离鸣谷不远的自己的根——人参。为什么现在出于好奇不去那里,不去看看人参呢?我们俩重又去寻找曾经找到过的根。

当然,我早已忘了鲁文留下的标记,但是知道去鸣谷应该穿过通往第三熊谷的七俄里的山沟。我们走过这条山沟,沿山谷登上最上面。鸣谷里一切依然,还是那些稀稀落落的参天大树,透射进来的大片阳光和啼鸣的鸟儿。但是,当我们从鸣谷沿着古老的阶地向下往密林走去时,那里长着喜阴的草,我迷路了。我们长久地来回徘徊着,寄希望于找到我和鲁文曾默默久坐过的地方。

多少次我在夜里比白天更容易找到忘却的地方,甚至更多——在自身直接找到还是那时向自己提出的某个问题。突然凭特别强烈的蘑菇气味可以猜到，这个问题正是在有这样的气味时出现的，这应该就在这里的什么地方，于是更仔细地看一下自己周围并回忆。这样和这时，我们终于探索着来到正确的地方。我们的平静谈话停住了，突然从小溪里传来声音：

"请说，请说，请说！"

于是鸣谷里所有的音乐家、所有的生物都演奏起来，啼鸣起来，有生命的一片寂静打破了，响起了：

"请说，请说，请说！"

此后我看见野苹果树干，我曾经和鲁文顺着树干爬到小溪对岸。我回想起一切直至细节，在我们跪过的那个地方，他祈祷过。我则想，我们现在也停住了，小心翼翼地用手一一撩开喜阴的草。我兴趣盎然，激动地干着。我们之间小小的不自然完全消失了。我们很快就亲近了。突然看见了人参！后来我长久地用雪松皮做了一个小盒子，与很久前在满洲里人那里看到的一样。接着我们一起用树的韧皮细条缝合了雪松皮。为了不损害一根根须，我们小心谨慎地挖着根，它很像当年在满洲里人那儿见到的那根人参：它具有光裸的人的样子，有手有腿，手上也有根须，像手指一般，还有脖子、头，头上有辫子。

我们用土撒满箱子，它就像根生长的地方一样，谨防损坏地将它放进去，然后回到我和鲁文坐过的地方，谛听着有生命的一片沉静，各自想着自己的事。现在我们这样独自沉默无法久坐下去，而小溪则开始说：

"请说，请说，请说！"

鸣谷的音乐家们演奏起来。我们彼此之间商量好了。

我不想敞开心扉，但是，如果要说，那就要说到底。到我这儿来的不是那个女人。然而，我说，生命之根却有这样的力量：我在它那里找到了自我的存在并爱上了青年时代我所希冀的另一个女人。是的，我觉得，生命之根的创造力就在这里：使人失去自制力，在另一个人身上揭示自己。

现在我有永远吸引我的我所开创的事业，在这一事业中我感觉到自我，仿佛我们，为知识和现代的对爱的特别迫切的需要所武装，回归到我们文明之初没有开化的先辈所从事的事业：驯养野生动物。我每天都寻找各种理由把现代知识与我向鲁文学来的亲情关注的力量结合起来的方法。就这样，我有富有诱惑力的事业，我有妻子朋友和可爱的孩子。如果看着人们怎样生活，我会把自己称为尘世最幸福的人之一。但我又要重复：要说就要说到底！如果从旁观察的话，我的生活中光是琐碎的事，对我生活的总进程没有丝毫影响。但我有时觉得，这些小事是生命创造力的出发点，就像鹿更替角一样，每一年一定是多雾的春天时，鹿就换掉自己死去的骨质化的老角，我也像鹿一样发生着某种更新。有几天我无法在实验室和图书馆工作，在幸福的家庭中也得不到休憩和慰藉。有一种盲目的力量，强烈的痛苦和苦恼把我逐出家门。我在树林里、山峦间踯躅，最后一定会到悬崖上，它那无数的裂缝像泪泉似的渗出水珠，汇成大水滴，使人觉得，这块岩石永远在哭泣。这不是人——是石头。我清楚地知道，石头不可能有感情。但是我的心却与它融合在一起，以致我能听到，它在那里的什么地方搏动。于是我回忆起往事，自己使自己变成青年时代那样。在我眼前花鹿

把蹄子伸进葡萄藤中,往事及全部的痛苦都呈现出来。于是,仿佛根本就什么也没有得到,对自己的真挚朋友,心爱的岩石放声说:

"猎人啊,猎人,那时你为什么不抓住它的蹄子!"

似乎,在这些病态的日子里,我仿佛从自己身上抛弃了一切创建的东西,犹如鹿蜕下自己的角,然后回到实验室、家庭,重又开始工作。就这样和其他无名的和知名的劳动者一起,渐渐地进入创造大地上人们新的美好生活的黎明前的时辰。

(1941)

图书在版编目（CIP）数据

亚当与夏娃/（俄罗斯）普里什文著；石国雄译. —北京：北京大学出版社，2017.10
ISBN 978-7-301-28226-7

Ⅰ.①亚… Ⅱ.①普… ②石… Ⅲ.①散文集—俄罗斯—现代 Ⅳ.①I512.65

中国版本图书馆CIP数据核字（2017）第071450号

书　　　名	亚当与夏娃 Yadang Yu Xiawa
著作责任者	［俄罗斯］普里什文　著　石国雄　译
责任编辑	李　颖
标准书号	ISBN 978-7-301-28226-7
出版发行	北京大学出版社
地　　　址	北京市海淀区成府路205号　100871
网　　　址	http://www.pup.cn　　新浪微博：@北京大学出版社
电子信箱	evalee1770@sina.com
电　　　话	邮购部62752015　发行部62750672　编辑部62754382
印　刷　者	北京中科印刷有限公司
经　销　者	新华书店
	880毫米×1230毫米　A5　8.375印张　230千字 2017年10月第1版　2017年10月第1次印刷
定　　　价	48.00元

未经许可，不得以任何方式复制或抄袭本书之部分或全部内容。
版权所有，侵权必究
举报电话：010-62752024　电子信箱：fd@pup.pku.edu.cn
图书如有印装质量问题，请与出版部联系，电话：010-62756370